*Über dieses Buch* Der »Held« dieser Geschichte, Graham Marshall, Angestellter einer britischen Mineralölgesellschaft, Anfang Vierzig, hat alles erreicht, wovon viele träumen: beruflichen Erfolg, eine hübsche Frau, zwei Kinder, ein großes Haus. Da trifft ihn völlig unvorbereitet die erste Niederlage seines Lebens. Für die Nachfolge seines ausscheidenden Chefs, die ihm sicher schien, wird ein jüngerer Mitbewerber vorgezogen. Grahams Welt gerät ins Wanken. In seiner aufgestauten Wut tötet er auf dem Heimweg, mehr aus Versehen, einen Stadtstreicher, der ihn hartnäckig belästigt, und wirft die Leiche in die Themse.
Die nächsten Tage verbringt er in ständiger Angst vor der Polizei. Doch allmählich verebbt die Panik, und das Bewußtsein, einen Mord begangen zu haben, von dem niemand weiß, verschafft ihm ein Gefühl heimlicher Überlegenheit ...
Mit großer Raffinesse erzählt Simon Brett in diesem Psychogramm eines Mörders von der dramatischen Entwicklung eines opportunistischen Aufsteigers zum kaltblütigen Killer.

*Simon Brett* 1945 geboren, studierte englische Literatur in Oxford, leitete die Oxford Theatre Group und war Präsident der Oxford Dramatic Society. Bis 1979 arbeitete er zehn Jahre lang als Programmchef der Abteilung Unterhaltung bei Radio BBC und produzierte nebenbei Sendungen für London Weekend Television. Seitdem lebt er als freier Schriftsteller in London.
*Im Fischer Taschenbuch Verlag liegen folgende Titel von Simon Brett vor:* ›Dunkelmänner haben keine Schatten‹ (Bd. 8183), ›Mord stand nicht im Textbuch‹ (Bd. 8169), ›Komödianten lachen laut und sterben leise‹ (Bd. 8208), ›Spekulanten spaßen nicht‹ (Bd. 8158); *in Vorbereitung:* ›Liebende leben gefährlich‹ (Bd. 8287), ›Der dreizehnte Killer‹ (Bd. 8269).

Simon Brett

# Eine Mordskarriere

Roman

Aus dem Englischen
von Werner Waldhoff

Fischer
Taschenbuch
Verlag

Deutsche Erstausgabe
Veröffentlicht im Fischer Taschenbuch Verlag GmbH,
Frankfurt am Main, Januar 1989

Die englische Originalausgabe erschien unter dem Titel
›A shock to the system‹
im Verlag Macmillan London Limited

Umschlaggestaltung: Rambow, Lienemeyer, van de Sand
Satz: Fotosatz Otto Gutfreund, Darmstadt
Druck und Bindung: Clausen & Bosse, Leck
Printed in Germany
ISBN 3-596-28231-4

1 Der erste Mord geschah beinahe zufällig. Wäre es jemals zu einer Anklage vor Gericht gekommen, das Urteil hätte wahrscheinlich auf fahrlässige Tötung gelautet.
Aber der Unterschied in der juristischen Bewertung liegt im Vorsatz, und es besteht kein Zweifel, daß Graham Marshall in dem Moment, als er zuschlug, den alten Mann auch töten wollte.
Damals spürte er zum ersten Mal die Macht, die das Töten verleiht.
Ein Gericht hätte aber auch auf Totschlag nach Provokation erkennen können; Graham Marshall war ohne jeden Zweifel der Meinung, daß er in dem Moment, als er den alten Mann tötete, bis über die Grenze des Erträglichen hinaus provoziert worden war.
Schuld daran war weniger das Opfer mit seiner beharrlichen Aufdringlichkeit als vielmehr Grahams gesamtes bisheriges Leben. Graham hatte das Gefühl, sein Leben habe nicht gehalten, was es versprochen hatte; immer hingen die Trauben zu hoch, immer winkten Gewinne nur aus der Ferne, und immer neue Anreize hatten ihn auf einen Weg gelockt, den er erst vor kurzem als Sackgasse erkannt hatte.
Daß er zu dieser Erkenntnis erst so spät gelangt war, machte alles nur noch schwerer. Wie das Opfer eines geschickten Täuschungsmanövers hatte er selbst zu seiner eigenen Täuschung beigetragen und sträubte sich nun um so mehr, die Fakten zu akzeptieren. Lange Zeit hatte er sich geweigert zu glauben, daß er gegen eine unsichtbare Wand rannte. Er redete sich ein, es müsse irgendwo einen versteckten Durchschlupf geben; ihn zu finden, war eine Herausforderung an seine oft erprobte Intelligenz und Erfindungsgabe.
Aber die Ereignisse jenes Donnerstags im März 1981, die zum Tode des alten Mannes geführt hatten, ließen keine weitere Selbsttäuschung zu.
Er war in eine Sackgasse geraten und auf diesem Weg schon viel zu weit vorgedrungen, um umzukehren und neu

zu beginnen. Das Gold, nach dem er einundvierzig Jahre lang gesucht hatte, erwies sich als Narrengold.
Bis zu diesem Zeitpunkt war sein Leben eine ununterbrochene Folge von Konkurrenzkämpfen gewesen, die er alle gewonnen hatte. Mit seinem neuerworbenen Zynismus wurde ihm klar, daß er seine Ziele stets vorsichtig im Verhältnis zu seinen Fähigkeiten begrenzt hatte, aber das war ihm zu jener Zeit noch nicht aufgefallen, und so war er jeder neuen Aufgabe mit frischem Enthusiasmus und dem festen Willen, die Sache durchzustehen und wieder einmal als Sieger hervorzugehen, begegnet.
Seine Eltern hatten diesen Kampfgeist in ihm geweckt. Für ihren Sohn, der auch ihr einziges Kind blieb, 1939 gezeugt und in England während des Krieges geboren, hatten sie nur das Beste gewollt, zumindest etwas Besseres als den steinigen Weg voller Entbehrungen, den sie selbst in den zwanziger und dreißiger Jahren gegangen waren. Grahams Vater, der sich von einem Gemeindeamt in Rotherham zu einer bedeutenden Stellung im Ministerium für Landwirtschaft und Fischerei emporgearbeitet hatte, sah täglich, daß Kollegen aus Internatsschulen, mit Universitätsbildung, leichter vorankamen, und beschloß, daß er seinem Sohn auch diesen Vorsprung ermöglichen wollte. Sparsamkeit wurde für Eric Marshall selbstverständlich, und er brachte sie auch seiner Frau bei. Aus Sparsamkeit beließen sie es bei dem einen Kind. In der kleinen Doppelhaushälfte, die sie nach dem Krieg bezogen hatten, wurde jede Einschränkung gerechtfertigt, wenn sie Grahams Ausbildung diente. »Internat und Universität«, war Mr. Marshalls ständige Rede, »sind die Schlüssel zu unserem System, die Schlüssel zum Erfolg, Graham.«
Eine Vorbereitungsschule war der erste entscheidende Schritt. Vermutlich erfuhr Graham nie von der Aufregung seiner Eltern, als sie ihren Sohn dem Schulleiter, der früher in Harrovian gewesen und nun an einer kleineren Anstalt in Streatham war, vorstellten. Auch nicht von ihrer Erleichterung, als er diese Schule abschloß und damit die erste öffentliche Prüfung bestanden hatte.

Die Einstellung dieser Vorschule deckte sich mit der seiner Eltern. Wöchentliche Leistungsnachweise und eine Sitzordnung, die regelmäßig dem Leistungsniveau angepaßt wurde, kamen Grahams Konkurrenzdenken sehr entgegen. Und die Tatsache, daß er fast immer zu den ersten drei Schulbänken gehörte, befriedigte sowohl den Schüler als auch die Eltern. Währenddessen legte er deren nördlichen Akzent ab und eignete sich die Sprechweise seiner Klassenkameraden an.
Grahams nächste öffentliche Einschätzung fand bei der Einschulung statt, und erneut wurde er für würdig befunden. Eine Tagesschule in New Malden, deren Direktor an jener überaus wichtigen Konferenz teilnahm, die den Namen ›Public School‹ rechtfertigte, hieß den Anwärter mit so weit geöffneten Armen willkommen, daß darin auch noch ein kleines Stipendium Platz hatte.
In der Oberstufe dann, als sich die Schüler spezialisieren mußten, folgte Graham dem Rat seines Vaters, der sich auf die Beobachtung stützte, daß ›Lehrer immer gebraucht würden‹, und konzentrierte sich auf Fremdsprachen, intensivierte seine Kenntnisse in Französisch und nahm noch Deutsch dazu.
Diese Fächer entsprachen seiner analytischen Denkweise, und er übersprang ohne Schwierigkeiten mit guten Noten die nächsten Hürden und schaffte schließlich – eine Leistung, die bisher nie in der Familie der Marshalls erreicht worden war – mit der hohen Auszeichnung eines ›Staats-Stipendiums‹ den Zugang zur Universität von Leeds, wo er Französisch und Deutsch studierte (und den Militärdienst umging).
Mit dem Zynismus seiner einundvierzig Jahre blickte er jetzt geringschätzig auf diese Zeit zurück. Die Public School war äußerst unbedeutend gewesen, und die Universität von Leeds war nicht Oxford oder Cambridge. Aber für Graham waren sie wichtige Meilensteine auf dem Weg zum ›Erfolg‹. Und er gewöhnte sich daran, das Wort ›Erfolg‹ von Eltern und Freunden in Verbindung mit seinem Namen zu hören. Sogar einige seiner Kommilitonen

rühmten leicht ironisch, aber doch mit Bewunderung seine schnelle Auffassungsgabe und seinen Lerneifer.
Aber bestandene Prüfungen, deren Regeln einfach und unveränderlich waren, bedeuteten nicht automatisch Erfolg ›draußen‹, ein Ausdruck, den er während seines letzten Jahres in Leeds immer häufiger hörte. ›Draußen‹, da wimmelte es nur so von Erfolgreichen unterschiedlichster Herkunft, die nun ihre eigenen Regeln und Gesetze aufstellten. Graham wußte, daß er sich gegen diese neue Konkurrenz behaupten und sie schlagen mußte, wenn aus ihm ›Ein Erfolg‹ werden sollte.
Es wurde daher als ein gewaltiger Triumph angesehen, als er gegen die beachtliche Zahl von sechshundert Mitbewerbern einen der sechs Management-Ausbildungsposten bei der britischen Niederlassung von Crasoco erhielt, einer internationalen Ölgesellschaft. Der Erfolg war um so größer, als die Gegner sich nicht allein aus Universitätsabgängern zusammensetzten, sondern auch aus Bewerbern, die ihren Militärdienst abgeleistet hatten, und älteren Männern von anderen Ölgesellschaften, Kandidaten also mit langjähriger Erfahrung.
Die Ernennung war für Grahams Eltern eine nachträgliche Rechtfertigung für die langen entbehrungsreichen Jahre. Ihre Investitionen zahlten sich aus. Der Stolz auf ihren Sohn kannte keine Grenzen. Aber mit dem Stolz kam eine gewisse Entfremdung. Graham hatte eine andere Einkommensstufe erreicht als sie – möglicherweise sogar eine andere Klasse –, wofür sie so inbrünstig gearbeitet hatten. Sein Leben würde immer weniger mit ihrem Leben gemeinsam haben.
Wenn er während der zwei Ausbildungsjahre gelegentlich in Mitcham zu Besuch weilte und erzählte, daß er in den Nahen Osten flog, um Ölquellen zu begutachten, daß er auf Firmenkosten in den besten Hotels abstieg, da betrachteten sie ihn fast mit Ehrfurcht.
Die Ehrfurcht wuchs, als er zusammen mit drei Männern, von denen einer Eton besucht hatte, eine Wohnung in Kensington bezog, und verstärkte sich noch, wenn er beiläufig

von Abendessen in Bistros draußen in Chelsea sprach, von gekauften und verkauften Sportwagen oder vom Urlaub im Ausland.

Was seine Eltern anbelangte, war Graham Marshall zweifellos ›Ein Erfolg‹.

Und auch bei Crasoco schien man ihn so einzuschätzen. Nach seinen zwei Einführungsjahren entschied er sich, entgegen der allgemeinen Erwartung, er werde sein Sprachstudium in einer Auslandsstelle nützen, für die Verwaltung in der Zentrale. Er bewarb sich und erhielt einen gehobenen Posten in der Personalabteilung, wo er bald ein unerwartetes Führungstalent an den Tag legte; seine rasche Auffassungsgabe und seine persönliche Ausstrahlung steuerten ihn problemlos durch alle schwierigen Versammlungen und Komitees.

Der Wechsel ins Personalwesen war unvorhergesehen, aber klug, ein absichtlicher Umweg, der ihn beizeiten höher auf der Führungsleiter bringen konnte als eine direktere, doch mehr konkurrenzgeprägte Laufbahn. Das Personalwesen war ein Gebiet, auf dem sich ein begabter Neuling eher einen Namen machen konnte als in prestigereicheren Abteilungen, in denen es begabte Neulinge zuhauf gab. Wie in vielen großen Firmen war die Personalabteilung von Crasoco ein Elefantenfriedhof. Zwar arbeiteten dort auch Personalsachbearbeiter und Sozialarbeiter, die stolz mit ihrem drittklassigen Psychologiediplom wedelten, aber allzu viele der gehobenen Posten gingen an langjährige Angestellte, die für andere Stellen als ungeeignet befunden worden waren. Gescheiterte Führungskräfte, von ihren Auslandsposten abgeschoben, fanden hier ein warmes Plätzchen. Über der Abteilung schwebte ein Hauch von Resignation, der Hang, in einer Vergangenheit zu leben, die ihr Versprechen nicht gehalten hatte.

Während andere junge Männer die Atmosphäre als bedrückend empfunden hätten, erkannte Graham, wie sehr sie seinen Fähigkeiten gelegen kam. Intellektuelle Konkurrenz war kaum vorhanden, und seine Leistungen ka-

men gegen die Niederlagen der anderen wesentlich besser zur Geltung.
Auch sein Alter sprach für ihn, zu einer Zeit, als Jungsein in Mode kam. Wohlüberlegte Direktheit und einstudierte Nachlässigkeit in der Kleidung stärkten unter den Leitern des Managements sein Image als eine Art Mischung aus *Enfant terrible* und hellem Kopf.
Er sammelte Empfehlungen, stieg in der allgemeinen Achtung und schaffte seine erste Beförderung zum stellvertretenden Personalleiter bereits nach vier Jahren in der Firma, wobei er sich an anderen Bewerbern vorbeischob, die ihm zehn Jahre voraus hatten. Sein Aufstieg schaffte ihm nicht immer Freunde, jedoch konnte keiner seine Intelligenz und sein Verhandlungsgeschick leugnen.
Im Alter von fünfundzwanzig Jahren verdiente er mehr als sein Vater und hatte genug Geld, um die vielzitierten Vergnügungen des ›Swinging London‹ zu genießen. Obwohl er schon fast zu alt für die ›Beatles Generation‹ war, besuchte er Clubs, Parties und Popkonzerte mit der ihm zur Gewohnheit gewordenen kontrollierten Hingabe. Er begann, in der Carnaby Street einzukaufen, fand, daß breite, grell geblümte Krawatten oder eine Goldkette um seinen Hals ihm Pluspunkte brachten in dem Spiel, seine Vorgesetzten zu verwirren.
Ebenso nutzte er die Vorteile der vermeintlich neuen sexuellen Freizügigkeit, doch nicht in dem Maße, wie er bei seinen älteren Kollegen gern durchblicken ließ. Ein oder zwei Mädchen im Minikleid kamen mit in seine Wohnung (er hatte sich nun eine eigene in einem modernen Wohnblock in Chelsea gekauft), aber bei diesen zufälligen Paarungen war er nicht so frei von Schuldgefühlen, wie er es sich gewünscht hätte. Ein Schuß ererbter und von seinen Eltern übernommerer Calvinismus ließ ihn in der unmodernen Überzeugung verharren, Sex sollte der Ehe vorbehalten bleiben.
Auch seine Heirat im Jahre 1967 trug zu seinem Erfolgsimage bei. Im Juni jenes Jahres, als Procol Harum die Hitlisten mit der trübsinnigen Anmaßung von ›A Whiter Shade

of Pale‹ anführte, traf Graham auf einer Party Merrily Hinchcliffe, die schöne, flippige Tochter der Fernsehschauspielerin Lilian Hinchcliffe und Schwester der Popjournalistin Charmian Hinchcliffe. Anfang September, als Scott McKenzie aus jeder Musikbox und jedem Radio jedermann drängte, San Francisco zu besuchen und Blumen im Haar zu tragen, hatte er sie geheiratet.

Bei der Eheschließung, die im Standesamt von Chelsea stattfand, gehorchte Merrily der musikalischen Aufforderung und trug einen Blütenkranz aus Gänseblümchen. Ihr Kleid, aus schlichtem weißen, indischen Musselin, ließ keinen Zweifel aufkommen, daß sie keinen BH trug. Graham trug seinerseits ein durchsichtiges, gemustertes Hemd unter einer goldverzierten Gardeoffiziersjacke und um den Hals eine kleine Messingglocke.

Sie gaben ein schönes Paar ab – Graham, fast einsdreiundachtzig, dunkelhaarig und eine angenehme Erscheinung für diejenigen, die nicht so genau auf seine engstehenden Augen schauten, und Merrily, die wie ein blondes, flaumiges Etwas an seinem Arm hing. So zeigten sie die gerahmten Hochzeitsfotos, die im Laufe der Jahre verblaßten.

Grahams Eltern verfolgten in Zwei- beziehungsweise Dreiteilern, von denen sie wußten, daß man so was bei Hochzeiten trug, staunend die Vorgänge. Die Tatsache, daß Lilian Hinchcliffe, in einem türkischen Kaftan, und Charmian, in einer durchsichtigen Bluse – die eine fade Popgruppe zu einer weiteren Strophe von ›All You Need Is Love‹ inspirierte – beim Empfang anwesend waren, bestätigte ihnen, daß ihr Sohn den sozialen Aufstieg geschafft hatte. Sie wechselten ein paar Worte mit seinen Kollegen von Crasoco (die ebenfalls Dreiteiler trugen), auch mit seinem unmittelbaren Vorgesetzten, George Brewer, aber im Grunde fühlten sie sich verwirrt. Als Graham und Merrily in ihrem neuesten Auto, einem Mini-Moke, für »vier Wochen der Liebe und Freiheit auf dem Festland« abfuhren, kehrten Mr. und Mrs. Marshall nach Mitcham zurück, ungewiß, ob sie ihren Sohn jemals wiedersehen würden.

Nach dieser Hochzeit, die sie als Hymne gegen den Materialismus verstanden, verbrachten Graham und Merrily ihren ›Aussteigermonat‹ größtenteils auf der griechischen Insel Mykonos; dann kehrte sie in die teure Wohnung in Chelsea und er zu seinem gutbezahlten Job bei Crasoco zurück.
Ein Jahr später verkauften sie die Wohnung mit Gewinn und bezogen ein Haus mit drei Schlafzimmern in Barnes. Nach einem weiteren Jahr bekamen sie einen Sohn, Henry, und 1970 schenkte Merrily einer Tochter, Emma, das Leben. Zu dieser Zeit hatten sie sich auch einen Farbfernseher angeschafft, eine Hi-Fi-Anlage, eine Waschmaschine und einen Geschirrspüler, und hatten den Mini-Moke (dessen nicht wetterfestes, abnehmbares Verdeck bei Regen ziemlich ungemütlich wurde) gegen einen Citroën DS eingetauscht.
Während der ›Siebziger‹, die genau mit seinen ›Dreißigern‹ zusammenfielen, galt Graham Marshalls Hauptinteresse der Arbeit. Seine bisherigen Fähigkeiten wurden durch eine neue, aus Erfahrung gewonnene Zähigkeit ergänzt; er kletterte, innerhalb der Personalabteilung, höher und höher auf der Führungsleiter von Crasoco. Beförderungen und Gehaltserhöhungen reihten sich in vorhersehbaren Abständen aneinander. Er blieb immer am Ball, merkte sich, wessen Meinungen beachtet wurden und welche man ignorierte. Er besuchte Firmenlehrgänge, wo er beachtliches Geschick für die sterilen Übungsabläufe bewies, die damals Mode waren. Man bot ihm die Gelegenheit, an Computerlehrgängen teilzunehmen, was er jedoch mit der Begründung ablehnte, daß ›jeder x-beliebige aus dem Computerraum die Zahlen liefern könnte‹.
Mit dieser Einstellung ahmte er George Brewer nach. Überhaupt hielt er sich sehr an George Brewer und machte sich selbst zum unentbehrlichen Assistenten, als sein Mentor auf den Posten des Personalchefs befördert wurde. Dies bedeutete wesentlich mehr Trinkgelage an der Firmenbar, als Graham lieb war; er zündete seinem Chef dessen widerliche kleine Zigaretten an, half ihm beim Lösen

der Kreuzworträtsel in *The Times* und stimmte Georges Plänen über die Zukunft von Crasoco zu, doch Graham wußte, daß es sich lohnte. Gelegentliches Heucheln konnte seine Stellung im System nur festigen.

Er war nicht immer einer Meinung mit George Brewer, behielt jedoch gewöhnlich seine Meinung für sich. George war Geschäftsmann der alten Schule, der ständig den Mangel an ›Gentlemen‹ in der Ölindustrie beklagte. Er liebte es, geschäftliche Dinge bei einem üppigen Essen zu besprechen und sich so wenig wie möglich im Büro aufzuhalten. Obwohl er stets bereit war, jemanden ›Alter Junge‹ zu nennen und ihm wohlwollend auf die Schulter zu klopfen, hatte er nicht viel für die Details von Klassifizierungen, Budget und Arbeitsbeurteilungen übrig. Seine Dankbarkeit Graham gegenüber wuchs, weil dieser ihm die Last einiger solcher langweiligen Pflichten abnahm.

Georges Antipathie Computern gegenüber nahm schon beinahe krankhafte Formen an. Sie stellten für ihn eine Bedrohung durch das Unbekannte dar, und er bemerkte immer wieder: »Zum Glück bin ich schon pensioniert, wenn diese verdammten Dinger alles beherrschen.« Die gesamte Forschungsabteilung (kurz F.A.), Computer und ihr Bedienungspersonal bezeichnete er spöttisch kurzerhand als ›Invasoren aus dem Weltraum‹.

Anfang der siebziger Jahre waren unter Georges Vorgänger die meisten Personalakten computerisiert worden, ein Vorgang, den George für »nicht der Mühe wert« befunden hatte. In gewissen Kreisen des Unternehmens war man der Meinung, das System wäre nun überholt und sollte modernisiert werden, doch George widersetzte sich der Änderung.

»Nur über meine Leiche«, pflegte er nach einigen Whiskys in der Bar zu zischen. »Nicht solange ich das Kommando hab. Danach ist es mir egal.«

Und Graham Marshall, ständiger Begleiter des Personalchefs, nickte weiter zustimmend, während er eigene Pläne schmiedete, was nach Georges Ausscheiden geschehen *würde.* Das System würde modernisiert werden. Obwohl er nichts von den technischen Einzelheiten verstand, erkannte Graham die Macht, die Computer verleihen konnten. Und diese Macht wollte er sich zunutze machen, sobald seine Zeit gekommen wäre.

Deshalb bestanden Ende der siebziger Jahre weder in seiner Abteilung noch sonstwo in der Firma Zweifel, daß Graham fähig war, George Brewers Job (und die damit verbundene Gehaltserhöhung von fünftausend Pfund) zu übernehmen, sobald der Amtsinhaber 1982 das Pensionsalter erreicht haben würde.

Für diese Aussicht hatte er mit jahrelanger Anpassung bezahlt, mit der, seit Georges Frau gestorben war, zunehmend schwierigeren Aufgabe, seinem Chef an den Abenden zu entfliehen. Aber es hätte sich gelohnt, wenn Graham zum Leiter der Personalabteilung ernannt worden wäre.

Da George diese hohe Stellung erst im Alter von dreiundfünfzig Jahren erreicht hatte und Graham zum Zeitpunkt der Nachfolge erst zweiundvierzig sein würde, war es sehr wahrscheinlich, daß er sogar für noch höhere Regionen im Management bestimmt war.

Im festen Glauben an diese Aussichten nahmen Graham und Merrily Marshall Anfang 1980 einen Investitionskredit in Höhe von dreißigtausend Pfund für ein großzügigeres, wenn auch ziemlich baufälliges Haus in der Boileau Avenue in Barnes auf.

## 2

Nach dem Umzug in das Haus in der Boileau Avenue begann sich einiges zu verändern: Ob zum Guten oder Schlechten ließ sich nicht gleich sagen.

Zuerst ging es um Geld. Unnötig zu sagen, daß Graham mit dem ihm zur Verfügung stehenden Geld sorgfältig umgegangen war; er wußte, daß das Haus eine gute Langzeit-Investition darstellte. Aber der Immobilienmarkt war träge. Es gab keinerlei Anzeichen, daß die Preise wei-

ter so erfreulich steigen würden wie in der vorherigen Dekade.
Die Ausgaben für das neue Haus waren beträchtlich. Die Marshalls hatten auf ein Privatgutachten vor dem Kauf verzichtet. Graham, der sich unbewußt wie sein Vater verhielt, hatte verkündet, daß ein Haus, für das die Baugesellschaft eine so hohe Hypothek akzeptierte, in Ordnung sein mußte. Diese Sparsamkeit wurde mit einer plötzlichen Rechnung für eine Holzwurmbehandlung belohnt, die alles auffraß, was nach Abzug der Umzugskosten noch übriggeblieben war.
Graham und Merrily hatten sich theoretisch auf gewisse Sparmaßnahmen nach dem Umzug eingestellt. Aber nachdem sie zehn Jahre lang über ihre Verhältnisse gelebt und extravagante Gewohnheiten entwickelt hatten, fiel ihnen der Verzicht nun schwer. Das Gespenst der Geldsorgen, das über Grahams Kindheit geschwebt und das er mit Anfang Zwanzig durch seinen Erfolg bei Crasoco vertrieben hatte, drohte zurückzukommen.
Ihre veränderten Verhältnisse spiegelten sich auch im diesjährigen Urlaub wieder. Anstatt wie üblich für zwei Wochen nach Zypern zu fliegen, mieteten sie ein Häuschen in Südwales, um zu sparen. Scheußliches Wetter sorgte dafür, daß der Urlaub zur Katastrophe wurde; lange Fahrten wurden nötig, um die Kinder abzulenken, wodurch das Ganze beinahe so teuer wurde, als wäre man ins Ausland gefahren.
Die Kinder waren noch nicht alt genug, ihre Enttäuschung zu verbergen. Graham verbrachte den Großteil des Urlaubs damit, sie anzuschreien. Sie hatten den Charme ihrer frühen Kinderjahre verloren, und ihre körperliche Entwicklung kündigte noch schlimmere Probleme für die Zukunft an. Henry hatte bereits den ersten Flaum auf der Oberlippe und entwickelte eine typisch pubertäre Mißlaunigkeit. Emma, obwohl erst elf, hatte ihre spontanen Zuneigungsbeweise aufgegeben und probierte eine Art gekünstelter Koketterie, die nichts Gutes für die Zukunft verhieß.

Und sie wurden kostspielig. Beide besuchten Privatschulen und erreichten nun – abgesehen von unvermeidbaren Ausgaben für neue Kleider, aus denen sie stets unglaublich schnell herauswuchsen – das Alter der teuren Vergnügungen. Graham fand selbst, daß er mehr und mehr wie sein Vater klang, wenn er ihnen widerwillig Geld für Schulausflüge, Kinokarten oder Tennisplatzmiete gab. Sie schienen unfähig, etwas zu tun, was kein Geld kostete.
Und je mehr sie ihn kosteten, desto weniger schien er ihnen abgewinnen zu können. Zwei junge Leute, die zufällig in seinem Haus aufwuchsen – auf seine Kosten. Und die, meinte er zu bemerken, ebensowenig Interesse an ihm hatten.
Diese ihm zur Gewohnheit gewordene Distanz färbte zunehmend auch auf die Einstellung zu seiner Frau ab. Während er in den letzten Jahren nicht viel über sie nachgedacht hatte, ertappte er sich nun dabei, daß er sie wie ein Fremder betrachtete.
Und was sah ein Fremder? Eine dünne, materialistische, ziemlich alberne Frau an die Vierzig.
Die gestrandete Schönheit, die bei ihrer Hochzeit mit Blumen gekrönt worden war, hatte sich unmerklich verwandelt. Durch das Kinderkriegen waren ihre Brüste flach und ihre Hüften breit geworden. Und ihr früherer Charme, der mit ihrer Erscheinung einherging, schien ihm nun leeres Gehabe.
Ihre Ehe hatte keinen Knacks. Sie waren einander treu und liebten sich mindestens einmal pro Woche und flüsterten dabei angemessene Zärtlichkeiten. Aber die Liebe war für beide zur Routine geworden, beinahe ein Teil der Hausarbeit, besser als das Füllen des Geschirrspülers, aber weniger aufregend als ein Gin Tonic.
Genau wie seine Kinder betrachtete Graham nun auch seine Frau mit immer mehr Abstand. Er bemerkte, nur leicht schockiert, daß sie ihm nichts bedeutete.
Und sie war ihm sogar lästig, meistens wegen ihrer Mutter. Anfangs war Graham mit Lilian Hinchcliffe gut ausgekommen. Er genoß die Ausstrahlung ihres Ruhmes als Schauspielerin, und ihr buntes Bohemeleben unterschied

sich so vorteilhaft von der grauen Unauffälligkeit seiner Eltern. Besuche in Lilians Häuschen in der Nähe von Abingdon versprachen abwechslungsreiche – manchmal bedeutsame – Gesellschaft, reichlich Alkohol und gelegentlich Cannabis. Ihre extravagante Persönlichkeit und der Kontakt zur unkonventionellen Welt des Showbusineß verlieh ihm bei seinen Kollegen ein besonderes Ansehen.
In der Kantine von Crasoco konnte er immer noch mit Erzählungen aus ihrem ausschweifenden Leben, über ihre vielgerühmten Affären – ihre Heirat im Alter von fünfzehn mit dem Schriftstellervater von Charmian und Merrily (der schon vor langer Zeit am Alkohol zugrunde gegangen war) und vor allem ihre frühe Liaison mit dem international bekannten und märchenhaft reichen Filmschauspieler William Essex – die Aufmerksamkeit auf sich ziehen.
Mit zunehmendem Alter veränderte Lilian sich jedoch. Bis über sechzig hatte sie ihr jugendliches Aussehen geschickt erhalten können, dann aber ließen die kosmetischen Anstrengungen sie grotesk aussehen. Ungefähr zur gleichen Zeit gingen ihre Engagements als Schauspielerin zurück, und ihr langjähriger Lebensgefährte, ein Kostümbildner, erlag ganz plötzlich einem Herzschlag. Von ihrer Extravaganz, die in Gesellschaft so charmant gewesen war, blieb nichts als Bitterkeit. Und sie wurde ihren beiden Töchtern gegenüber, besonders gegenüber Merrily, emotional immer anspruchsvoller. Charmian, die eine unbefriedigende Ehe abgebrochen hatte, machte eine bescheidene journalistische Karriere. Lilian warf ihr vor, daß sie nicht wie Merrily ein paar niedliche Kinder in die Welt setzte, wodurch Merrily das zweifelhafte Vergnügen hatte, die Lieblingstochter zu sein.
Der Höhepunkt von Lilians Gefühlsansprüchen wurde im September 1980 durch einen Selbstmordversuch erreicht. Er war hoffnungslos albern. Sie hinterließ eine erpresserische Notiz und versuchte sich ausgerechnet mit einem Abbeizmittel umzubringen, obwohl die kleine Menge, die sie nahm, nur den wahren Charakter ihrer Geste enthüllen konnte.

Der Hilferuf funktionierte: man kam überein, daß sie draußen in Abingdon zu isoliert lebte, und suchte ihr eine Wohnung in Barnes, damit sie näher bei ihren Töchtern war (oder, genauer gesagt, bei ihrer jüngeren Tochter).
Seitdem gehörte Lilian fast zum Inventar des Hauses in der Boileau Avenue. Graham störte das weniger als die Tatsache, daß er sie offenbar unterstützen mußte. Früher hatte sie Geld gehabt und es mit vollen Händen ausgegeben. Nun schien sie ständig knapp bei Kasse zu sein, und Merrily bat Graham ständig um kleinere Beträge, um ihrer Mutter auszuhelfen.
Das nahm er übel. Aber mehr noch als die Tatsache, daß sie arm war, verübelte er ihr, daß sie nicht reich war. Er wußte die Vorteile, die ihm seine Eltern durch seine Ausbildung hatten zuteil werden lassen, zu schätzen. Aber während sich seine finanziellen Verhältnisse verschlechterten, konnte er nicht übersehen, daß es Zeitgenossen gab, die Geld geerbt oder eine Erbschaft zu erwarten hatten.
Der schwerste Schicksalsschlag innerhalb dieses schlechten halben Jahres traf Graham Ende November, als seine Eltern bei einem Autounfall getötet wurden.
Obwohl sie sich in den letzten Jahren nicht oft gesehen hatten und obwohl seine Beziehung zu ihnen nicht besonders herzlich war, empfand er einen tiefen Schock.
Zuerst war da nur der Schock über den Unfall, ein Gefühl, das man in schwächerer Form auch erlebte, wenn man einen Unfall auf der Straße sieht oder von einem Flugzeugabsturz hört.
Danach kam ein Gefühl von Zorn auf, beinahe Verachtung, seinem Vater gegenüber. Durch den Tod von Eric Marshall und seiner Frau wurden die Grundsätze der Sparsamkeit, die sie ihr ganzes Leben hindurch befolgt hatten, plötzlich fragwürdig. Der Unfall, erfuhr Graham von der Polizei, hätte nicht passieren müssen. Sein Vater, für den Sparsamkeit mit zunehmendem Alter zur Besessenheit wurde, hatte darauf bestanden, seinen Wagen selbst zu warten. Es war seine eigene Unfähigkeit, daß er die Radmuttern nach einem Reifenwechsel nicht richtig

angezogen hatte, die zu dem folgenschweren Unfall geführt hatte. Diese Erkenntnis schmälerte Grahams Andenken an seinen Vater.
Alle Leitsprüche von Eric Marshall schienen nunmehr fragwürdig. Die alte Leier, daß ›Lehrer immer gebraucht würden‹, bekam durch die wachsende Rezession einen ironischen Beigeschmack, und die vielgepriesene Sparsamkeit basierte ebenfalls auf falschen Voraussetzungen. Lebenslängliche Knauserei hatte buchstäblich nichts geschaffen, was man an die nächste Generation weitergeben könnte. Eric Marshall hinterließ kein Testament (vermutlich ebenfalls aus Sparsamkeit), und so fraßen die Anwaltshonorare einen großen Teil des Erlöses aus dem Verkauf des Mitchumhauses auf.
Doch der größte Schock machte sich erst nach und nach bemerkbar. Da er nicht viel von seinen Eltern gesehen hatte und daher nicht viel für sie empfand, brauchte Graham lange, um sich über die Leere klarzuwerden, die der Tod seiner Eltern in ihm hinterlassen hatte.
Ganz allmählich erkannte er, daß er mit ihnen den Bezugspunkt für seine Leistungen verloren hatte. Solange er sich erinnern konnte, hatte er sich für *sie* angestrengt. Sogar in den letzten Jahren hatte er sie hin und wieder angerufen, um ihnen über eine neuerliche Beförderung oder einen sonstigen Triumph zu berichten. Und sie waren dafür immer empfänglich gewesen.
Ihre Wertschätzung war es gewesen, die seinen Erfolg begleitet hatte. Er hatte nicht gemerkt, wie sehr er sich immer auf ihre nie ausbleibende Anteilnahme an seinen Leistungen gestützt hatte.
Das war jetzt vorbei; nun konnte er nur noch an den strengeren Maßstäben von ›draußen‹ gemessen werden.

Was die Arbeit betraf, so erwies sich die zweite Hälfte des Jahres 1980 als kritische Phase, obwohl Graham Marshall nicht das Gefühl hatte, seine Position wäre gefährdet. Lediglich ein generelles Unbehagen machte sich in der Firma breit.

Zum Teil aus finanziellen Gründen. Der Konjunkturrückgang war deutlich spürbar, und obwohl die Ölfirmen weniger darunter litten als andere Industriezweige, wurden Lohnerhöhungen eingeschränkt, und die nationale Arbeitslosenziffer ließ jeden um seinen sicheren Arbeitsplatz bangen.

Die Lage verbesserte sich nicht dadurch, daß Crasoco kürzlich eine Unternehmensberatung beauftragt hatte, die Firma von oben bis unten durchzuchecken. Dies hatte eine beunruhigende Wirkung; es wurde viel über mögliche Entlassungen als Folge des Berichts gesprochen. Graham, der einige solcher Untersuchungen erlebt hatte, auf die dann nur kosmetische Änderungen gefolgt waren, blieb unbesorgt.

Er hatte eigene Probleme, die er jedoch mit der ihm eigenen Geschicklichkeit handhabte. Er war mit einer ständig wachsenden Anzahl von Besprechungen und anderen Verantwortlichkeiten beschäftigt, vor denen sich George Brewer nun drückte, und mußte feststellen, daß Umzug und Hauskauf mehr von seiner Energie verbraucht hatten, als er erwartet hatte. Es erschöpfte ihn, aber er wurde damit fertig.

Außerdem mußte er sich in zunehmendem Maße mit aufgeblasenen Untergebenen herumärgern. Die Rezession bewirkte, daß viele sich um die noch vorhandenen Karrieremöglichkeiten bewarben, so daß mehr junge Männer seinem Weg in die Personalabteilung folgten. Es war unvermeidlich, daß darunter Leute mit vergleichbaren Fähigkeiten und gleichem Ehrgeiz waren. Und ebenso unvermeidbar würden sie versuchen, ihre Vorgesetzten zu verdrängen, so wie er es getan hatte. Mit vierzig stellte Graham fest, daß eine ganze Meute von zehn Jahre jüngeren Männern nach seinen Fersen schnappte.

Doch er glaubte zuversichtlich, daß er gerissener war als sie. Die meisten würden sich verausgaben, ihre Ansprüche herunterschrauben und auf ihrer derzeitigen Stufe stehenbleiben. Einige würden eine Beförderung erreichen.

Der vielversprechendste unter ihnen war Robert Benham.

Er war vor drei Jahren von einer in Amerika ansässigen Ölgesellschaft zu Crasoco gekommen. Davor hatte er bei einer Elektronikfirma gearbeitet und besaß eine Programmiererausbildung. Er war intelligent und ehrgeizig, obwohl es ihm an Georges und Grahams höherem Schulabschluß mangelte. Er sprach mit breitem Midland-Akzent und war humorlos. Doch alles, was er anfing, tat er mit großem Fleiß und Eifer. Jeden Donnerstag spielte er in der Mittagspause Squash auf dem firmeneigenen Court, und seine Freizeit schien er mit Segeln zu verbringen.
Robert Benham war ein guter Mann für die Personalabteilung und würde, so schätzte Graham, ungefähr in zehn Jahren seinen jetzigen Job als stellvertretender Personalchef übernehmen können. Aus dieser Überlegung heraus förderte und ermutigte er den jüngeren Mann. Graham wußte, daß er auf die Unterstützung solcher Schützlinge angewiesen war, sobald er die Stelle des Personalchefs übernahm. Und wenn er die Umstellung auf das neue Computersystem bewerkstelligen wollte, würde er die Hilfe eines Spezialisten brauchen.
Anfang 1981 wurde der Bericht der Unternehmensberatung der Direktion vorgelegt.
Die Hauptkritik bestand darin, daß die britische Niederlassung von Crasoco zu engstirnig dachte, nur ungenügend die weltweite Entwicklung innerhalb der Ölindustrie berücksichtigte und in manchen Bereichen überbesetzt war.
Zur allgemeinen Überraschung – und Bestürzung vieler – wurde innerhalb eines Monats klar, daß diesmal die Ratschläge der Unternehmensberatung beachtet wurden. Aufgrund des Berichts, der zeitlich mit dem Konjunkturrückgang zusammenfiel, entschied die Firma, Personal abzubauen. Trotz einiger Rückzugsgefechte von Gewerkschaften und Betriebsrat würde es zu Entlassungen und vorzeitigen Pensionierungen kommen.
Aufregende Wochen folgten dieser Ankündigung, doch Graham Marshall machte sich noch immer keine Sorgen. Er vertraute auf seine Fähigkeiten und kannte seinen Wert

für die Firma. Er war der beste stellvertretende Personalchef, den sie seit Jahren gehabt hatten.
Seine Zuversicht erwies sich als gerechtfertigt. Wie immer hatte der Führungsstab am wenigsten unter den Beschneidungen zu leiden, da er maßgeblich an den Entscheidungen beteiligt war.
Es gab nur einen Hauptbetroffenen in der Abteilung, und das war George Brewer, der gefragt wurde (obwohl diese Frage keine andere Antwort als ›ja‹ zuließ), ob er nicht vorzeitig in den Ruhestand gehen möchte.
Graham Marshall atmete auf. Die Ungewißheit der letzten Monate war vorbei, und der stetige Weg zum Erfolg lag frei vor ihm. Er würde den Job ein Jahr früher als angenommen bekommen.
Im März wurde George Brewers Stelle offiziell ausgeschrieben, und Graham bewarb sich in aller Form darum. Es gab auch andere Kandidaten, aber alle waren jünger und unerfahrener, mit weniger Dienstjahren in der Firma. George Brewer war im Prüfungsausschuß, und beim Vorstellungsgespräch sagte er ganz deutlich, daß Graham der richtige Mann für diesen Posten wäre. David Birdham, der leitende Direktor, stellte einige eindringliche Fragen über die Zukunft der Personalabteilung, und ohne daß Graham dabei George offen in den Rücken fiel, liefen seine Antworten darauf hinaus, daß er wesentliche Änderungen beabsichtigte. Nachdem wohlwollend gelächelt und Hände geschüttelt worden waren, verließ er den Vorstandsraum.
Er fühlte sich, als wäre er eben in den exklusivsten Club der Firma aufgenommen worden; er hatte nie daran gezweifelt, aber jetzt war er sicher, daß er den Job hatte.

## 3

Als er dann am Donnerstag nach der Vorstandssitzung einen Anruf von George Brewers Sekretärin, Stella Davies, erhielt, ob er vor dem Essen schnell auf einen Drink kommen könnte, wußte er eigentlich schon, worum es ging.

Er betrat das Vorzimmer zuversichtlich und flachste ein wenig mit Stella. An diesem Morgen war sie besonders zuvorkommend. Sie war eine attraktive, geschiedene Frau in den Vierzigern, und Graham fragte sich – nicht zum ersten Mal –, ob sie zu diesem Job paßte; und was sie für diesen Job alles tun würde.
Sein Selbstvertrauen wuchs wie stets beim Anblick seines Chefs. George war in den letzten Jahren, als die Pensionierung wie ein Abgrund näherrückte, stark gealtert. Die Entscheidung über seine vorzeitige Pensionierung hatte sich verheerend ausgewirkt. Er glich einem alten Mann, verwirrt und ängstlich, wie er so in seinem Drehstuhl saß und mit einem Brieföffner herumspielte. Seine Revers waren mit Asche bekleckert, da er die billigen Zigaretten nie aus dem Mund nahm. Graham fühlte sich wohltuend überlegen, ein Gefühl, das die Jugend immer erfaßt, sobald das Alter sich aus dem Konkurrenzkampf zurückzieht.
Er erbot sich, die Drinks zu holen, und George stimmte zu. Die Ungeduld, mit der er den angebotenen Scotch an die Lippen führte, ließ darauf schließen, daß es nicht sein erster an diesem Morgen war.
Wenn der alte George der Flasche zuspricht, ging es Graham durch den Sinn, wird er noch eher abgeschoben.
»Cheers«, sagte er.
George Brewer erwiderte den Toast – mit Verspätung, da sein Glas bereits halb leer war. Er suchte in seiner Tasche nach einer Zigarette und steckte sie traurig in den Mund. Graham beugte sich vor und zündete sie mit seinem goldenen Feuerzeug an, das die Initialen G.M. trug (ein ungewöhnlich teures Geschenk seiner Eltern zu seinem einundzwanzigsten Geburtstag).
»Gut, daß Sie raufgekommen sind, Graham.«
»Kein Problem.«
»Nein.« George drehte sich unruhig in seinem Sessel. Zigarettenasche fiel unbemerkt auf sein Revers.
»Wissen Sie, Graham, Ihnen kann ich es ja sagen, mir gefällt der Kurs nicht, den die Firma einschlägt. Keine Ahnung, was die Geschäftsleitung vorhat.«

»Ich finde auch, daß man Sie ziemlich schäbig behandelt hat, aber ...«
»Oh, mich.« George zuckte die Schultern, als ob er eine hoffnungslose Sache von sich weisen wollte. »Ich spreche nicht von mir. Ich spreche allgemein ... Nein, was mich betrifft, so bin ich froh, hier bald raus zu sein. Mir gefällt die Zukunftsperspektive nicht. Öl wird es nicht mehr lange geben, abgesehen von vielem anderen.«
»Etwas ist noch da«, tröstete Graham. »Und die Firma steckt eine Menge Geld in die Entwicklung alternativer Treibstoffe.«
»Ja, ja, das nehme ich an ...«
George schien ziemlich bedrückt. Der schreckliche Gedanke an den Ruhestand machte ihn krank. Seit dem Tod seiner Frau schien er außerhalb seiner Arbeit nirgends Zuflucht zu finden. Er war einer von denen, die binnen eines Jahres an reinem Nichtstun sterben konnten, dachte Graham. Er mochte den alten George sehr, aber der Gedanke schockierte ihn nicht. Seit dem Tod seiner Eltern wurde ihm zunehmend bewußter, wie entbehrlich Menschen waren.
»Sehen Sie, Graham«, begann George unnötig laut, um seine eigene Stimmung abzuschütteln, »wie Sie wissen, hatte ich immer größten Respekt vor Ihren Fähigkeiten ...«
»Vielen Dank.«
»Und ich habe immer gehofft, wenn es Zeit für mich würde, zu gehen ...« Seine Unterlippe zitterte. »Nicht, daß ich dachte, daß ich schon so bald gehen würde ...«
»Das dachte keiner von uns«, half ihm Graham loyal. Oh, bring's hinter dich, George, bring's hinter dich.
»Ich hatte immer gehofft, ich würde Ihnen das Amt übergeben. Ich glaube, wir sehen die wichtigen Vorgänge innerhalb der Firma mit den gleichen Augen. Wir beide wollen diese verdammten Invasoren fernhalten, nicht wahr?«
»Ja.« Graham lachte loyal über den alten Witz.
»Und mir gefiel die Vorstellung, daß, während Sie hier in

diesem Sessel sitzen, meine Firmenpolitik weitergeführt wird – zumindest in groben Zügen.«
Das ist aber schon alles, dachte Graham. Doch nickte er und sagte: »Natürlich, George.«
»Also wollte ich immer, daß Sie den Job übernehmen.«
Graham nickte abermals. Es fiel ihm schwer, den Anflug eines Lächelns zu unterdrücken.
»Bedauerlicherweise war der übrige Prüfungsausschuß nicht meiner Meinung.«
Diese Worte kamen so überraschend, daß Graham sie für einen Moment nicht erfaßte.
»Ich halte es lediglich für eine Marotte«, fuhr George verdrießlich fort. »Sie sind alle so aufgeregt nach diesem verdammten Bericht der Unternehmensberatung, sie wollen die Veränderung bloß um der Veränderung willen. Sie nehmen nicht den naheliegenden Kandidaten, aus dem einfachen Grund, weil er naheliegend ist.«
»Verstehe ich Sie recht?« brachte Graham hervor. »Wollen Sie damit sagen, daß ich den Job nicht bekommen habe?«
»Ja, sicher«, antwortete George gereizt.
Grahams erster Gedanke war, daß George es falsch verstanden hatte. Er war in diesen Tagen so verwirrt, möglicherweise so betrunken, daß er die Sache falsch verstanden hatte.
»Sind Sie sicher, George? Ich meine, ich dachte ...«
»Ich auch, Graham. Und hätte es in meinen Händen gelegen, würden Sie ...« Die stoppelige Unterlippe zitterte wieder. »Vielleicht hat meine Fürsprache die Sache vermasselt. Ich bin völlig in Ungnade gefallen bei der Firma, vielleicht ... Möglicherweise *wollen* sie keine Weiterführung meiner Firmenpolitik ...«
Aber ich wollte sie doch nicht weiterführen, wollte Graham verzweifelt sagen. Er wünschte sich zurück vor den Prüfungsausschuß, um ihnen das zu sagen. Großer Gott, hatte er all die Jahre auf das falsche Pferd gesetzt? Waren all diese langweiligen Zustimmungsbekundungen mit George Zeitverschwendung gewesen?

»Ich glaube nicht, daß sie eine Fortführung meiner Firmenpolitik haben *wollen«,* fuhr der alte Mann trotzig fort. »Sie wollen einen ›neuen Besen‹.«

»Und wer...«, fragte Graham mit erstickter Stimme, »wer ist der neue Besen?«

»Robert Benham.«

»Robert Benham! Als Personalchef!«

»Ja.«

»Aber er ist erst vierunddreißig!«

»Das erschien den übrigen Prüfungsmitgliedern als Pluspunkt.«

»Und er ist erst seit drei Jahren bei Crasoco.«

»Das ebenfalls. Es sind die Sticheleien der Unternehmensberatung über unser Inseldenken. Benham hat in amerikanischen Firmen gearbeitet, er ist viel herumgekommen.« George Brewer zuckte resigniert mit den Schultern. »Graham, dagegen bin ich machtlos. Ich wurde – wieder einmal – überstimmt, und Robert Benham wird der nächste Leiter der Personalabteilung.«

Graham Marshall holte tief Luft. »Weiß er es schon?«

»Nein. Ich muß es ihm jetzt sagen. Ich dachte, das mindeste, was ich für Sie tun kann, war, es Ihnen zuerst zu sagen.«

»Danke.«

»Ich vertraue selbstverständlich auf Ihre Diskretion.«

»Natürlich.«

George blickte ihn mit alten, wäßrigen Augen an.

»Tut mir leid, Graham. Ich fürchte, wir sitzen beide im selben Boot.«

»Und sind beide auf die gleiche Weise verschaukelt worden.«

»Ja.«

Ich bin hintergangen worden, total hintergangen. Graham Marshall fühlte, wie die Wut in ihm hochkam. Bald zwanzig Jahre lang hatte er sich an die Spielregeln der Firma gehalten. Und nun, als der Hauptpreis zum Greifen nahe war, wurden die Spielregeln willkürlich geändert.

An jenem Abend, als Graham sich George Brewer und Robert Benham anschloß, um zur Feier des Tages einen Drink in der Firmenbar zu nehmen, erkannte er die bittere Wahrheit von Oscar Wildes Ausspruch, daß man zwar die Trauer eines Freundes nachempfinden könne, aber daß schon ein edler Charakter nötig sei, um dessen Erfolg zu teilen.
Weder war sein Charakter sonderlich edel, noch war er geübt in dererlei Sympathiebeweisen. Außerdem war Robert Benham kein Freund. An diesem Tag wurde sich Graham immer wieder bewußt, daß er zum ersten Mal einen öffentlichen Wettkampf verloren hatte; Erfolg war ihm zur selbstverständlichen Gewohnheit geworden.
Robert Benham nahm seine Beförderung gelassen hin. Er konnte es sich leisten. Graham wußte aus eigener Erfahrung, wie leicht es war, Überheblichkeit zu vermeiden und Wohlwollen im Augenblick des Triumphes zu zeigen. Der Gewinner hat immer Zeit, großmütig zu sein; diejenigen, die er hinter sich gelassen hat, bleiben atemlos zurück und können ihr Scheitern nicht begreifen.
So fiel es Robert Benham, der untersetzt, dunkelhaarig und – nach Grahams Meinung – mit einer lederbesetzten Tweedjacke nachlässig gekleidet war, nicht schwer, schüchtern und bescheiden auszusehen. Graham hatte ihn noch nie so entspannt gesehen; er zügelte seine sonst üblichen Aggressionen. Da sein Ehrgeiz befriedigt war, konnte er eine Weile darauf verzichten. Graham kannte das Gefühl unangreifbarer Ruhe.
Und er hörte sich selbst sprechen, als Robert Benham ihm im breiten Midländer Dialekt zuflüsterte: »Dies ist die größte Überraschung meines Lebens, Graham. Ich war überzeugt, Sie würden den Job bekommen. Ich hoffe, die Geschäftsleitung weiß, worauf sie sich da eingelassen hat.«
Noch dazu erkannte er die Unaufrichtigkeit dieser Worte. Robert Benham war selbstverständlich nicht überrascht. Die Ernennung hatte ihn lediglich in seiner Meinung über sich selbst bestärkt.

Ebenso wie es Grahams eigenes Image bestärkt hätte ... hätte er den Job bekommen.

*Hätte er ihn bekommen.* Er hatte immer noch Schwierigkeiten, die Niederlage voll zu erfassen. Er hatte so lange mit der festen Gewißheit gelebt, Georges Job würde auf ihn übergehen, daß es einige Zeit dauern würde, um die hochfliegenden Pläne herunterzuschrauben, die aufgrund dieser Einbildung entstanden waren.

Gleichzeitig wußte er jedoch, wie gänzlich er versagt hatte. Mit einundvierzig war man jung, wenn man Personalchef wurde, aber alt, wenn man es nicht wurde. Der Schandfleck würde bleiben. Erstmals wurde Graham klar, wie sehr er sich gerade auf diesen Job versteift und sich dadurch für jeden anderen Job disqualifiziert hatte. Es wäre klüger gewesen, sich die letzten zehn Jahre in anderen Abteilungen oder sogar bei anderen Firmen umzusehen.

Wie Robert Benham es getan hatte.

Was war an Robert Benham, das er nicht hatte? Nichts, entschied Graham, genau die gleichen Qualitäten in höherer Konzentration.

Und Jugend. Und keine Frau und Kinder, keine gewaltige Hypothek, die ihn erdrückte.

Background?

Nicht vergleichbar mit Grahams Werdegang. Staatliche Schulen, Grundschule und Gesamtschule. Mit sechzehn aus der Schule gleich ins Berufsleben. Dann mit Anfang Zwanzig ein Fernkursabschluß und anschließend Wirtschaftsschule. Keine glänzende Internatsausbildung.

Die Spielregeln hatten sich mit Sicherheit gewandelt. Wieder einmal empfand Graham Verachtung bei der Erinnerung an seinen Vater. »Internat und Universität, das sind die Schlüssel zum System – man braucht sie, will man es zu etwas bringen, Graham.«

Falsch. Betrug. All die scheußlichen Jahre der Pfennigfuchserei in Mitcham waren unnötig gewesen. Wie die eigene Wartung seines Wagens, wie seine Sparpolitik, so war Eric Marshalls Plan für die Ausbildung seines Sohnes schlicht unzulänglich gewesen.

»Fest steht, daß ich einige Änderungen durchführen werde, wenn ich übernehme«, vertraute ihm Robert Benham an, als George bereits zum zweiten Mal in dieser Stunde auf die Toilette verschwand. Der alte Mann schien wirklich auseinanderzufallen.
»Gleich als erstes, Graham, werde ich dafür sorgen, daß jeder ganz gewaltig mehr arbeitet. Ein ziemlicher Haufen von Drückebergern hat sich in diese Abteilung eingeschlichen, während George im Amt war.«
Er beeilte sich zu verbessern: »Ich meine natürlich nicht Sie, Graham. Hatte immer größten Respekt vor Ihrem Eifer und absoluten Einsatz.«
Gönnerhaft, beinahe wie ein Schulzeugnis. *Macht das Beste aus seinen beschränkten Fähigkeiten.* Wiederum wußte Graham, daß er das gleiche zu jenen Kandidaten gesagt hatte, die er in früheren Konkurrenzkämpfen geschlagen hatte.
»Was ich möchte, ist, eine neue Arbeitsmoral schaffen, die Leute endlich etwas wachrütteln. Man muß sie von der Meinung abbringen, daß sie eine ruhige Kugel schieben und ihre Zeit bis zur Pensionierung nur absitzen müssen. Ein Konzept für *Produktivität* braucht die Abteilung.«
»Ja, gewiß«, stimmte Graham begeistert zu. Ebenso begeistert, wie er Georges Pläne in der Vergangenheit unterstützt hatte.
Robert langte in seine Jacke nach einer Schachtel kleiner Zigarren und bot sie an. Graham lehnte ab. Robert nahm eine und steckte die Schachtel zurück. Ganz automatisch hielt ihm Graham das brennende Feuerzeug hin. O Gott, so schnell war er in die unterwürfige Rolle seinem Chef gegenüber geschlüpft. Er haßte sich selbst dafür.
»Was ich vorhabe, wird nicht unbedingt Anklang finden, Graham, also werde ich Unterstützung brauchen. Und Rat. Es gibt viele Bereiche in der Firma, in denen ich mich nicht auskenne, ich werde mich auf Ihre Erfahrung stützen müssen, Sie oft nach Rat fragen.« Pause. »Wenn ich darf, Graham.«
So treuherzig. So großmütig. So bescheiden.

Genauso hätte er gesprochen, wenn er den Job bekommen hätte.
»Selbstverständlich«, sagte Graham. »Wann immer ich Ihnen behilflich sein kann, Robert.«

Der Umtrunk dauerte lange, und es war halb zwölf, als Graham aus dem U-Bahn-Tunnel bei Hammersmith torkelte.
Er war, das merkte er, ziemlich betrunken. Er umklammerte fest den geriffelten Griff seines Regenschirms. Seine Aktentasche war im Büro liegengeblieben. Graham hatte erst vorgehabt, sich Arbeit mit nach Hause zu nehmen, aber dafür war es jetzt zu spät. Wie auch immer, was hatte es für einen Sinn, Überstunden zu machen, da er nun doch nicht Leiter der Personalabteilung wurde?
Was hatte überhaupt noch Sinn?
Die Ungerechtigkeit von Robert Benhams Beförderung verursachte ihm Brechreiz, als er durch die Sperre ging und dem Kontrolleur automatisch seine Monatskarte hinhielt.
Nur wenige Menschen waren unterwegs. Es war kühl. Draußen regnete es. Automatisch überquerte er die Straße zur U-Bahn, die nach Hammersmith Bridge und zur Boileau Avenue führte.
Es hatte auf die Stufen geregnet, und große Pfützen waren entstanden, die er mit der angestrengten Konzentration, die total Betrunkenen eigen war, umging.
Der alte Mann kauerte an der gefliesten Wand am Fuße der Treppe, die zum Bahnsteig führte.
Graham Marshall bemerkte kaum die formlose Gestalt. Es hielten sich oft Penner in den U-Bahnhöfen auf. Ihm schwirrten genug eigene Gedanken im Kopf herum, als daß er irgend etwas anderes wahrgenommen hätte.
Als Graham auf gleicher Höhe mit ihm war, richtete sich der alte Mann auf.
»Hast' nicht 'ne kleine Spende übrig, Kumpel?«
Graham bekam den saueren Geruch schmutziger Kleider auf ungewaschener Haut in die Nase, als er die Treppe hö-

her stieg. Als er oben ankam, spürte er den Regen, doch er spannte seinen Schirm nicht auf. Er hielt den Griff weiterhin fest umklammert.

Er war schon ein gutes Stück auf der Hammersmith Bridge Road gegangen, als er bemerkte, daß ihm der alte Mann folgte. Es war das typische Klapp-klapp schlecht passender Schuhe auf dem nassen Pflaster.

Graham schritt kräftiger aus. Die Scheinwerfer der Autos, die hin und wieder die Brücke überquerten, zeichneten weiße Streifen auf die naßglänzende Straße. Verkehr brummte und brauste vorbei auf der Überführung über ihm, schluckte das klatschende Geräusch der Füße.

»He! Kumpel!«

Er ging weiter, achtete weder auf den Regen noch auf seine Beine, die automatisch den täglichen Nachhauseweg fanden. Trotz seiner starken inneren Anspannung fühlte sich sein Körper schwach an, unkontrollierbar.

Er ging am Pub vorbei und erreichte die Brücke, als er bemerkte, daß ihm der alte Mann noch immer folgte.

»Kumpel!«

Die Nähe der Stimme überraschte ihn, und er drehte sich unfreiwillig halb um, bevor er weiterging. Er hatte das Bild zerfranster Lumpen vor Augen.

Als nächstes spürte er eine Hand an seinem Ärmel. Graham fuhr zornig herum. Die Lichter von Hammersmith lagen hinter dem alten Mann. Er war immer noch lediglich eine Silhouette und ein Geruch. Ein Nichts.

Graham fühlte sich riesengroß durch den Alkohol, wie eine gewaltige Karikatur, die sich drohend vor einer gebeugten Gestalt aufrichtete.

»Kumpel, hab'n wir nicht 'n Pfund übrig? Bitte. Ich hab' mein Leben verpfuscht. Aber ich brauch' Sie nur anzusehn, da weiß ich, daß Sie Erfolg haben.«

Hätte er ein anderes Wort gewählt, wäre der alte Mann noch am Leben.

Doch plötzlich verkörperte er jeden, der Graham Marshall je getäuscht hatte. Er war Eric Marshall, er war George Brewer, er war Robert Benham. Er stellte eine für keinen

Menschen erträgliche Provokation dar. Und er mußte ausgelöscht werden, von der Erdoberfläche verschwinden.
Grahams geballter Zorn über seine Enttäuschung, seine vergeudeten einundvierzig Jahre lagen in dem Schlag, mit dem der geriffelte Schirmgriff auf den gesichtslosen Kopf heruntersauste.
Geräuschlos, nur mit einem leisen Plopp, wie es beim Öffnen einer Flasche entsteht, brach der alte Mann zusammen.
Graham sah sich um. Kein Mensch auf der Brücke und momentan auch keine Autos.
Er blickte auf den Griff seines Regenschirms, fürchtete das Schimmern klebrigen Blutes. Aber die Lichter über ihm fielen nur auf die Rillen des polierten Holzes. Es war unbeschädigt.
Instinktiv beugte sich Graham nieder, hob den Mann hoch, ohne das Gewicht des Körpers zu spüren, und kippte ihn über das Brückengeländer.
Er ging bereits weiter, bevor ein leises Aufklatschen zu hören war.

Erst als er schon im Haus war, traf ihn die Erkenntnis des Geschehenen wie ein Schlag.
Im Badezimmer, als er die Zahnbürste zum Mund führte, wußte er plötzlich, daß er einen Mord begangen hatte.
Er krümmte sich und erbrach ins Waschbecken.
»O Gott«, ertönte hinter ihm Merrilys leise, gedehnte Stimme. »Mußtest du denn so viel trinken?«

# 4

Graham Marshall verbrachte eine schreckliche Nacht. Durch den Alkohol schlief er zwar schnell ein, wachte aber eine Stunde später wieder auf; Schweiß lief ihm aus allen Poren und durchnäßte bald seinen Schlafanzug. Die Zudecke lag schwer und feucht auf ihm, als ob sie ihn ersticken wollte, und das Laken bildete quälende Falten. Seine Arme begannen unkontrolliert zu zucken.

Merrily schlief neben ihm ruhig weiter, die Gleichmäßigkeit ihres Atems war ein ständiger Vorwurf. ›Der Schlaf des Gerechten‹ – der Satz kam ihm brutal in den Sinn –, der Schlaf, an dem sich die Rechtschaffenen erquicken, jene guten Bürger, die keine Mörder waren.

Seine Zähne begannen zu klappern. Mit einem geräuschvollem Ruck stand er auf. Ein Teil in ihm wollte Merrily wecken, nicht um ihr zu erzählen, was geschehen war, nur um einen Ansprechpartner zu haben, nur damit sein Nervenzusammenbruch bemerkt würde. Ihr rhythmisches Atmen stockte, verfiel aber gleich wieder in seine aufreizende Gleichmäßigkeit.

Er blickte auf ihre Gestalt, die sich unter der Zudecke abzeichnete, und fühlte unbegründeten Haß. ›Der Schlaf des Gerechten‹ – wieder drängte sich der Satz in seine Gedanken. Es war die Ungerechtigkeit ihres Schlafes, die ihn verletzte. Sie hatte nicht unter einer solchen Provokation leiden müssen wie er. Sie hatte nicht den alten Mann umbringen müssen.

Er taumelte aus dem Schlafzimmer. Seine Kopfhaut war gespannt und prickelte; er konnte sich bildlich vorstellen, wie sein Gehirn eintrocknete, ausdörrte, das Fleisch nach innen sog.

Er ging hinunter ins Wohnzimmer und nahm einen doppelten Scotch. Er wußte, das war keine gute Idee, aber zumindest hörte das Zittern für eine Weile auf.

Nur allzu schnell kehrten die Gedanken wieder.

Er hatte einen Mord begangen.

Nun begann er innerlich zu zittern, heftige, kurze Krämpfe kamen aus seinem Magen, als ihn die Realität überwältigte.

Er spürte nackte Angst. Er fühlte keine Reue – gewiß auch keine Schuld – für seine Tat. Für solche persönlichen Gefühle hatte der alte Mann nicht genügend Identität für ihn.

Und mit Sicherheit hatte Grahams Seelenqual keine moralische Ursache. Abstrakte Moralgefühle spielten keine Rolle in seiner Weltanschauung. Jegliche abstrakte Denkweise war ihm fremd. Hätte er sich die Zeit genommen, seine Motive zu untersuchen – was er niemals tat –, dann hätte er herausgefunden, daß ihn immer nur die Jagd nach dem Erfolg zu gesellschaftlicher Rücksichtnahme angetrieben hatte. Dies hatte bei ihm zu einem Verhaltensmuster geführt, das ihn für einen Außenstehenden von einer moralischen Person oft genug nur schwer unterscheidbar machte. Sein Verhalten war immer zweckorientiert; es wurde ihm von keinem anderen Glaubenssystem aufgezwungen. Er vertraute nur auf seine eigene Fähigkeit, den nächsten erforderlichen Schritt zu erkennen und ihn zu machen.

Doch durch die Ereignisse dieses Tages war dieser Glaube ins Wanken geraten. Nachdem er Georges Brewers Job nicht bekommen hatte, war sein Leben sinnlos geworden. Der Mord und seine zu erwartende Inhaftierung würde diese Tatsache lediglich öffentlich machen.

Die Angst vor Entdeckung war der einzige Grund für seinen Nervenzusammenbruch. Und obwohl er vor Angst wie gelähmt war, fühlte er Wut, Zorn über die Ungerechtigkeit, die ihn der Provokation des alten Mannes ausgesetzt hatte. Er betrachtete den Mord als persönliches Mißgeschick, nicht als seinen eigenen Fehler.

Er mußte schlafen. Mit Alkohol schien es nicht zu gelingen. Es mußte noch etwas anderes im Haus sein. War da nicht irgendeine Medizin, die Merrily den Kindern gab, wenn sie nicht schlafen konnten? Das Zeug war zwar jahrelang nicht gebraucht worden, aber es mußte noch rumliegen.

Das wütende Suchen im Badezimmerschrank weckte Merrily. Sie tauchte wieder auf, blinzelte verschlafen in der Tür. »Was suchst du?« fragte sie mit dünner Stimme.

»Das Zeug, das du früher den Kindern gegeben hast. Ich kann nicht schlafen.«

»Oh, das Phenergan. Das habe ich weggeworfen, bevor wir umgezogen sind.«

»Verdammt.«

»Warum kannst du nicht schlafen?«

»Ich weiß nicht. Warum kann man nicht schlafen?«
»Machst du dir Sorgen über den Job?«
»Job?«
»Georges Job. Hast du etwas vom Ausschuß gehört?«
Es geschah rein instinktiv, aber Graham hätte nicht sagen können, weshalb er mit »Nein« antwortete.

Am Freitagmorgen hatte er einen dreifachen Kater – erstens vom Alkohol; zweitens, weil er Georges Job nicht bekommen hatte; und drittens, weil er sich des Mordes bewußt war.
Zum Frühstück brachte er keinen Bissen runter; Merrily und die Kinder erschienen ihm fremder denn je; also murmelte er etwas, daß er früh im Büro sein müsse, und verließ das Haus ungefähr Viertel vor acht.
Er war fast an der Hammersmith Bridge, bevor er über den eingeschlagenen Weg nachdachte. Panik ergriff ihn. Er hatte das Gefühl, weglaufen und sich verstecken zu müssen. Eine kleine Gruppe Polizisten würde in der Mitte der Brücke sein, die Passanten befragen, auf ihn warten. Seine Schritte stockten.
Doch Logik verhinderte seine Flucht. Nur wenn er sich normal benahm, hatte er eine Chance, er mußte genau das tun, was er immer tat, genau das gleiche wie zuvor, bevor er zum Mörder geworden war.
Er riskierte einen Blick geradeaus. Keine Polizisten waren auf der Brücke; nur der gewöhnliche Fußgängerstrom, der sich schneller bewegte als die Blechkarawane auf ihrem Weg ins Londoner Zentrum.
Mit größter Anstrengung gelang es ihm, am Tatort des Verbrechens seine Schritte nicht zu unterbrechen. Er warf einen kurzen Blick auf das feuchte Pflaster, befürchtete Blutflecken.
Da war nichts.
Auch auf dem Brückengeländer war nichts zu sehen.
Während er weiterging, blickte er runter auf die Themse. Es war Flut, der Wasserstand durch die letzten Regenfälle weiter gestiegen. Das trübe Wasser floß schnell dahin, auf

seiner Oberfläche schwammen nur langsam kreisendes Treibholz und Kunststoffbehälter.
Erstmals glaubte Graham Marshall beinahe, der Mord wäre gar nicht geschehen.

Seine routinierte Gelassenheit war von kurzer Dauer. Als er sich dem Büro näherte, hielt er abermals inne, überzeugt, daß drinnen ein Polizist auf ihn wartete. Auch diesmal gelang es ihm, seine Panik zu unterdrücken. Seine einzige Hoffnung bestand darin, sich natürlich zu geben. Tags zuvor hatte ihn niemand für einen Mörder gehalten; er mußte sich also haargenau wie gestern benehmen.
Im Gebäude grüßte der Portier wie gewöhnlich respektvoll, als ihm Graham seinen Ausweis hinhielt. George Brewers Stella stieg gerade in den Lift. Es war noch früh; nur die beiden fuhren hoch in den fünften Stock.
»Das mit dem Job tut mir leid«, sagte Stella.
»Oh. Vielen Dank.« Er war selbst erstaunt, daß seine Stimme normal klang. Falls sie etwas kräftiger war als sonst, könnte man dies seiner Enttäuschung über den Job zuschreiben. Für Leute, die nichts von dem Mord wußten, würde es stets eine andere Erklärung geben.
»Ich war platt«, fuhr sie fort. »Ich bin mir nicht sicher, ob mir die Arbeit mit dem jungen Mr. Benham Spaß machen wird.«
Er sah sie an. Auf wehmütige Weise hatte sie ihm immer sehr gefallen, obwohl er niemals wirklich in Betracht gezogen hatte, Merrily untreu zu werden.
Und nun ... Für einen Mann, der einen Mord begangen hatte und kurz vor seiner Inhaftierung stand, für so jemanden war es lächerlich, noch Gefallen an einer Frau zu finden.
Andererseits ... Zu seiner eigenen Überraschung drängte sich ihm der Gedanke auf, daß jedes andere Vergehen lächerlich trivial war, verglichen mit dem Verbrechen, einen Menschen zu töten.
»Ich wußte nicht«, sagte er, »daß Sie im Job inbegriffen sind.«

»O ja. Der Schreibtisch, der Stuhl, der Auslegeteppich, der Gummibaum und ich.«
»Du meine Güte. Dann ist die Enttäuschung, den Job nicht bekommen zu haben, ja noch größer.«
Sie lächelte ihn an.
Er lächelte zurück. Aber sein Lächeln betraf nicht wirklich sie; er lächelte über die Widersinnigkeit, daß jemand Komplimente machte, der erst vor zehn Stunden einen alten Mann ermordet hatte.
Kein Polizist wartete auf ihn in seinem Büro, aber Robert Benham war da, der eifrig einige Akten auf seinem Schreibtisch studierte.
Der Leiter der Personalabteilung blickte ohne Entschuldigung auf. »Ich bin schon circa eine Stunde hier und sehe einige Sachen durch.«
»Ah.«
»Der Bericht über Personalverfügbarkeit, den Sie für George erarbeiteten, wissen Sie, ›Personalwesen in den Achtzigern ...‹«
»O ja.«
»Seine Kopie ist weggeschlossen, so sehe ich Ihre durch.«
»Schön.«
»Ihrer Schlußfolgerung, daß die Größe der Abteilung stimmt, pflichte ich nicht bei. Es gibt dort eine Menge fauler Kerle, die keinen Pfennig wert sind.«
»Das weiß ich, Robert, aber George war ziemlich darauf erpicht, die Abteilung in ihrer jetzigen Größe zu erhalten.«
»So lieferten Sie also die von ihm gewünschten Daten?«
Graham zuckte die Schultern. Robert Benham nickte barsch und schloß die Akte. »Natürlich. Wie schon gesagt, ich beschäftige mich mehr mit der Produktivität als mit der Beibehaltung des *Status quo*.«
»Ja.«
»Wir müssen noch ausführlich darüber sprechen. Während der normalen Geschäftszeit ist dafür keine Zeit. Sie besuchen mich in meinem Wochenendhaus in Stoughton

an einem Wochenende. Es ist in der Nähe von Chichester. Wir machen einen Termin aus.«
»Oh, aber –«
»Was aber?«
Ja, wirklich, was aber? Graham sprach den Satz nicht zu Ende, den er sich zurechtgelegt hatte über Merrily und die Kinder, und daß er versuchte, sich die Wochenenden so weit wie möglich freizuhalten. Er konnte nicht so tun, als würden ihm die Samstage und Sonntage *en famille* Spaß machen. Jedenfalls, was kümmerte es schon einen Mann, der demnächst wegen Mordes eingesperrt würde, ob er seinen familiären Verpflichtungen nachkam?
»Nichts. Nein, ich freue mich schon darauf. Mir ist jedes Wochenende recht.«
In diesem Augenblick erschien George Brewers gequältes Gesicht in der Tür. »Oh, äh, Robert, ich habe Sie gesucht. Ich ... äh –«
»Ich komme sofort.« Robert Benham verscheuchte seinen Chef mit einer Handbewegung, ohne irgendwelche Umstände. Georges Gesicht verschwand.
Als Robert gegangen war, bekam Graham einen erneuten Zitteranfall. Bisher hatte man die Leiche noch nicht gefunden; der Fluß hatte sie fortgeschwemmt.
Aber man würde sie bald finden.
Und dann würde man kommen und ihn holen.

»Noch einen Sherry, Lilian?«
Er kannte die Antwort. Er hatte noch nie erlebt, daß seine Schwiegermutter ablehnte. Seit sie nach Barnes gezogen war, mußten sie weitaus mehr Sherry im Haus haben. Zumindest war es ihm gelungen, ihr den Tio Pepe ab- und eine billigere Marke anzugewöhnen. Doch es ging noch immer ins Geld.
In den wenigen Momenten, in denen er sich keine Sorgen über seine Verhaftung machte, hatte er Geldsorgen.
Drei Tage waren vergangen, drei Tage voller Übelkeit, von kurzen Ruhepausen unterbrochen. Die Ruhe kam nur durch Vergessen, oft nach einigen Drinks, wenn er nicht an

den alten Mann dachte, die ganze Geschichte aus seinen Gedanken verbannte, so tat, als wäre nichts geschehen. Doch diese Momente dauerten nicht an; bald wurden seine Gedanken von einer neuen Vision des Mordes heimgesucht, oder er mußte daran denken, daß er den erhofften Job nicht bekommen hatte.

Diese beiden Ungerechtigkeiten waren mittlerweile unauflösbar in seinen Gedanken miteinander verflochten. Wäre er nicht um seinen Job betrogen worden, hätte er den alten Mann nicht umbringen müssen. Der Mord war Robert Benhams Schuld, George Brewers Schuld, da er sich nicht genügend für seinen Schützling eingesetzt hatte; jeder war schuld, nur Graham Marshall nicht.

Er hatte inzwischen eine detaillierte Vorstellung von dem Mord selbst. Obwohl der Vorfall in Wirklichkeit weniger als eine halbe Minute gedauert hatte, hatte er sich in seinem Kopf als Horrorfilm im Zeitlupentempo breitgemacht, mit dem Übelkeit erregenden Knirschen des Schlages auf den Schädel des Opfers, ein endloses Todesröcheln, der langdauernde Sturz in das dunkle Wasser der Themse.

Auch hatte der alte Mann ein Gesicht bekommen. Es war das Gesicht vom Grahams Vater.

Gerade diese Bilder ließen ihn den metallischen Geschmack von Erbrochenem in seinem Mund nicht loswerden. Aber zwischen Übelkeit und den geraubten Momenten der Ruhe kamen ihm noch andere Gedanken, Gedanken, die sich noch nicht definieren ließen, die aber nicht unangenehm waren.

Lilian Hinchcliffe stieß einen bühnenreifen Seufzer aus, als ihr Schwiegersohn ihr Sherryglas auffüllte. Es war mehr als ihre übliche Forderung nach Aufmerksamkeit. An diesem besonderen Tag hatte sie wenigstens einen Grund, mit dem sie ihren Auftritt rechtfertigen konnte, ein dramatisches Thema, um das herum sie mit kunstvoller Weitschweifigkeit improvisieren konnte. Die Nachrichten im Fernsehen am Vorabend hatten bekanntgegeben, daß der berühmte Schauspieler William Essex in der Schweiz verstorben war. Er war von seinem langjährigen Begleiter,

einem weitaus weniger berühmten Schauspieler, gefunden worden.
Graham, der Nachrichten mit Schrecken verfolgte, da er die Bekanntmachung fürchtete, Leichen wären entdeckt oder polizeiliche Untersuchungen eingeleitet worden, berührte diese Nachricht wenig. Lilian lieferte sie jedoch einen Freibrief, eine Glanzrolle zu spielen. Vergangene Nacht hatte ihr Auftritt seinen Höhepunkt erreicht, ihre jetzigen Schluchzer erinnerten nur noch daran, waren sozusagen ein Nachhall, und jeder einzelne verlangte nach teilnehmenden Fragen.
Graham hielt sich absichtlich zurück. Daß er es nicht mehr für nötig hielt zu heucheln, war ein Nebeneffekt seines kürzlich erlittenen Schocks. Ohne Schuldgefühle erkannte er nunmehr die Unwichtigkeit von Dingen, die ihn nicht interessierten. »Sherry, Liebling?«
Merrily war soeben ins Zimmer gekommen, nachdem sie die Kinder ins Bett gebracht hatte.
»Danke, Liebling.«
Das Wort »Liebling« kam ihnen ebenso automatisch über die Lippen, wie einem Seemann Obszönitäten. Und war ebenso bedeutungslos.
Merrily sank in einen Sessel. »Oooh, heute haben sie mich geschafft.«
»Du Arme. Ich muß gerade daran denken, wie du und Charmian in diesem Alter wart.« Möglicherweise lag es an ihrem Beruf als Schauspielerin, daß Lilian Hinchcliffe nicht umhin konnte, alles auf sich zu beziehen. Ihr Mitgefühl für Merrily forderte, wie rückblickend auch immer, Mitgefühl für ihre eigene Person.
»Wo ist überhaupt Charmian? Ich dachte, sie sollte heute abend kommen.« Es klang, als wäre die Abwesenheit ihrer älteren Tochter eine persönliche Beleidigung, die besonders schwerwiegend war in Anbetracht der Umstände, die dem Tod von Lilians angeblichem Liebhaber folgten.
»Sie wird gleich kommen«, sagte Merrily. »Ich habe Emma gesagt, wenn Charmian um neun hier ist, liest sie ihr noch eine Geschichte vor.«

»Eigentlich will Emma doch immer, daß *ich* ihr vorlese.«
»Ja, Mummy, aber sie sieht Charmian ja viel seltener als dich.«
Lilian Hinchcliffe warf ihr Haar mit einer verdrossenen Geste nach hinten. »Vertrautheit führt ohne Zweifel zu Mißachtung.«
Nachdem er seinen Damen ihren Sherry gegeben hatte, schenkte er sich noch einen doppelten Scotch ein und nahm einen großen Schluck. Er wußte, daß Trinken half. Er fühlte sich gefestigter, der Geschmack in seinem Mund war weniger bitter.
Die Ruhe, die er nun empfand, war auf eine subtile Art anders. Erstmals rührte sie nicht daher, daß er den Mord verdrängte, sondern entsprang der winzigen Hoffnung, er würde niemals entdeckt werden.
Das Läuten an der Tür erstickte den neuen Gedanken im Keim.
»Ich gehe.« Als er aufstand, kehrten die Übelkeit und das scheußliche innere Zittern wieder. Ein Polizist würde draußen stehen; nun war es doch dazu gekommen.
Es war Charmian. Er küßte seine Schwägerin mechanisch, und sie lief nach oben zu den Kindern. Henry und Emma kamen gut mit ihr aus, besser als mit ihren Eltern oder ihrer Großmutter. Sie war interessant, da sie Karriere machte, keine Kinder hatte und sie wie Erwachsene behandelte.
Sie schien sie ebensogern zu haben, etwas, das Graham unbegreiflich war. Anscheinend fiel es einem leichter, wenn es nicht die eigenen waren.
Wieder mal war es mit seiner Ruhe vorbei, und ein weiterer doppelter Scotch brachte sie auch nicht zurück. Es gibt keine Möglichkeit, einen Mord zu vertuschen. Es war nur eine Frage der Zeit, bis man auf ihn stieß.
Charmian kam runter. Er versorgte sie mit einem Gin Tonic und füllte auch die Gläser der beiden anderen auf, wodurch die Sherryflasche leer wurde. O Gott, ich muß schon wieder welchen kaufen.
»Allmächtiger, sie waren gerade bei einem schreckliches Spiel, als ich nach oben kam«, sagte Charmian.

»Bei welchem?« fragte Merrily gedehnt, und man hörte die Andeutung heraus, daß sie an ›schreckliche Spiele‹ ihrer Kinder gewöhnt war, seit diese in die Schule gekommen waren, ja eigentlich auch schon in den Jahren davor, während ihre Schwester nur gelegentlich mal auftauchte und es deshalb nicht überraschend war, daß diese Spielchen für sie Neuigkeitswert besaßen. Merrily wurde ihrer Mutter von Tag zu Tag ähnlicher.

»Henry sagte, er wäre der Yorkshire Ripper und Emma eines seiner Opfer.«

»Wie abstoßend«, bemerkte Lilian ausdruckslos.

Merrily zuckte mit den Schultern. »Das überrascht mich nicht. Es war so viel davon in den Zeitungen, im Radio und Fernsehen.«

»Man wird noch mehr hören, wenn der Prozeß beginnt«, pflichtete Lilian düster bei.

»Glaubst du, man hat wirklich den Richtigen erwischt?«

»Aber ja«, sagte Charmian mit der Autorität ihrer Verbindungen zur Fleet Street.

Merrily schauderte. »Ziemlich scheußlich, diese Sache.«

Lilian wollte sich gefühlsmäßig von ihrer Tochter nicht ausstechen lassen. »Wirklich absolut scheußlich. Wie kommt jemand dazu, so etwas zu tun, zu töten, nur wegen . . . igitt, das geht über mein Vorstellungsvermögen.«

Du würdest dich wundern, dachte Graham. Menschen töten aus den eigenartigsten Gründen. Zum Beispiel, nur weil sie ihren Job verloren haben.

Erstmals war sein Geheimnis meßbar. Er wollte nicht mit dem Yorkshire Ripper in einen Topf geworfen werden, ihre Verbrechen hatten nichts gemein. Und doch war da etwas, beinahe eine Exklusivität, wenn man ein Mörder war.

»Habt ihr den Film im Fernsehen gestern abend gesehen«, begann Charmian, »über einen Massenmörder? Gott, es war schrecklich. Eine dieser scheußlichen, zweitklassigen Filme der fünfziger Jahre. Schlechtes Drehbuch, entsetzliche Schauspieler.« Sie machte eine Pause, bevor ihr noch eine spitze Bemerkung einfiel. »Dieser Film wurde ›zu Ehren‹ von William Essex gezeigt.«

Diese Bemerkung zielte direkt auf Lilian, ein weiteres Geschoß in diesem eigenartigen, für ihre Beziehung so charakteristischen Krieg. Mit absoluter Vorhersehbarkeit ging sie auf die Kränkung ihrer Tochter ein.
»William Essex war einer der besten Schauspieler seiner Zeit.«
»Vielleicht der reichste. Der am häufigsten fotografierte – möglich. Aber wenn du sein Talent meinst, das war nicht der Rede wert.«
»Nun hör' mir mal zu, Charmian!« kreischte Lilian. »Du weißt nicht, was du da redest! Als William und ich liiert waren...«
Und so weiter. Die gleichen, abgedroschenen Geschichten. Die gleichen Rechtfertigungen. Die gleichen Gegenbeschuldigungen und Tränen. Der ewige Schlagabtausch zwischen Mutter und Tochter.
Graham fühlte sich erschöpft. Seine Augen verengten sich und fixierten seine Schwiegermutter über seine Schuhspitze hinweg. Schon als er jung war, lange bevor die James-Bond-Filme solche Tricks populär machten, hatte er schon die Phantasievorstellung von einem Maschinengewehr unten an der Schuhsohle. Man richtete es auf jemanden, drückte mit dem Zeh ab, und... päng, päng, päng. Die Person war weg, war ausgelöscht, für immer verschwunden.
Eine kindische Phantasie.
Jetzt natürlich weniger, nachdem er der Realisierung solcher Phantasien einen Schritt nähergekommen war.
Graham Marshall lächelte.

## 5

Nur der Tod hat die Macht, die Zeit zum Stillstand zu bringen. Liebe und Furcht können sie aufheben; äußerste Konzentration oder intensives Vergnügen können sie vergessen lassen; doch nur der Tod kann sie zum Stillstand bringen.
Und da Graham Marshall nicht starb, lief die Zeit für ihn

weiter. Sie verging weder schnell noch angenehm, aber sie verging. Er verbrachte ein quälendes Wochenende, und schon bald war eine ganze Woche verstrichen seit dem Mord. Noch stand die Polizei nicht vor der Haustüre, noch hatte kein diskreter, aber entschlossener Kommissar ihn in sein Büro bestellt.

Allmählich wurden die Abstände zwischen vernünftigen Überlegungen und Panikanwandlungen länger. Eine verlockende Logik schlich sich in seine Gedanken. Bei dem Mord hatte es keine Zeugen gegeben. Selbst wenn man die Leiche fand, würde man ihn kaum mit der Tat in Verbindung bringen. Mit Sicherheit würden auch noch so lange Tauchgänge in der Themse exakte polizeiliche Untersuchungen schwierig machen.

Und was Spuren an seiner eigenen Kleidung und der Mordwaffe anbelangte ... nun, er hatte sie selbst untersucht und nichts gefunden. Um jedoch ganz sicherzugehen, hatte er den Anzug reinigen lassen (was er öfter tat und was deshalb ganz unverdächtig war). Und obwohl an seinem Schirm offensichtlich kein Anzeichen einer unüblichen Verwendung zurückgeblieben war, hatte er es so eingerichtet, daß er ihn in der U-Bahn am Piccadilly liegen ließ (was ihm auch schon mehr als einmal passiert war und Merrily garantiert zu der nicht unbedingt scherzhaften Bemerkung veranlassen würde, daß er langsam alt werde).

In Anbetracht der Umstände, die den Tod herbeigeführt hatten, würde es der Polizei schwerfallen, irgend etwas zu finden, das sie auf Graham Marshalls Spur führte. Und da das Opfer vermutlich ein obdachloser Vagabund war, würden sie sich bei ihren Nachforschungen nicht allzusehr anstrengen.

Das setzte natürlich voraus, daß die Leiche überhaupt gefunden wurde. Graham erinnerte sich, Geschichten gelesen zu haben über Leichen, die lange unter Wasser geblieben waren, Klischees von Flüssen, ›die nur langsam ihr Geheimnis preisgaben‹. Jeder Tag, der verstrich, ohne daß die Leiche entdeckt wurde, machte die Identifizierung des Opfers und damit auch seines Mörders schwieriger.

Zeitweilig grenzte Grahams Ruhe fast an Galgenhumor. Wenn du jemanden ermorden willst, dachte er, dann such dir ein unbekanntes Opfer aus – das ist wesentlich sicherer.
Doch solche Gedanken kamen ihm nur, wenn er sehr entspannt war. Und obwohl die Entspannungsphasen allmählich länger anhielten, überfiel ihn immer wieder ganz plötzlich Übelkeit und Panik. Und da er zu hoffen gewagt hatte, es sei endlich vorbei damit, schien jeder neue Anfall heftiger zu werden.
Er hatte einen Mord begangen, und es gab keine Möglichkeit, den Kopf aus der Schlinge zu ziehen.
Der schlimmste Panikanfall kam am Donnerstagmorgen, in der Woche nach dem Tod des alten Mannes. Graham war aufgewacht und fühlte sich wieder einigermaßen normal; während Merrily in der Küche die Kinder beim Frühstück beaufsichtigte, hatte er seinen Kaffee und Toast ins Wohnzimmer mitgenommen, um in Ruhe in der Zeitung blättern zu können.
Durch die hohen Fenster fiel Sonnenlicht, und was er vom Garten sah, verhieß Frühling. Fast wie zum ersten Mal erkannte er die Vorzüge des neuen Hauses; es war geräumig, mit einem Hauch von Eleganz. Und es war eine gute Geldanlage. Natürlich müßte noch einiges daran gemacht werden, aber irgendwie würden sie es schon schaffen. Auch ohne Georges Job würde er gelegentlich Gehaltserhöhungen bekommen.
Der Verlust des Jobs hatte in diesem Moment etwas von seinem Schrecken verloren. Graham kannte sich in der Abteilung so gut aus, daß ihn Robert Benham ständig um Informationen bat; und daß Graham die Dosierung dieser Informationen in der Hand hatte, verlieh ihm eine gewisse Macht. Außerdem machte sich Robert mit seinem Veränderungsdrang möglicherweise dermaßen unbeliebt, daß er nicht lange Leiter der Personalabteilung bleiben würde. Graham hatte andere intelligente junge Männer erlebt, die sich übernommen hatten.
Seine eigene Rolle war klar – gelassen abwarten, Robert

Benham deutlich, jedoch begrenzt zu unterstützen, bis etwas schiefgehen würde, was unvermeidlich war. Er hatte nicht die Absicht, seine Karriere so eng mit der des neuen Leiters zu verbinden, wie er es bei dem alten Chef getan hatte.
Er nahm einen Schluck Kaffee und warf einen Blick in die Zeitung. In *The Daily Telegraph* und, da Donnerstag war, in *The Barnes and Mortlake Times*. Eigentlich bezogen sie diese Lokalzeitung nur wegen der Kinozeiten und der Immobilienpreise; die Informationen und Nachrichten über abgelehnte Restaurantlizenzen, Schwimmfeste und Bürgerinitiativen gegen Umgehungsstraßen-Projekte waren nicht gerade aufregend.
Doch aus Gewohnheit überflog er die Spalten.
Da stand es – unten auf der Titelseite:

**Leiche gefunden**

> Die Leiche eines älteren Mannes wurde am Samstag in der Themse in der Nähe der Putney Bridge gefunden. Er konnte noch nicht identifiziert werden; er wird als Ende Sechzig und schäbig gekleidet beschrieben.

Samstag. Nur zwei Tage nach dem Mord. Das Wasser hatte also kaum Zeit gehabt, die Spuren der Todesursache zu verwischen.
Die freudige Vision, der Mord würde womöglich nie entdeckt werden, zersplitterte. Die Polizei hatte schon fünf Tage lang Nachforschungen anstellen können. Nun würde es nicht mehr lange dauern.
Graham fing so heftig zu zittern an, daß er seine Kaffeetasse hinstellen mußte, um nichts zu verschütten.
Da kam Merrily ins Zimmer. Sie trug einen ihrer flauschigen, spitzenbesetzten Hausanzüge. Als junges Mädchen hatte sie darin wie ein Vögelchen in einem Daunennest ausgesehen; Graham hatte dieses Bild sogar in der ersten Zeit ihrer Ehe benutzt. Nun betonten sie nur noch

ihre Eckigkeit und die Magerkeit ihres Halses; falls er an irgendeinen Vogel dachte, dann an ein gerupftes Huhn.
Sie blickte auf den Boden, auf den die Sonne Parallelogramme zeichnete. »Dieser Teppich«, bemerkte sie, »gehört nicht mehr hierher.«
Graham war nicht in der Stimmung, über eine ihrer affektierten Bemerkungen nachzudenken.
»Was?«
»Dieser Teppich ist schäbig, Liebling.«
»Ach.«
»Wir brauchen einen neuen. Zur Zeit ist Ausverkauf bei Allied Carpets ...«
Graham erhob sich ruckartig, wodurch sein Teller runterfiel. Das übriggebliebene Toastbrot fiel auf den Boden, mit der Marmeladenseite nach unten.
»Oh, Liiiebling!« Merrily verstand es ebensogut wie ihre Mutter, die Vokale unnatürlich zu dehnen und damit einen Vorwurf einfließen zu lassen. »Nun *müssen* wir einen neuen Teppich haben.«
»Ich muß los«, platzte er heraus. Das Zittern verstärkte sich.
Merrily sah ihn an. Besorgnis verstärkte die Falten in ihrem angespannten schmalen Gesicht. »Ist alles in Ordnung, Liebling?« »Ja, ich ...« Er bückte sich nach der Zeitung und faltete sie schnell so, daß die Titelseite verborgen wurde.
»Graham, ist etwas ...?« Merrily legte ihre schmale Hand auf seinen Arm. Er zuckte zurück, als hätte er eine Brennnessel berührt.

Im Büro hatte sich seine Stimmung leicht gewandelt, die Panik war zu Fatalismus geschrumpft. Die verlockende Vorstellung, ›ungeschoren davonzukommen‹, hatte sich als Trugschluß erwiesen. Wie ein Verurteilter ging er stur seiner Arbeit nach, fragte sich, wieviel Zeit ihm noch blieb, erwartete seine Vorladung.
Die einzige Vorladung erhielt er jedoch von Robert Ben-

ham, der ihn fragte, ob er in George Brewers Büro hinaufkommen könnte. Gleich als er reinkam, hieß ihn sein zukünftiger Chef, lässig gekleidet in einem ausgewaschenen Sweatshirt, mit einer Geste Platz zu nehmen.

»Ich habe George heute freigegeben. Er sieht ziemlich mitgenommen aus, und, ehrlich gesagt, die letzten Tage hat er mich ziemlich behindert hier im Büro. Er stellte sich jedesmal an wie ein altes Weib, sobald ich eine Akte einsehen wollte.«

»Er ist noch immer Leiter der Personalabteilung«, fühlte sich Graham verpflichtet zu sagen.

Robert hörte aus dieser Bemerkung keinen Vorwurf heraus. »Ja, verdammt. Ein paar Monate bleiben ihm noch. Wenigstens die letzten Wochen wird er mit Firmen- und Cocktailparties beschäftigt sein und keinen Unfug mehr anstellen können. Aber das bedeutet nun mal, daß es noch einige Zeit dauern wird, bevor ich mit der *eigentlichen* Arbeit beginnen kann.

Was ich noch sagen wollte ... wegen des Wochenendes in meinem Wochenendhaus, wo wir einiges durchsprechen wollten ...«

»Ah, ja.«

»Dieses Wochenende bekomme ich Besuch von einem unserer Direktoren, am nächsten fahre ich nach Miami ...«

»Geschäftlich?«

»Nein, ich muß nur etwas ausspannen. Natürlich werde ich mir einige Unterlagen zur Durchsicht mitnehmen ...«

»Wie wär's dann mit dem darauffolgenden?«

»Hört sich gut an.« Graham fiel ein, daß Lilian an dem Wochenende wiederkommen wollte.

Die Neuigkeit über Roberts Wochenendausflug nach Miami beschäftigte ihn. So eine pompöse Geste hätte vor einigen Jahren von ihm stammen können. Wenn er das Geld dazu gehabt hätte. Damit hätte er seine Kollegen beeindrucken und verwirren können.

Mühsam widerstand Graham der Versuchung, beeindruckt und verwirrt zu sein.

Auch in dem Sweatshirt erkannte er seinen eigenen Stil

wieder. Aus dem gleichen Grund hatte er seine geblümten Krawatten getragen (obwohl ihm der Gedanke gefiel, daß er nie ganz so zerknittert ausgesehen hatte). Neuerdings bevorzugte er, wie George Brewer, Anzüge.

Nein, Robert Benham benutzte nur die alten Tricks; deshalb mußte Graham ihn mit seinen eigenen Waffen schlagen. Denn es bestand kein Zweifel darüber, daß er ihn, auf welche Weise auch immer, schlagen würde. Aus Unvorsichtigkeit hatte er die letzte Runde verloren, doch nun konnte er seinen Widersacher einschätzen; er würde sich kein zweites Mal bei einem Nickerchen überraschen lassen.

Urplötzlich fiel Graham wieder ein, daß er wegen Mordes eingesperrt werden würde, und die Widersinnigkeit irgendwelcher Zukunftspläne erschien ihm lachhaft. Er fühlte eine prickelnde Woge von Verantwortungslosigkeit in sich aufsteigen.

Als er Georges Büro verließ, fragte er Stella, ob sie sich nach Dienstschluß auf einen Drink treffen könnten.

Auf dem Nachhauseweg in der U-Bahn dachte er über Stella nach. Die Unterhaltung mit ihr hatte ihn in eine Welt zurückversetzt, aus der er schon vor langem unfreiwillig verbannt worden war.

Anfangs, wenngleich auch vage, war es eine erotische Begegnung gewesen. Es hatte keinen körperlichen Kontakt gegeben und keine Anspielungen, doch der Umstand, daß ein Mann eine Frau auf einen Drink *à deux* einlädt, hatte eine erotische Komponente. Und daß Stella ganz selbstverständlich mit ihm das Büro verließ und in eine Weinschenke ging, anstatt bei den Lifts rechts abzubiegen in die Firmenbar, zeigte, daß sie es auch wußte.

Graham stellte zu seiner Überraschung fest, daß er die Regeln des ›Anmachens‹ noch spielend beherrschte. Diese Art der Konversation hatte er über fünfzehn Jahre nicht geführt, aber es fiel ihm überhaupt nicht schwer; sie redeten über nichts Besonderes, es war nur Small talk, aber es war entspannend. Es war so lange her, daß er mit

einer Frau, die er nicht in- und auswendig kannte, über andere Themen als geschäftliche Dinge gesprochen hatte.
Dabei stellte er fest, daß Stella und er in verschiedenen Welten lebten. Sie war fast ebenso lang geschieden, wie er verheiratet war, und hatte keine Kinder. Für sie bedeutete Freizeit Unterhaltung, sie brauchte kein Haus instand zu halten, keine Schwiegermutter zu ertragen, keine Kinder zu erziehen, die darauf ohnehin nicht reagierten. Sie sprach von Filmen, die sie gesehen hatte, vom Theater und von Ausstellungen. Für Stella war London ein riesiger Komplex verschiedenartigster Unterhaltungsangebote, die es zu erforschen und zu probieren galt, wohingegen Graham nur in London wohnte, weil er auf diese Weise einen kürzeren Anfahrtsweg ins Büro hatte.
Daß sie so versessen darauf war, ihre Freizeit auszunutzen, hatte vielleicht mit der zwanghaften Angst einer Alleinstehenden vor der Einsamkeit zu tun, doch für Graham paßte es zu seinem Ideal von Freiheit, zu Robert Benhams Kurzurlaub in Miami, zu dem Leben, das er einst gekannt hatte, das er womöglich immer noch führen könnte, wenn er nicht einen anderen Weg eingeschlagen hätte.
Da Frau und Kinder ihm nun nichts mehr bedeuteten, fühlte er sich ungerechterweise von dieser freien Welt ausgeschlossen, in der die Menschen das taten, was sie wollten und wann sie es wollten, mit voller Entscheidungsfreiheit und ohne unerwünschte Begleitung.
Er wollte seine Familie loswerden.
Da er ein Mörder war, konnte er so unverantwortlich empfinden. Wieder einmal dachte er, wie trivial andere Entgleisungen waren, verglichen mit dem Verbrechen, ein Menschenleben ausgelöscht zu haben.

»Wo bist du gewesen?«
Merrily sah blaß und verweint aus, als er nach Hause kam. Es war noch nicht spät, noch hell, also ärgerte er sich über ihren Vorwurf.

»Warum?« Eine Frage mit einer Gegenfrage zu beantworten war ein hilfreicher Umweg in allen Lebenslagen.

»Es ist schrecklich, Graham. Ich habe einen Schlag bekommen.«

Sie begann zu weinen und kam in seine Arme. Er umarmte sie, hielt sie fest und murmelte passende Beruhigungsworte.

»Was meinst du – Schlag? Was ist passiert?«

»Einen elektrischen Schlag. Ich wollte eine Glühbirne in der Gerätekammer auswechseln und ...«

»Zeig mir, wo.«

Sie führte ihn hin. Als er zur alten Messingfassung hinauflangte, sah cr dic Reihe weißer Drucksicherungen.

Er hielt inne. »Hast du den Strom ausgeschaltet?«

»Was?« Merrilys Stimme wurde vor Selbstmitleid noch dünner.

»Die Hauptsicherung – hast du sie rausgetan?«

»Nein, natürlich nicht, Graham. Ich bekam nur einen fürchterlichen Schlag.«

»Ich weiß, und damit das nicht noch mal passiert – wirklich, damit weder ich noch die Kinder einen Schlag bekommen –, hättest du die Hauptsicherung herausdrehen sollen.«

»Und du erwartest von mir, daß ich weiß, wo die Sicherungen sind?«

»Ja, verdammt noch mal. Dieses Haus läuft auf unser beider Namen, und du solltest dafür ebensoviel Verantwortung tragen wie ich.«

»Aber ich verstehe nichts von Elektrizität und *solchen Dingen.*«

Die mürrische Verachtung in ihrer Stimme machte es schwer, sich daran zu erinnern, daß er ihre mangelnde Kenntnis an praktischen Dingen einmal charmant gefunden hatte. Zu dieser Hilflosigkeit war sie von ihrer Mutter in ihrer Kindheit ermutigt worden; Lilian hatte sich ständig an das Prinzip gehalten, wann immer etwas Technisches schieflief, würde sich schon ein begeisterter junger Schauspieler finden, um es in Ordnung zu bringen. Leider hatte sich das Arsenal begeisterter junger Schauspieler erschöpft, und es blieb an Graham hängen, sich für seine Schwiegermutter mit all den tropfenden Wasserhähnen, dem ›eigenartigen Klopfen in den Warmwasserleitungen‹ und ›albernen roten Lampen, die im Auto aufleuchteten‹ herumzuärgern. Und mit ihrer ebenso unbrauchbaren Tochter ging es ihm genauso.

Merrily, zu dieser Festellung war er kürzlich gekommen, war nicht einmal eine gute Hausfrau. Das Haus sah immer irgendwie unordentlich aus, obwohl sie oft behauptete, das wäre eine Frage der Einstellung; sie jedenfalls hatte die feste Absicht, nicht den Putzwahn der früheren Generationen zu übernehmen. Graham vermutete eher altmodische Uneffizienz. Und wenn Merrily eine größere Säuberungsaktion startete, geschah es niemals nur aus hygienischen Gründen; es war ein Vorwurf, ein raffiniert durchgeführter Trick, damit er sich schuldig fühlte, oder durch den sie ihn wissen ließ, daß sie etwas wollte. Merrilys Methoden ähnelten denen ihrer Mutter.

Er drehte den Strom ab, nahm eine Taschenlampe und stieg auf die Leiter, um sich die defekte Fassung anzusehen.

Mit einem einzigen Blick erkannte er den Fehler. Der Plus- bzw. Negativpol war rot bzw. schwarz, ein altes System. So alt jedenfalls, daß die Isolierung beschädigt war. Er sah, wo der bloßliegende, glänzende Draht die Messingfassung der Glühbirne berührte. Die ganze Fassung stand unter Strom.

Er griff nach einem Schraubenzieher, um sie abzunehmen. Muß eine neue kaufen. Als er den Draht auswickelte, sah er, daß der Isoliergummi fast vollständig zerstört war. Das bedeutete vermutlich, daß es um das ganze elektrische System ähnlich stand. Die Elektroinstallation des Hauses war nie richtig modernisiert worden, die alten Rundstekker lediglich gegen rechteckige ausgewechselt worden. Das mußte sich ein Elektriker ansehen. Verdammt, das war wieder mit Kosten verbunden.

Während er oben auf der Leiter stand und die Drähte so

teilte, daß sie keinen Kurzschluß verursachten, wenn wieder Strom durchlief, drang Merrilys schwache Stimme wehleidig zu ihm hoch.
»Mit wem warst du zusammen?«
»Was?«
»Heute abend – mit wem warst du zusammen?«
»Eh?«
Er richtete die Taschenlampe nach unten, leuchtete in ihr schmales Gesicht. Sie blinzelte, doch gab nicht nach.
»Graham – hast du irgendeine Affäre?«
»Was! « Er mußte beinahe über die Widersinnigkeit ihrer Frage lachen. Gott war sein Zeuge, daß er nichts mit Stella gehabt hatte. Aber verfügte Merrily über so ein erstaunliches Radargerät, das die Tatsache ausfindig machen konnte, daß er ein Mädchen auf einen Drink eingeladen hatte?
Er stieg die Leiter runter. »Wovon um alles in der Welt sprichst du?«
»Nun, irgend etwas stimmt nicht mir dir, Graham. Du warst so nervös die letzte Woche. Du sprangst jedesmal auf, sobald das Telefon ging – oder es an der Tür läutete. Du hast dich genauso benommen, als wenn du etwas zu verheimlichen hättest.«
Er mußte beinahe lachen. »Und du meinst, was ich zu verheimlichen hätte, sei, daß ich mit einer anderen Frau schlafe?«
»Ja.«
»Nun, dem ist nicht so. Vielleicht . . .«, fuhr er unbekümmert fort.
»Ist was?«
Die Worte kamen heraus, bevor er Zeit zum Nachdenken hatte.
» . . .vielleicht habe ich jemanden umgebracht?«
Doch sein Geständnis entlockte Merrily nur ein »Ha, ha, furchtbar komisch.« Die Situationskomik erfaßte Graham, und er kicherte unbeherrscht.
»Was ist los, Graham? Ist es eine andere Frau?«
»Nein.« Als er sich wieder gefaßt hatte, bedauerte er, den

Mord erwähnt zu haben. Besser war es, sie mit einem Teil der Wahrheit zu füttern, bevor sie nachzudenken begann.
»Nein, es geht um Georges Job.«
»Ach so, gibt es etwas Neues?«
»Ja.«
»Das ist doch gut.«
»Nicht gut. Ich habe ihn nicht bekommen.«
»Was! «
Er leuchtete wieder mit der Taschenlampe in Merrilys Gesicht und sah ihre Enttäuschung.
Ihre Enttäuschung war jedoch rein materialistischer Natur.
»Aber wir brauchen das Geld, Graham. So vieles muß am Haus gemacht werden, und ich habe nichts anzuziehen.«
Merrily war außer sich für den restlichen Abend. Sie ließ ihn deutlich spüren, daß er sie ihrer Meinung nach im Stich gelassen hatte.
Nur um sie vom Thema abzubringen, warf Graham wieder die Frage seiner Untreue auf. Er stritt es ab, vielleicht mit etwas zuviel Nachdruck. Und im Bett liebte er sie, um sie von seiner Treue zu überzeugen.
Auch das vielleicht mit etwas zuviel Nachdruck.

Die Ereignisse des Abends hatten seine Ängste wegen des Mordes einstweilen aufgehoben, aber sie kamen wieder, als er schweißgebadet um drei Uhr morgens erwachte. Bald schon gab er die Hoffnung auf weiteren Schlaf auf und wanderte durchs Haus, um das Zittern seines Körpers unter Kontrolle zu bringen.
Zur Abzulenkung überprüfte er sämtliche elektrische Fassungen im Haus und fand, was er befürchtet hatte: die gleichen alten Drähte mit der kaputten Isolierung.
Wieder überfiel ihn Panik. Er versuchte, sich zu beruhigen, und fragte sich, ob potentiell tödliche Installationen wirklich noch eine Rolle spielen konnten für einen Mann, der einen anderen getötet hatte, doch vorsichtshalber drehte er die Sicherungen heraus.
Um Viertel nach acht, nachdem er die Proteste der rest-

lichen Familie wegen des Ausfalls von Licht, Radio, heißem Wasser und warmem Essen niedergeschrien hatte, rief er einen Elektriker an und fragte ihn, ob er vorbeikommen und feststellen könne, wie gefährlich die Sache war.
Dann kam die Post, darunter ein Brief von dem Direktor seiner Bank, in dem der Mißbrauch des Marshallschen Überziehungskredits beklagt und eine Einzahlung verlangt wurde.
Während er sich noch von diesem Schlag erholte, rief Lilian Hinchcliffe an und teilte ihm mit, daß ihr kleiner Fiat einen Platten habe. Ob Graham wohl ein Engel wäre, rüberkommen und sich damit amüsieren könnte?
Nein, er wollte verdammt sein, wenn er das täte. Er schluckte die Antwort runter, bevor er sie aussprach, und sagte statt dessen, es täte ihm leid, er könne nicht, da er auf den Elektriker warten müsse. Lilian würde eine Tankstelle aufsuchen und das Ding dort selbst flicken lassen müssen (wie normale Sterbliche das auch täten). Aber die nehmen so viel, jammerte Lilian, es wäre doch sicherlich nicht zu viel verlangt, wenn er nur mal eben rüberkäme und es sich *ansähe.* Nun gut, er würde versuchen, später vorbeizukommen.
Merrily, die nach dem Frühstück hochgegangen war, um sich anzuziehen, kam runter in dem zerrissenen T-Shirt und den geflickten Jeans, die sie beim Streichen trug. Da sie niemals wieder zu Geld kommen würden, verkündete sie, gewöhne sie sich lieber gleich an ihren neuen Lebensstil. Die Geste war charakteristisch, besonders da sie zeitlich völlig unpassend war.
Als wäre das noch nicht genug, verkündete Emma, die gerade zur Schule gehen wollte, sie fühle sich komisch, und bei einer Untersuchung stellte Merrily fest, daß Emma im zarten Alter von elf Jahren ihre erste Periode bekommen hatte.
Henry, der von seinem Vater – und auch von sonst niemandem – über solche Angelegenheiten aufgeklärt worden war, verstand nichts und machte eine Bemerkung, die die beiden Frauen in Tränen ausbrechen ließ.

In diesem Moment läutete es an der Tür. Graham hätte es beinahe begrüßt, wenn ein Polizist ihn abholen gekommen wäre, aber es war nur der Elektriker.
Mit zusammengekniffenen Lippen führte Graham ihn durchs Haus. Der Elektriker fummelte an den eigenartigen Leitungen herum, die sich nur zu leicht aus der Wand lösten, klopfte auf einige Stecker und strich über Verbindungsdosen. Dann sagte er, mit der wissenden Ernsthaftigkeit eines Krebschirurgen, das Haus wäre eine tödliche Falle, und es müßten komplett neue Leitungen verlegt werden; die Kosten dafür würden sich auf eintausendvierhundert Pfund belaufen; ohne MWSt.
Wenn man den Strom wieder anstellte – wäre das sicher? Der Elektriker schüttelte zweifelnd den Kopf. Nun, er möchte nicht dafür verantwortlich sein. Doch das Risiko müßte man wohl eingehen, bis alles ordentlich repariert wäre. Was? Nein, vor drei Wochen wäre nicht daran zu denken. Er steckte bis zum Hals in Arbeit. O ja, die Dringlichkeit stand außer Frage. Es war sehr dringend.
Graham Marshall dachte an Stella und ihre kleine Wohnung, die keine gewichtigere Entscheidung zu treffen hatte, als welchen Film sie am Abend sehen wollte.
Er dachte an Robert Benham und die vermutliche Höhe seines Gehalts als Leiter der Personalabteilung und seinen Wochenendausflug nach Miami.
Und er dachte, wenn du erst mal lebenslänglich eingesperrt bist, hast du zumindest keine Verpflichtungen mehr.

Die Zeit verstrich, und langsam kam Graham Marshall innerlich zur Ruhe. Zwar hatte er immer noch Panikanfälle, meist wenn er am wenigsten damit rechnete, aber sie waren nicht mehr so häufig und dauerten nicht mehr so lange. Mord, so dachte er jetzt manchmal, war wie jede andere neue Erfahrung. Wie zum Beispiel Sex. Anfangs schien Sex überaus wichtig. Doch nach und nach gewöhnte man sich daran, und mancher verheiratete Mann, der nachts mit seiner Frau geschlafen hatte, erinnerte sich morgens auf dem Weg zur Arbeit wahrscheinlich schon kaum mehr daran. Der gewichtigste Unterschied zwischen Sex und Mord bestand natürlich darin, daß man Sex gern zur Gewohnheit werden ließ, Mord wahrscheinlich nicht.

Manchmal fragte er sich müßig, ob er anders empfinden würde, wenn er das Opfer gekannt hätte.

Drei Wochen nach dem Vorfall meinte er immer noch, daß der Schock ein Leben lang auf ihm lasten würde.

Doch diese lähmende Angst vor der Entdeckung schwand dahin, und er wurde immer sicherer, daß er ungeschoren davonkäme.

Daß er den Mord begangen hatte, war einfach Pech gewesen; es würde schon verteufelt viel Glück dazugehören, um ihn deswegen verhaften zu können.

Und als ihn die Angst verließ, veränderte sich seine Einstellung dem Verbrechen gegenüber. Zuerst hatte er nicht gewagt, seinen Gefühlen auf den Grund zu gehen, doch nun erkannte er, daß er fast genüßlich immer wieder auf den Vorfall zurückkam.

Nicht jeder konnte mit einem Mord aufwarten.

Er begann, seine Einzigartigkeit zu genießen. Das Verbrechen gab seinem Leben eine neue Dimension. Es füllte die Lücke, die der Verlust von George Brewers Job in ihm hinterlassen hatte.

Er hatte ein Gefühl wie in alten Tagen, als er mit Kollegen über Lilians Freunde im Showbusineß gesprochen hatte oder unkonventionell gekleidet gewesen war: daß hinter Graham Marshall mehr steckte, als einem ins Auge fiel.

Ausgenommen natürlich, daß er seinen Kollegen nicht wirklich von dem Mord erzählen konnte. Das mußte sein Geheimnis bleiben.

Doch aus diesem Geheimnis schöpfte er Kraft. Wenn Robert Benham sich besonders gönnerhaft aufspielte, wenn Merrily besonders zickig oder Lilian besonders fordernd war, sagte sich Graham Marshall: »Was ihr nicht wißt, ist, daß ich ein Mörder bin, daß ich einen Menschen umgebracht habe.«

Und dieser Gedanke verlieh ihm ein Gefühl von Macht.

6 »Die Koppel habe ich auch gekauft, da dort ein Hubschrauber gut landen kann.«

Graham lachte bei dieser Vorstellung nachsichtig auf, erkannte aber am Gesicht seines Gastgebers, daß Robert Benham nicht scherzte. Er machte keinen Spaß. Wenn er sagte, er hätte die Koppel, die an sein Wochenendhaus grenzte, als Hubschrauberlandeplatz gekauft, dann hatte er sie aus ebendiesem Grunde gekauft. Und jemandem, der im Alter von vierunddreißig Jahren Leiter der Personalabteilung bei Crasoco geworden war, erschien die Vorstellung, einen Hubschrauber zu besitzen, nicht unrealistisch.

Mit plötzlicher Klarheit erkannte Graham die Wahrheit, die sich bisher nur andeutungsweise bemerkbar gemacht hatte – daß Robert Benhams Ehrgeiz und Können nicht bei Crasoco Halt machen würden, daß die Stelle als Leiter der Personalabteilung nur ein weiterer Schritt auf der Treppe war, die ihn durch viele andere Firmen führen würde, immer vorwärts und aufwärts. Robert Benham schien für ein Leben bestimmt zu sein, in dem Hubschrauber nötig waren, das Leben eines wirklichen Erfolgreichen. Sogar in seinen ehrgeizigen Plänen stach ihn sein neuer Boß aus. Graham fühlte sich klein und engstirnig.

Wie immer, wenn er sich verunsichert fühlte, suchte er Trost in den Schwächen seines Widersachers. Jeder hat eine Achillesferse – einen schwachen Punkt im Charakter, ein unangenehmes Gehabe, ein früheres Vergehen, einen schlecht gewählten Partner, ein unpassendes Zuhause – dies kann die stechende Mißgunst erträglich machen.

Doch bei Robert Benham konnte Graham nichts dergleichen finden. Gewiß hatte der junge Mann moralische Unzulänglichkeiten, doch konnten diese seinen Rivalen nicht trösten. Eher im Gegenteil, denn sie spiegelten Grahams eigene Effizienz und Skrupellosigkeit in erhöhter Konzentration wider. Robert Benham ging das Leben ähnlich wie er selbst an, nur besser.

Auch an Benhams Benehmen war kaum etwas auszuset-

zen. Was Eric Marshall als ›gewöhnlichen Akzent‹ und ›Mangel an guten Umgangsformen‹ bezeichnet hätte, hatte sich als Vorteil erwiesen. Benham war Graham unter anderem wegen »seiner stärkeren Verbindung zur arbeitenden Klasse« vorgezogen worden. Und Roberts starke Identifizierung mit seinem Herkunftsort hatte nur Grahams Gefühl der Entwurzelung, das er seit dem Tod seiner Eltern verspürte, verstärkt.
Was Verfehlungen in der Vergangenheit betraf, so schien es leider keine Schandflecke auf Benhams *curriculum vitae* zu geben.
Auch schadete ihm die Wahl seines Wohnortes nicht. Graham traute ihm ohne weiteres eine Wohnung am Dolphin Square zu; obwohl er sie noch nicht gesehen hatte, genügte ihm die Adresse, um seinem eigenen entschwundenen Leben in Kensington und Chelsea bitterlich nachzutrauern.
Und was er in Stoughton sah, nahm ihm jede Gelegenheit, sich überlegen zu fühlen. Als das Wochenende näherrückte, hatte er sich ein kleines Arsenal an Herabsetzungen zurechtgelegt, um das Wochenendhaus zu beschreiben: ›schäbig‹, ›heruntergekommen‹, ›zugig‹, ›primitiv‹ und ›feucht‹ wetteiferten – wenn seine Vorstellungen in die andere Richtung gingen – mit ›kitschig‹, ›überladen‹, ›Puppenhaus‹ und ›protzig‹.
Doch die Wirklichkeit des Ortes machte seine Waffen stumpf. Das Strohdach, der saubere, weiße Anstrich und die Balken im Tudor-Stil, die er am Freitagabend gesehen hatte, als Roberts Scirocco draußen vorfuhr, hatten ihn auf ein ›Puppenhaus‹ hoffen lassen, doch die beeindruckenden Proportionen des Hauses widerlegten diese Erwartung. ›Primitiv‹ erwies sich als unzutreffend durch den schön installierten Calor-Gastank und die leuchtendblaue Alarmanlage, die unter dem Dachvorsprung angebracht war. Obwohl die Größe und der Zustand des Hauses die Vorstellung von ›schäbig‹ und ›heruntergekommen‹ nicht zuließen, dachte Graham beim Betreten, daß zumindest ›zugig‹ noch in Frage kommen könnte, doch diese Hoff-

nung zerschlug sich rasch durch die von der Zentralheizung ausströmende Wärme und das offene Kaminfeuer, das sie willkommen hieß. Er spielte einen Augenblick mit ›überheizt‹ und ›rauchig‹, doch mußte er diesen Gedanken schnell wieder verwerfen. ›Kitschig‹, ›überladen‹ und ›protzig‹ trafen ebensowenig zu. Es war lediglich ein ganz reizendes Wochenendhaus, praktisch, geschickt modernisiert, gut eingerichtet. über jede Kritik erhaben, selbst für einen so eingefleischten Kritiker wie Graham Marshall.

Und jegliche Hoffnung, daß Robert Benhams Image ins Wanken geriete durch eine völlig unpassende Partnerin, wurde zerstreut, als ein Mädchen aus der Küche kam, um sie zu begrüßen.

Bevor er sie noch kannte, wußte Graham schon, was ihn am meisten an ihr anzog – daß sie eher Freundin als Ehefrau war. Je mehr er von Roberts Leben sah, desto mehr gab er seiner unüberlegten und voreiligen Heirat mit Merrily die Schuld an dem für ihn ungünstigen Vergleich. Sie war sein Handicap; sie hatte ihn an der höchstmöglichen Verwirklichung seines Potentials gehindert.

Er empfand dies doppelt stark, als er sah, wie schön die Freundin war. Nicht einfach schön, sondern eine *berühmte* Schönheit. Er erkannte ihr Gesicht vom Bildschirm seines Fernsehers wieder, die blaßblauen Augen und das schwarze Haar, Tara Liston war eine englische Schauspielerin, die in den Staaten groß herausgekommen und dann zurückgekehrt war, um in einer international erfolgreichen Krimiserie mitzuspielen.

Und Robert Benham besaß tatsächlich dieses Wesen, das in den feuchten Träumen dieser Welt herumgeisterte. Sein kürzlicher Wochenendausflug nach Miami paßte in diesen Rahmen.

Und Grahams letzte Hoffnung auf Trost fiel ins Wasser.

Noch dazu erwies sich Tara Liston als charmant. Sein defensives Wunschdenken, sie könne ein Miststück sein, Robert vielleicht sogar das Leben schwermachen, verschwand im Laufe des Abends. Sie war reizend, unterhaltsam und offensichtlich sehr verliebt.

Graham machte den Fehler, den Namen seiner Schwiegermutter zu erwähnen, und zwar in einem Ton, als wolle er seine eigenen Beziehungen zu der glänzenden Welt des Showbusineß zeigen, so wie es sich in seiner Anfangszeit bei Crasoco als erfolgreich erwiesen hatte. Tara benahm sich natürlich ganz charmant und meinte, eine leicht zweifelnde Unterlippe vorschiebend, sie wäre sicher, den *Namen* schon mal gehört zu haben. Graham fühlte sich herabgesetzt und schäbig, wie ein Mann, der in einem Pub mit bekannten Namen prahlt.

Das Essen, das sie ihnen am ersten Abend kochte, ließ keine hausfraulichen Unzulänglichkeiten erkennen und zeigte einen Einfallsreichtum, der sich von Merrilys phantasielosen Menüs, in denen immer Cordon bleu vorkam, deutlich abhob.

Weder Tara noch Robert hätten netter zu ihm sein können. Das Wissen, daß es allein an ihm lag, vergrößerte Grahams Elend nur noch.

Gegen Ende der Mahlzeit kam das Gespräch auf Drogen, und er frohlockte bei der Aussicht, nun seine Weltläufigkeit vorführen zu können. Die seltene und überdramatisierte Haschisch-Pafferei in Lilians Häuschen in Abingdon würde ihm nun gut zustatten kommen. Auch wenn es schon gut zehn Jahre her war, daß er geraucht hatte, sprach er von Cannabis mit Kennermiene und Begeisterung.

Als Tara einen kleinen Beutel mit Kokain zum Vorschein brachte, erkannte er seinen Fehler, doch hatte er bereits zuviel gesagt. Seine calvinistische Erziehung und die Angst, etwas falsch zu machen, ließen ihn dankend ablehnen, aber er konnte nicht verhindern, daß er sich linkisch und unreif fühlte.

Er beobachtete die beiden heimlich, doch in erster Linie fesselte Tara seinen Blick für den Rest des Abends. Mit fasziniertem Neid sah er zu, wie sie geschickt und geübt das weiße Pulver schnupfte und wie sie später in unzweideutiger Absicht Robert in ihr Schlafzimmer führte.

Als er wach in seinem Einzelbett lag, vermutete er bei je-

dem Knacken in dem alten Wochenendhaus lüsterne Bewegung als Ursache, um sich selbst noch weiter herabzusetzen.
Und wieder einmal, wie so oft in der letzten Zeit, verlieh ihm nur der Gedanke, ein Mörder zu sein, ein Gefühl von heimlicher Stärke und Identität.

Am Samstagmorgen weckte ihn erneutes Knarren. Es war wahrscheinlich nur das Ächzen der alten Holzbalken, die auf die Zentralheizung reagierten, doch wiederum legte er es anders aus.
Er wünschte sich jedoch nicht, daß Merrily bei ihm wäre, mit ihrem eckigen Körper. Es war schön, allein zu sein. Keine Ehefrau, keine sich streitenden Kinder, die ihn aus dem Bett trieben mit dem kostspieligen Auftrag zu einer Vergnügungsfahrt.
Und es gab keine Verantwortung zu übernehmen für die attraktive Umgebung, in der er sich befand. Das Gästezimmer war erst kürzlich hergerichtet worden. Die weiße Farbe auf den exakt gestrichenen Fensterrahmen schimmerte. Die Tapete klebte fest und schön auf dem alten Putz. Die weiße Farbe an der Decke und der gemauerten Kaminwölbung war makellos eben. Die Arbeiten waren professionell ausgeführt, ein weiteres Zeichen der finanziellen Sprünge, die das Junggesellentum erlaubte. Graham verglich diese Arbeiten mit den eiligen Do-it-yourself-Anstrengungen in seinem Haus, die leichten Unebenheiten im Tapetenmuster, die sichtbaren Bürstenstriche auf den Oberflächen, die einen weiteren Anstrich gebraucht hätten, die zackigen Überpinselungen der Fensterrahmen, die Merrily mit der ihr eigenen Ungenauigkeit in Angriff genommen hatte.
Der einzige Fehler im Gästezimmer, eine ungestrichene Ecke von der Größe einer Brotkrume beim Waschbecken, bot Graham keine Gelegenheit, sich seinem Gastgeber überlegen zu fühlen. Das Becken war ganz offensichtlich so eine neue Errungenschaft, daß es noch nicht vollständig installiert war; es war lediglich eine Frage der Zeit, bevor

ein dienstbarer Geist, Robert Benhams Befehlen gehorchend, die Arbeit erledigen würde.
Es knarrte nicht mehr im Wochenendhaus. Entweder hatten sich seine Holzbalken dem Temperaturwechsel angepaßt, oder die Leidenschaft im anderen Schlafzimmer war gestillt worden; Graham empfand so etwas wie Frieden. Dies war das richtige Leben für ihn ... andere Leute, die alles erledigten und die für ihre Dienstleistungen angemessen bezahlt wurden; jede Verantwortung, der man sich entledigte, wäre eine finanzielle Transaktion und nicht ein wirres Durcheinander von Pflichten, Gelegenheitskäufen und Erpressungen. Er mußte alleine leben. Eine Etagenwohnung mit Bedienung war die Antwort, mit ›dienstbaren Geistern‹, die für die langweiligen Aufgaben wie Saubermachen, Instandsetzen und Reparieren verantwortlich waren, die man zusammenstauchen konnte, wann immer sie ihren vertraglichen Verpflichtungen nicht nachkamen. Die unmäßigen Verpflichtungen des Familienlebens mochten vielleicht gerechtfertigt sein, wenn Liebe mit im Spiel war; doch wenn die Liebe verblaßt war, stellten sie nichts weiter als eine Form von Ausbeutung dar.
Durch die Entfernung von Merrily und den Kindern kristallisierte sich bei ihm ein Gedanke heraus, der sich langsam im Laufe der Monate oder auch Jahre gebildet hatte – er war ihnen entwachsen, hatte sie im Geist aus seinem Leben gestrichen, berücksichtigte sie in keinem seiner Zukunftspläne mehr.
Daß er diese Tatsache erkannte, erfüllte ihn mit Erleichterung, mit dem Gefühl, zu einer Entscheidung gelangt zu sein.
Doch diese Ruhe ging unter in aufflackernder Angst. Nicht der Gedanke an den Mord, dessen Schatten nun eher eine Quelle von Stärke und nicht mehr von Panik zu sein schien, sondern die Frage, warum ihn Robert Benham zu diesem Wochenende eingeladen hatte, beunruhigte ihn.
Als Grund hatte er angegeben, daß sie über die Arbeit

sprechen wollten, hauptsächlich über die personelle Besetzung der Abteilung und ihren Streitpunkt, den Personalbestand. Doch kannte Graham Robert gut genug, um ein wichtigeres Motiv zu vermuten. Der designierte Leiter der Personalabteilung hatte reichlich Gelegenheit gehabt – und sie auch genutzt –, um wichtige Akten einzusehen, und Graham gab sich nicht dem schmeichelhaften Glauben hin, seine eigene Meinung zu dem Thema könnte Roberts Absichten ändern. Nein, die Einladung verfolgte einen anderen Zweck.
Und obwohl er sich über diesen Zweck bis jetzt noch nicht im klaren war, blieb Graham auf der Hut. Er sollte hier nicht um Rat gefragt, sondern auf irgendeine obskure Weise geprüft werden.
Doch alles schien ganz gemächlich zu verlaufen, von Roberts rauhem Auftreten im Büro war hier nichts zu merken. Wie es sich für einen gestreßten leitenden Angestellten gehörte, nützte er die Gelegenheit auszuspannen. Und obwohl dies, wie all seine Handlungen, eine bewußte Entscheidung war, schien sie nicht erzwungen. Graham, für den der ständige Vergleich mit seinem Rivalen zur Gewohnheit wurde, fühlte sich durch diesen Kontrast angespannt und unsicher.
Der gemeinsame Tagesablauf begann gegen zehn mit einem riesigen Frühstück, das Taras Amerikaerfahrungen verriet. Es gab gerösteten Schinken, Pfannkuchen und frisch gebrühten schwarzen Kaffee.
Es folgten ein kurzer Rundgang durch das Anwesen und Besichtigung der Koppel als möglicher Hubschrauberlandeplatz. Die Arbeit wurde nicht erwähnt, obwohl Robert einige Anrufe erhielt, die offensichtlich geschäftliche Dinge mit Crasoco betrafen. Bei einem dieser Anrufe mußte er einige Daten überprüfen, die im Firmencomputer gespeichert waren, und Graham mußte sich beherrschen, um seinen Mund nicht erstaunt aufzureißen, als Robert einen kleinen Kasten hervorzog, auf dem Telefon durchwählte, den Hörer auf zwei Gummiblöcke legte und die Information ausgedruckt wurde. »Bißchen primitiv«, entschuldigte sich

der jüngere Mann, als die Transaktion beendet war. »Ich werde ein richtiges Terminal installieren, sobald ich dazu komme.«
Graham schenkte ihm ein, wie er hoffte, wissendes Nikken. Dann rief Taras Londoner Agent an.
Danach schaltete Robert den Anrufbeantworter ein und fuhr mit ihnen zum Pub des Dorfes. »Fühle mich verloren, wenn ich nicht meinen Samstag-Frühschoppen habe«, verkündete er, als sie aufbrachen. Das schien nicht zu ihm zu passen, eine unerwartete Herzlichkeit; vielleicht, hoffte Graham bösartig, der übertriebene Versuch, ein Mann des Volkes zu sein.
Aber im Pub war Robert offensichtlich gut bekannt, mehr als ein Wochenendgast, der sich der ländlichen Gemeinde aufdrängte. Er schien Freunde in allen sozialen Schichten zu haben, mit denen sie drei Runden tranken. Graham, der frühere Gelegenheiten verpaßt hatte, bot nun an, die vierte Runde zu spendieren, beharrte darauf, daß er noch zu einer Runde aufgelegt war. Kaum einer der Gruppe wollte noch was, doch da er es nun schon gesagt hatte, fühlte er sich verpflichtet, für sich selbst und die wenigen, die seine Einladung akzeptierten, noch eine Runde zu bestellen.
Vier Halbe waren mehr, als er gewöhnt war, und mehr, als er gewollt hatte, doch er hatte sich festgelegt. Er hatte das vierte Halbe erst halb leer, als er zum Pinkeln mußte, was er als weiteres Eingeständnis seines Versagens empfand.
Als sie den Pub verließen, sagte Robert, dem der Alkohol nichts auszumachen schien, sie würden Tara beim Haus absetzen. »Sie soll lieber mit dem Kochen anfangen. Sie macht uns ihr chinesisches Gericht heute abend.«
In der Zwischenzeit würden sie nach Bosham runterfahren und einen Blick auf ›das Boot‹ werfen.
Als sie Tara abgesetzt hatten, mußte Graham unbedingt ins Haus, weil er schon wieder pinkeln mußte; auf dem Weg zum Bootsliegeplatz mußte er seinen Fahrer noch zweimal bitten anzuhalten, damit er sich am Straßenrand Erleichterung verschaffen konnte. Robert machte keine

Bemerkung. Graham jedoch hatte das Gefühl, Punkte verloren zu haben.
Robert zeigte nichts von einem *nouveau riche* bei der Handhabung des Bootes. Es war klar, daß er sich beim Segeln auskannte, und das nicht erst seit gestern.
Zuerst gingen sie zum Steg und stiegen in ein Kunststoffdingi, das Robert fachmännisch zur Boje rüber ruderte. Das Klatschen des Wassers verursachte Graham ein flaues Gefühl im Magen.
Robert überschwemmte ihn weiter mit Segelinformationen, denen sein Gast nur halb zuhörte. Er wußte nichts über Boote und hatte sich nie sonderlich dafür interessiert.
»Ich hoffe, bald eine Vertäuung im tiefen Wasser zu kriegen«, vertraute ihm der Experte an. »Man muß die Gezeiten hier beachten, bei Ebbe läuft man schnell auf Grund.«
Graham nickte.
»Jetzt beginnt die Ebbe, deshalb können wir nicht mit dem Boot raus. Wir müßten zu lange warten, um zur Boje zurückzukommen. Dadurch würden wir Taras chinesische Zauberkunst versäumen. Tut mir leid.«
Graham, dessen Unwohlsein in Übelkeit überzugehen begann, sagte, es wäre nicht schlimm.
»Dann also morgen früh, mit ein bißchen Glück. Wenn wir zeitig aufbrechen. Ich wollte heute nur runterfahren und sehen, ob alles in Ordnung ist. Die Bootswerft hatte das Boot zur gründlichen Überholung draußen.«
»Ah.«
»Nicht daß dieser Rumpf aus Fiberglas viel gewartet werden müßte, es war nur etwas auszubessern.«
»Oh.«
»Da ist es.«
Er wies geradeaus. Das Boot hieß *Taras Traum*. Robert versorgte ihn mit etlichen technischen Daten und Details, doch Graham nahm lediglich auf, daß es etwa 20 Fuß lang war, vier Schlafkojen hatte, doch nur ein ›ziemlich schneller kleiner Flitzer‹ war.

Geschickt ruderte Robert zum Heck. »Machen Sie das Dingi fest. Ich will nur eben oben aufmachen.«
Er sprang behend vom Beiboot auf das Schiff, während sich Graham am Heckspiegel festklammerte. Die kombinierte Bewegung beider Schiffe verstärkte sein flaues Gefühl. Wasser spritzte durch den kleinen Zwischenraum der zwei Boote. Graham hatte zu kämpfen, um die steife Nylonleine um die Reling zu schlingen.
Robert, am festgemachten Baum Halt suchend, ging auf den Kabineneingang zu. Er griff in seine Tasche nach einem Schlüsselbund, suchte den richtigen heraus und sperrte das Schloß auf. Mit Schwung stieß er gegen die obere Luke, die auf kleinen Schienen wegratterte, wodurch ein kleines Cockpit sichtbar wurde. Dann hob er die untere Luke heraus und betrat die Kabine, um sie zu verstauen.
Sein Oberkörper erschien in der Öffnung, und er winkte. »Kommen Sie, schauen Sie es sich an.«
Graham gefiel der Gedanke an einen Sprung gar nicht, und so kletterte er aufs Boot. Er hatte absolut kein Standvermögen im Dingi, und auf den Planken von *Taras Traum* ging es ihm nicht viel besser.
»Überraschend geräumig, nicht war?« sagte Robert, als sein Gast in die Kabine torkelte.
Graham erschien es nicht geräumig. Platzangst verstärkte seine Übelkeit. Im vorderen Teil waren irgendwie vier Kojen hineingezwängt, abgeteilt durch einen dicken Vorhang – ›wenn man allein sein wollte‹. Der restliche Platz, kaum ausreichend, dachte Graham, daß die beiden sich darin umdrehen konnten, war ›Kombüse, Eßplatz, Sonstiges‹. Er mußte sich zusammenklappbare Tische ansehen, Sitzgelegenheiten, die auch als Stauraum dienten, noch mehr Laderaum über ihnen und einen sauberen, doppelflammigen Gasherd in einer Vorhangnische. »Calor«, sagte Robert und enthüllte eine blaue Gasflasche. »Hoffentlich hat sie der Mann von der Bootswerft aufgefüllt. Wissen Sie, Tara hat schon einige herrliche Mahlzeiten hier gekocht.«
Graham nickte bloß wieder und grunzte, um Interesse zu

bekunden. Es gefiel ihm nicht im geringsten. Die beengten Verhältnisse erinnerten ihn an Ferien mit seinen Eltern, als sie einen Wohnwagen in der Nähe von Hunstanton gemietet hatten. Er war ein Teenager gewesen, zu groß für so eine erzwungene Nähe. Diese Ferien waren ein weiteres Beispiel für Eric Marshalls Pfennigfuchserei gewesen, und Graham erinnerte sich, damals ein Gelübde abgelegt zu haben, daß er seine Ferien nur in Luxushotels verbringen würde, sobald er es sich aussuchen konnte.
Doch hatte der Wohnwagen nicht diese scheußlichen schlingernden Bewegungen gemacht. Beschämt merkte er, daß er schon wieder dringend pinkeln und Robert stören mußte, der den freien Lauf einer Falleine überprüfte, um ihn zu fragen, wo er das erledigen könnte.
»Klo ist da drinnen.« Robert zeigte auf etwas, das wie ein Schrank aussah. »Leichter geht es direkt über die Reling. Doch nicht gegen den Wind, sonst bekommen Sie alles wieder zurück.« Er lachte derb.
Graham kam sich bloßgestellt und lächerlich vor, als er die malerische Ansicht Boshams vor sich sah, während er pinkelte. Die schönen Häuserreihen sahen irgendwie unpersönlich und vorwurfsvoll aus. Bestimmt waren sie voll von pensionierten Admirälen und Seeleuten mit Ferngläsern. Ein hohes Fenster im letzten Haus schien ihn mit besonderer Mißbilligung anzustarren. Als er fertig war, schlich er sich in die Kabine zurück, wo er Roberts donnernde Schritte über sich hörte, der mit seinen Checks an Deck nicht fertig zu werden schien.
Düster betrachtete er das schwankende Viereck des Tageslichts, das durch die Luke zu sehen war. Die winzigen, höher gelegenen Fenster der Kabine hatten Vorhänge und ließen wenig Licht rein. Die Takelage knatterte unaufhörlich. Das Boot krängte und schlingerte ständig in unregelmäßigem Rhythmus. Er sah hinauf zu den Schienen, in denen die obere Luktüre lief, und sehnte sich danach, daß sie geschlossen würde. Er blickte auf das Vorhängeschloß am Brett und sehnte sich danach, daß es wieder abgesperrt würde. Er sehnte sich nach dem Ufer.

Endlich erschien Roberts grinsendes Gesicht in der Öffnung. »Die haben gute Arbeit geleistet. Tun sie eigentlich immer, aber überprüfen muß ich es doch. Ich muß mich mehr auf die Leute von der Werft verlassen, als mir lieb ist. Habe selbst keine Zeit.«
Und endlich kamen die Worte, auf die Graham sehnsüchtig gewartet hatte. »Okay, gehen wir.«

Das Gefühl aufsteigender Übelkeit hielt den ganzen Abend über an; das war ein Jammer, denn Taras chinesische Küche entsprach ihren sonstigen Talenten. Graham konnte die perfekt zubereitete Pekingente und die pikanten Beilagen nicht entsprechend würdigen, obwohl es ihm gelang, bei dem ausgezeichneten Rotwein, den Robert servierte, mitzuhalten.
Er trank auch ein paar Cognacs, doch paßte er bei Roberts kleinen Zigarren.
»Ich rauche ab und zu ganz gern eine«, erklärte sein Gastgeber in einem Ton, der zu verstehen gab, daß an einer solchen Gewohnheit nichts auszusetzen sei. Als das Kokain dann wieder auf den Tisch kam, sagte Graham, er wäre müde, und ging hinauf. Als er unter der Bettdecke lag, war sein letzter Gedanke, daß er sich bedroht fühlte. Sie hatten immer noch nicht über die Arbeit gesprochen.
Er schlief bereits tief und fest, bevor ihn die anderen möglicherweise mit ihrem Knarren stören konnten, doch erwachte er um drei Uhr morgens mit dem sauren Geschmack von Erbrochenem im Mund. Ihm war nicht richtig schlecht, und die Übelkeit verging allmählich, doch war er nun so hellwach, daß er die Hoffnung auf erholsamen Schlaf aufgab. Eine Kavalkade unwillkommener Gedanken bahnte sich einen Weg durch seinen Kopf.

Er mußte schließlich doch wieder eingeschlafen sein, denn um sieben wurde er herzlich von Robert geweckt, der einen Segelpullover trug. Sie müßten wegen der Gezeiten früh los, wurde der Gast erinnert, außerdem müßte Tara ihr Flugzeug am Nachmittag erreichen; wenn sie also die Zeit

an Bord sinnvoll nutzen wollten, sollten sie lieber aufbrechen.
Graham stellte überrascht fest, daß ihm das Segeln Spaß machte. Robert ließ sich keinerlei Ungeduld über die Unkenntnis seines Gastes am Segelsport anmerken; im Gegenteil, er war äußerst großmütig, ständig bot er ihm die Pinne an, entwirrte lose Leinen, die sein Gast durcheinandergebracht hatte, oder schrie ›Vorsicht‹, wenn der Baum rüberkam. Er unternahm keinen Versuch, sein und Taras erfahrenes Können ins rechte Licht zu rücken. Graham hätte sich das beinahe gewünscht. Anmaßung von seiten Roberts hätten ihm ein moralisches Druckmittel gegeben; Großmut hingegen schlug ihm jede Waffe aus der Hand.
Tara hatte ein Picknick vorbereitet, das ihrer würdig war, und Robert holte zwei Flaschen Sancerre aus der Kühlbox. Zum Schluß tranken sie Kaffee, den sie auf dem kleinen Gasherd gekocht hatten. Der Aprilmorgen verhieß einen baldigen Sommer.
Gegen drei ging's zurück zum Haus. Wie durch ein Wunder hatten die beiden schon gepackt und mußten warten, bis er seine Siebensachen zusammengesucht hatte.
Dann ging es im Scirocco schnell, aber sicher nach Gatwick. Tara hatte es fertiggebracht, alle ihre Sachen ins Handgepäck zu stopfen, und sie kamen gerade an, als ihr Flug aufgerufen wurde. Sie küßte Robert ganz selbstverständlich, ein Kuß, in dem tiefes Vertrauen lag, und verschwand durch die Sperre, wobei sich einige ihrer Fernsehfans nach ihr umdrehten.
Robert und Graham gingen zum Wagen zurück, der verbotswidrig geparkt, aber unbehelligt geblieben war. Jetzt, dachte Graham, jetzt kommt es. Nun sprechen wir über die Arbeit, und ich finde den Zweck dieses Wochenendes heraus.
Doch nichts kam. Robert sprach unbeschwert über Belanglosigkeiten, zeigte Interesse an Grahams Leben, fragte nach seinem Haus und seiner Familie. Graham antwortete vorsichtig, wartete auf den Biß.
Doch es kam kein Biß. Kurz vor sieben hielt Robert vor

dem Haus in der Boileau Avenue und lehnte die Einladung ab, noch auf einen Drink mit hineinzukommen. »Nein, nein, ich überlasse Sie jetzt Ihrer Familie«, sagte er und sprach das Wort so aus, als handelte es sich dabei um eine bedauernswerte Körperbehinderung.

»Nun, äh, vielen Dank, daß ...« Nein, er durfte nicht sagen, ›daß Sie mich eingeladen haben‹, das klänge zu schülerhaft.

Absurderweise dachte er, Robert würde ihm gleich ein Trinkgeld geben, ihm mit einer onkelhaften Geste einen Fünfer zustecken. »Vielen Dank für das wundervolle Wochenende.«

»Hat mir auch Spaß gemacht. Sie müssen wiederkommen.«

Der Scirocco verschwand.

Verwirrt ging Graham auf die Haustür zu. Er fühlte sich auf eigenartige Weise beschämt. Gönnerhaft behandelt. In seine Schranken verwiesen.

Als er widerwillig nach seinem Schlüssel griff, wurde ihm klar, daß dies der Zweck der Übung gewesen war.

# 7

Vier unangenehme Überraschungen erwarteten Graham, als er das Haus betrat.

Die erste war der Klang streitender, weiblicher Stimmen aus dem Wohnzimmer. Die zweite war, daß kein Licht anging, als er den Lichtschalter in der Diele betätigte. Die dritte und vierte Überraschung lagen in Form von Briefumschlägen auf dem Tisch in der Diele.

Da die lauten Stimmen im Wohnzimmer unvermindert anhielten, vermutete er, daß sein Kommen nicht bemerkt worden war. Er wollte jetzt keine Konfrontation und wandte sich zur Treppe, um wenigstens etwas Zuflucht in seinem ›Studio‹ zu finden; einen Raum, der vielversprechend als ›5. Schlafzimmer/Ankleidezimmer‹ in den Plänen des Immobilienmaklers aufgeführt worden und momentan mit Gerümpel gefüllt war. Aber da stand sein

Drehstuhl, auf dem er eine Weile sitzen und seine aufgewühlten Gefühle wieder ins Lot bringen konnte; außerdem konnte er sich auch gleich noch auf den vorhersehbaren Ärger einstellen, den seine Familie machen würde.
Doch verflog der Gedanke, als er versuchte, das Treppenlicht anzuschalten. Nichts. Also war nicht nur die Birne in der Diele kaputt. Ein Stromausfall? Er blickte hoffnungsvoll durch den Halbkreis aus buntem Glas über der Eingangstür, doch der Lichtschein von draußen machte ihm klar, daß nur sein Haus betroffen war. Zweifellos wieder ein Defekt an den Leitungen.
Da der Weg zu seiner Zufluchtsstätte im Dunkeln lag, stellte er seinen kleinen Koffer geräuschvoll in der Diele ab, um seine Ankunft zu bekunden und stieß die Wohnzimmertür auf.
Auch dort gab es kein Licht, obwohl unangezündete Kerzen auf dem Kaminsims und den Regalen standen, was den Schluß zuließ, daß der Stromausfall mindestens schon 24 Stunden andauerte. Die Vorhänge waren nicht zugezogen, und das Zimmer wurde von dem orangen Licht einer Straßenlaterne erhellt. Der Effekt war bühnenreif, etwas, das Lilian Hinchcliffe bei den meisten ihrer Auftritte fertigbrachte.
Denn obwohl sie in ihrer ›Armen-Witwen-Haltung‹ zusammengesunken im Sessel saß, bestand kein Zweifel, daß dies ihr Auftritt war. Ihre zwei Töchter standen an ihrer Seite, gespannt wie Katzen vor einem Mauseloch. Die Atmosphäre im Zimmer und die unangezündeten Kerzen ließen vermuten, daß der Streit schon eine ganze Weile ging.
Die Auseinandersetzung zwischen Lilian und Charmian hatte ein derartiges Ausmaß erreicht, daß auch Grahams Eintreten nicht gleich ihre Feindseligkeiten beendete.
»... wie kannst du nur deine eigene Mutter egoistisch nennen...«
»Ganz einfach. Solange ich denken kann, hast du nie an jemand anderen als an dich selbst gedacht!«
»Wie kannst du das sagen! Weißt du überhaupt, wie das

ist, wenn man so etwas von dem Kind hört, das man umsorgt, aufgezogen hat ...«
»Einen Dreck hast du, das wäre zutreffender.«
»Sprich nicht in diesem Ton mit mir. Und überhaupt, wenn wir schon über Egoismus sprechen, wie ist das mit dir?«
(Graham erkannte eine der Lieblingsmaschen seiner Schwiegermutter. Wenn Lilian kritisiert wurde, drehte sie sofort den Spieß um; wenn jemand gelobt wurde, drehte sie es so, daß das Lob ihr galt. Für Lilian Hinchcliffe gab es nichts im Leben, was sie nicht auf sich selbst beziehen konnte.) »Wie steht's mit dir, Charmian?« wiederholte sie.
»O.k., ich weiß, daß ich in gewisser Weise egoistisch bin, doch zumindest streite ich es nicht ab. Ich tue nicht so, als wäre ich liebevoll und besorgt.«
»So tun als ob! Wie wenig Ahnung du hast!« Lilian schien nun auf einer Probe von *Mutter Courage* zu sein.
»Nur weil du nie die Mutterliebe selbst erfahren hast, die eine Mutter für ihr Kind empfindet. Merrily und ich haben wenigstens das gemeinsam, wohingegen du ...«
Dies gehörte ebenfalls zu Lilian Hinchcliffes bevorzugten Taktiken – jeden Anwesenden ins Spiel zu bringen, sich dessen Unterstützung zu sichern, indem sie auf eine subtile und ungenaue Weise dessen Gefühle mit ihren eigenen für identisch erklärte.
Merrily nahm die Anspielung mit einem leichten Schulterzucken zur Kenntnis, verband dadurch die Selbstgefälligkeit über das Lob mit der Distanzierung von den Worten ihrer Mutter. Sie fing Grahams Blick auf, der in jeder anderen Ehe komplizenhaft gewesen wäre.
Er entschied, daß er nun langsam eingreifen sollte, doch hatte er nicht mit Charmians prompter, heftiger Reaktion gerechnet.
»Wirf mir das nicht vor, du dumme Kuh! Nur weil ich keine Kinder habe, denk bloß nicht ...«
»Tut mir leid.« Lilian verfiel nun in ihren vornehm leidenden Ton. »Nur weil du deine Ehe nicht retten konntest, kannst du wohl nicht von mir erwarten ...«

»Du glaubst, ich hätte keine Kinder, nur weil ich meine Ehe nicht retten konnte? Merkst du denn nicht, du dummes Stück, daß wir uns deshalb trennten, weil ich keine Kinder bekommen *konnte*!«

Diese Enthüllung verschlug sogar Lilian die Sprache; nach einer Pause fuhr Charmian fort, obwohl ihre Stimme nach verhaltenen Tränen klang: »Und die Tatsache, daß du das nicht wußtest, nie daran dachtest, danach zu fragen, daß ich mich dir nie anvertrauen konnte, ist ein sehr hübscher Beitrag für die vielen ›Liebesbeweise‹ und ›Umsorgungen‹, die ich von dir bekommen habe.«

Lilian sagte noch immer nichts.

»Denkst du, ich wollte keine Kinder? Glaubst du, das Leben eines ›Karrieremädchens‹ habe ich freiwillig gewählt? Meinst du, ich hätte nicht umsorgt sein wollen, einfältig und beschützt wie Merrily mit ihren ständigen Entschuldigungen wegen Schwangerschaft, Stillzeit oder Bekochen der Kinder? Mutterpflichten mit ›Liebesbeweisen‹ und ›Umsorgungen‹ entbinden doch wie ein Krankenattest von weiteren Verpflichtungen oder Nächstenliebe? Glaubst du nicht ...«

Doch hier hemmten Emotionen ihren Redefluß, und bevor sie in Tränen ausbrach, wandte sie sich abrupt zur Tür. »Ich gehe.«

Graham wandte sich um und folgte ihr in die Diele, wo sie in ihren Mantel zu kommen versuchte.

»Tut mir leid«, sagte er.

Sie sah ihn an. »Ja, das glaube ich dir.«

Obwohl in ihren Augen Tränen glänzten, klang es ironisch. Graham schaute weg, als sie ihre Handtasche packte und die Tür hinter sich zuschlug. Er mochte die Art nicht, mit der Charmian ihn ansah. Er meinte immer, zuviel Wissen in ihren grauen Augen zu erblicken.

Lilian weinte, als er ins Wohnzimmer zurückkam. Das war eine geräuschvolle Angelegenheit. Sie weinte nicht hemmungslos, sondern mit dem schauspielerischen Instinkt für maximale Wirkung.

Merrily stand unentschlossen, jedoch irgendwie zufrieden

da und zuckte gekünstelt die Schultern. »O Gott, o Gott«, sagte sie mit leiser Stimme, kam dann mit der gleichen Theatralik auf Graham zu, um ihm einen Kuß auf die Lippen zu hauchen.

In dem gedämpften, warmen Licht sah sie ihrer Mutter zum Verwechseln ähnlich, und er mußte sich beherrschen, um nicht zurückzuzucken.

»Wie war dein arbeitsreiches Wochenende?«

»Schön«, log er.

»Nun, du siehst, in welche Misere du hier zurückgekommen bist.« Sie deutete auf die Kerzen am Kaminsims. »Hast du dein Feuerzeug da, um diese trostlose Szenerie zu erhellen?«

Er reichte es ihr. Graham rauchte nicht mehr, doch hatte er immer sein Feuerzeug bei sich. Bitter fiel Graham ein, daß er damit angefangen hatte, um ständig George Brewers Zigaretten anzuzünden. Er wollte verdammt sein, wenn er diese Kriecherei bei Robert Benhams kleinen Zigarren fortführen würde.

»Überhaupt, was geht hier vor?« fragte er vorsichtig.

»Kein Strom.«

»Was soll das heißen?«

»Samstagmorgen wachte ich auf und sagte, ›es werde Licht‹ und siehe da, es ward kein Licht.«

»Woran liegt es? Ist es nur ein Kurzschluß, oder . . .?«

Diesmal war Merrilys Schulterzucken ein Dreiakter. »Woher soll ich das wissen, Liebling?« Ihre Augen weiteten sich freimütig. »Woher sollten zwei Frauen und zwei Kinder, ganz allein im Haus, um alles in der Welt wissen, was passiert ist?«

»Wenn es bereits gestern morgen passiert ist, hättest du jemanden kommen lassen können.«

»Aber Graham, du hast momentan so schreckliche Geldsorgen, daß ich annahm, du würdest ärgerlich werden. Ich wollte lieber warten, bis du nach Hause kämst.«

»Oh, um Himmels willen! Ich wette, es ist nur ein Kurzschluß. Ich werde mal nachschaun gehen.«

Er griff hastig nach einer Kerze auf dem Kamin. Die un-

nötige Schnelligkeit dieser Bewegung ließ die Flamme erlöschen. Das Wiederanzünden vereitelte seinen guten Abgang.
Aber Lilian hätte sowieso niemandem einen vorzeitigen Abgang zugestanden, da ihr Auftritt schon zu lange durch die Diskussion über den Stromausfall unterbrochen worden war; sogar ihr Heulen hatte keine ausreichende Ablenkung bewirkt. Sie beschloß, daß es nun an der Zeit war, ihren Status als Hauptperson wiederherzustellen.
Sie schickte ihren Worten einen dramatischen Seufzer voran und verkündete: »Ich werde sie aus meinem Testament streichen lassen.«
»Was?« fragte Graham erschöpft. Er wußte aus Erfahrung, daß es auf lange Sicht besser war, sofort zu reagieren, wenn seine Schwiegermutter eine ihrer Bomben zündete. Ignorierte man sie einfach, forderte man Lilian geradezu heraus, noch mehr üble Tricks zu ersinnen.
»Ich werde Charmian aus meinem Testament streichen lassen. Morgen werde ich in die Stadt gehen und Mr. Burchfield aufsuchen. Keine meiner Töchter kann ungestraft so mit mir sprechen. Nein, noch erben beide Mädchen zu gleichen Teilen. Das werde ich ändern. Ich werde euch beide zu meinen Alleinerben machen.«
O Gott, wäre es nicht so pathetisch, es wäre zum Lachen, dachte Graham. So eine matriarchalische Geste würde zu jemandem passen, der wirklich etwas zu vererben hatte, aber bei einer alten Frau, die nur durch Unterstützung ihres Schwiegersohnes in der Vorstadt leben konnte, klang es grotesk. Charmians Ausschluß hätte einzig den Effekt, daß sie nicht für die Schulden ihrer Mutter aufkommen mußte.
Zu seinem eigenen Erstaunen hörte er sich ›Danke‹ sagen. Verärgert darüber wandte er sich wieder zur Tür. »Ich muß gehen, das Licht richten.«
»Oh, bevor du gehst«, säuselte Merrily, »kannst du Mummy noch einen Drink bringen? Sie kann einen gebrauchen, sie ist fürchterlich aufgeregt.«
Wortlos ging Graham zum Barschrank. Warum, zum Teu-

fel, konnten sie sich ihre Drinks nicht selbst holen ... wieso gab es diese umgekehrte Diskriminierung, die von Männern verlangte, solche albernen, niedrigen Aufgaben zu übernehmen und ...

Es war kein Sherry mehr im Schrank.

»Nein, den haben wir gestern abend ausgetrunken«, bestätigte Merrily.

»Verflucht, ich habe doch erst am Donnerstagabend einen gekauft.«

»Ich weiß, doch letzte Nacht saßen wir hier in der Dunkelheit zusammengedrängt wie Evakuierte in einem U-Bahn-Tunnel während des Luftangriffs ...«

Es lohnte sich nicht, sie darauf hinzuweisen, daß kein Evakuierter den Luftangriff in einem U-Bahn-Tunnel verbracht hätte.

»Wenn du wußtest, daß nichts mehr da ist, warum, zum Teufel, hast du mich dann gebeten, ihr einen Drink zu bringen?«

»Oh«, erwiderte Merrily fröhlich, »ich meinte, du solltest ihr einen aus der Kneipe gegenüber holen.«

Es war inzwischen nach zehn, als Graham schließlich in sein ›Studio‹ kam und die beiden anderen Überraschungen öffnete. Er tat dies bei Kerzenlicht, denn auch nachdem er alle Sicherungen ausgewechselt und sich dabei die Finger blutig geschürft hatte, hatte es keinen Strom gegeben.

In Anbetracht dessen war der erste Brief die reine Ironie. Es war die schriftliche Kostenschätzung des Elektrikers, der sich so negativ über die Leitungen im Haus geäußert hatte. Aus Gründen, die natürlich nicht näher erläutert wurden und die wahrscheinlich auch nur für einen anderen Elektriker verständlich gewesen wären, hatte er es für angemessen gehalten, die Kosten von 1400 Pfund auf 2000 Pfund zu erhöhen. Ohne Mehrwertsteuer.

Der zweite Brief war von der Bank. Der Ton, in dem er abgefaßt war, machte ihn noch unerfreulicher als das erste Schreiben. Trotz zahlreicher Warnungen war das Konto der Marshalls weiter überzogen worden, und der Filialleiter forderte eine ›umgehende Ausgleichung des Kontos‹;

falls dies nicht in Kürze geschehe, drohte er mit ›Streichung sämtlicher Kreditvergünstigungen‹.
Graham saß einige Zeit über seinem Scheckbuch und seinem Taschenrechner, rechnete hin und her, doch der überzogene Betrag, auf den er kam, war um 150 Pfund niedriger, als von der Bank angegeben. Der Gedanke, der Bankcomputer könnte sich verrechnet haben, kam ihm. Er liebte die Vorstellung, Computer wären fehlbar; irgendwie schien es auf Robert Benham zurückzuschlagen. Er legte sich ein paar sarkastische Worte zurecht, die er dem Filialleiter schreiben wollte.
»Kommst du ins Bett?» flötete Merrily hinter ihm.
In einem Nachthemd, das wie ein zu großes T-Shirt aussah und um ihre eckige Figur schlotterte, lehnte sie albern im Türrahmen.
»Ich komme gleich. Du hast doch keine weiteren Schecks ausgestellt, von denen ich nichts weiß, oder?«
»Nein. Zumindest über keinen größeren Betrag.«
»Gut. Der Filialleiter hat nämlich ...«
»Oh, der Musikunterricht für Henry und Emma ...«
Das war der fehlende Betrag. 75 Pfund pro Kind. Graham war zu müde, um sich noch aufzuregen. Er machte eine sarkastische Bemerkung und wandte sich wieder seinem Taschenrechner zu.
Er hatte angenommen, Merrily wäre gegangen, und war überrascht, sie zwei Minuten später wieder sagen zu hören »Ich fragte, ob du ins Bett kommst?«
Nach vierzehn Ehejahren hatte diese Aufforderung nichts Zweideutiges mehr. Er schwang sich im Stuhl herum, um seine Frau zu betrachten. Doch er war zu wütend, und die Erinnerung an Tara Listons perfekte Figur war ihm noch zu frisch im Gedächtnis, als daß er auch nur die geringste Lust verspürt hätte.
»Nein, noch nicht«, erwiderte er.
Sie kam zu ihm rüber und küßte ihn mit jenem Mangel an Gespür für den richtigen Augenblick, den sie mit ihrer Mutter teilte, auf den Mund und fuhr mit ihren Händen unter seine Rockaufschläge.

Er wandte ruckartig den Kopf ab. Merrilys Hände berührten seine Wangen und hielten seinen Kopf, wie sie es mal in einem Film gesehen hatte.
»Wer ist es, Graham?«
»Was?«
»Mit welcher Frau triffst du dich?«
»Merrily ...«. Ihre Dummheit ermüdete ihn.
»Nein, sag schon. Soll ich denn diese Geschichte über das Wochenende mit deinem neuen Chef glauben?« Ihre dünne Stimme kreischte vor Erregung. »Los komm, willst du mir erzählen, wer es ist?«
Sollte es von nun an sein Schicksal sein, sann Graham, daß er wegen kleiner Fehler angeklagt wurde, die er nicht begangen hatte, während sein großes Verbrechen unentdeckt blieb? Wieder wollte er ein erschöpftes Lachen ausstoßen, doch er beherrschte sich.
»Nein, Merrily, das will ich nicht.«
Sie bedachte ihn mit einem forschenden, vorwurfsvollen Blick, dann verließ sie das Zimmer. Er sah ihr nach, irritiert von ihren belanglosen Sorgen.
Bevor sie seinem Blick entschwunden war, hatte er sie bereits aus seinen Gedanken gestrichen.

Geld.
Das war das Hauptproblem. Irgendwie mußte er mehr verdienen oder die Ausgaben drosseln. Er fühlte seines Vaters Knausrigkeit in sich hochsteigen und haßte sich dafür. Er wollte Wochenendhäuser und Boote und teure Frauen, nicht dieses schreckliche kleinliche Schmalspurdasein, zu dem er nun verurteilt zu sein schien.
Er zog einen Bankauszug hervor, erinnerte sich dabei grollend der zahlreichen Anlässe, zu denen er Eric Marshall hatte das gleiche tun sehen, und begann die fixen Kosten durchzusehen.
Nur eine einzige Ausgabe war dabei, die eingespart werden konnte. Es war die Summe von fast einhundert Pfund, die jeden Monat an eine Versicherungsgesellschaft gezahlt wurde, die Rate ihrer gegenseitigen Hypothekenversiche-

rung. Wenn er diese in eine alleinige umwandeln könnte … Diese Versicherung war eine gute Langzeitinvestition, doch seine Probleme mußten innerhalb kurzer Zeit gelöst werden. Er griff nach dem Ordner, der all die Unterlagen enthielt, die mit ihrem Hauskauf zusammenhingen.

Die Hypothekenversicherung war über einen Makler abgeschlossen worden, und Graham hatte sich die Dokumente nicht im Detail durchgelesen. Das tat er nun und fand die genauen Bedingungen, unter denen er und Merrily das Haus gekauft hatten.

Und das, was er da fand, begeisterte ihn.

Vor allem ein Satz fand seinen besonderen Anklang. Es war die Definition der Versicherungspolice, auf die hin die Hypothek gewährt worden war:

VERSICHERUNG AUF GEGENSEITIGKEIT. VERSICHERUNGSSUMME ZAHLBAR BEIM TOD DES ERSTVERSTERBENDEN.

# 8

Als Graham sich erst mal entschieden hatte, Merrily umzubringen, überkam ihn eine Art Frieden. Er war zu einer Entscheidung gelangt und konnte sich nun eine Ruhepause gönnen, bevor er diese Entscheidung in die Tat umsetzte. Er verspürte jene Leichtigkeit, die einem beim Erreichen eines Ziels überkommt.

Er zweifelte nicht an der Logik seines Entschlusses. Es gab drei unwiderlegbare Argumente, die für den Mord an seiner Frau sprachen.

Das erste war finanzieller Art. Hatte er erst mal die Hypothek vom Hals, würde sein Leben in völlig neuen Bahnen verlaufen. Die Zahlungen an die Baufirma und die Versicherungsgesellschaft belasteten sein monatliches Budget am meisten. Sobald er sich davon frei gemacht hatte, verfügte er wieder über einigen finanziellen Spielraum.

Das zweite Argument war seine Ehe; sie versperrte ihm den Zugang zu einem Lebensstil, den wiederzuerlangen er nunmehr entschlossen war. Er kannte sich selbst gut genug, um zu wissen, daß er feste emotionale Bindungen nicht brauchte. Dies hätte ihm schon beizeiten klarwerden müssen, bevor er an eine Familie gefesselt worden war. Doch nun, da er seinen wahren Charakter erkannt hatte, war er es sich selbst schuldig, aus seiner derzeitigen Situation schnellstmöglich zu entfliehen.

Der dritte Grund, aus dem er Merrily töten wollte, bestand darin, daß er sie nicht mehr ertragen konnte.

Sämtliche Skrupel und Überlegungen, die die meisten potentiellen Mörder zwischen Plan und Ausführung überkamen, berührten Graham Marshall nicht. Dank dem alten Mann auf der Hammersmith Bridge hatte er keinerlei Zweifel an seinen Fähigkeiten. Er hatte einen Mord begangen. Er war jenseits von Gut und Böse.

In zunehmendem Maße setzte er gedanklich den Mord in sportliche Metaphern um. Diese Angewohnheit stammte noch aus seiner Schulzeit. Obwohl er sich auf dem Gebiet der Leichtathletik nie sonderlich hervorgetan hatte, hatte er den akademischen Konkurrenzkampf immer in Form eines Rennens gesehen, eine Zeit intensiven Trainings, um am Prüfungstag in Höchstform mit Spitzenleistungen aufwarten zu können.

Der Mord war nur ein Teil dieses Phantasiebildes, eine echte Herausforderung, der er sich gestellt hatte. Es war, als hätte er seinen ersten Marathonlauf hinter sich. Von jetzt an wußte er, daß er eine Langstrecke zurücklegen konnte; es war nur eine Frage der Leistungssteigerung.

Nachdem er Merrilys Schicksal beschlossen hatte, fühlte er sich wieder so, als würde für ihn eine Zeit intensiven Trainings beginnen.

Unter der Bedrohung spürte er, wie seiner Persönlichkeit neue Kräfte zuflossen.

Das war auch nötig, denn er erhielt einen empfindlichen Schlag am Montagmorgen, als er in Robert Benhams Büro gerufen wurde.

Nachdem Stella ihn hereingeführt hatte, ergriff Graham das Wort, indem er Robert für ›ein wirklich phantastisches Wochenende‹ dankte.

»Oh, ja. Freut mich, daß es Ihnen gefallen hat.«
Der abweisende Ton ließ diese Worte wie einen Verweis klingen, als würde Graham ungefragt sein Privatleben im Büro breittreten. Robert fuhr schnell fort. »Hören Sie, ich erhielt gerade ein Schreiben wegen einer Drei-Tage-Konferenz in Brüssel. Der Veranstalter ist irgendein EG-Komitee. Ich vermute, es handelt sich um eine Vergleichsstudie über Personalführung in den Mitgliedsländern. Ich möchte, daß Sie hinfahren und für Crasoco die Fahne schwenken.«
Graham freute sich. In der Personalabteilung waren Auslandsreisen selten. Er verbrachte gelegentlich einen Tag bei einer der Zweigniederlassungen im Land und blieb auch mal über Nacht, doch wurden Auslandsniederlassungen entweder an Ort und Stelle oder von Amerika aus verwaltet. Wenn sich in der Vergangenheit wirklich mal die Gelegenheit einer Auslandsreise geboten hatte, war sie von George Brewer genutzt worden.
Es waren also gute Neuigkeiten. Die Reise nach Brüssel hörte sich an wie eine nicht sonderlich wichtige Vergnügungstour. Vielleicht, begann Graham zu überlegen, war das Leben unter Robert Benham gar nicht so übel.
»Oh, das hört sich ...« Er wollte eben ›amüsant‹ sagen, doch erkannte schnell, daß es diesem Wort an Ernst fehlen könnte, und sagte daher ›interessant‹. »Wann soll das sein?«
»22. bis 24. April«, antwortete Robert und sah ihn dabei ungewöhnlich scharf an.
»Nun, das geht ...« Plötzlich erkannte Graham den Grund für diesen Blick. »Aber am 23. ist doch die Personalleiterversammlung.«
»Das stimmt.«
Die Personalleiterversammlung war ein wichtiger Bestandteil von Grahams Machtbasis innerhalb der Firma. Zweimal im Jahr trafen sich die Leiter aller Londoner und der regionalen Niederlassungen, um Personalprobleme zu besprechen und Vorschläge zu unterbreiten. Den Vorsitz auf diesen Versammlungen zu führen, hatte zu jenen Auf-

gaben gehört, die George Brewer gerne seinem Assistenten überlassen hatte, und Graham gefiel dieser Job. Außerdem gewährte er ihm auch Einblick in das Leben der verschiedenen Firmenbereiche, wodurch er an Informationen herankam, die seiner eigenen Planung während der folgenden sechs Monate Nahrung gaben. Schloß man ihn von der Personalleiterversammlung aus, nahm man dadurch seinen Finger vom Puls der Firma.
»Aber Robert, ich führe den Vorsitz bei dieser Versammlung.«
»Sie *führten* ihn. Ich finde, das ist Aufgabe des Leiters der Personalabteilung.«
Graham überdachte seine Lage. Zweifellos war es Roberts Plan gewesen, sich diese Verantwortung anzueignen. Die beiläufige Bemerkung, daß ›er eben ein Schreiben über eine Drei-Tage-Konferenz erhalten habe‹, konnte ihn nicht täuschen. Sicher hatte sich Robert bereits letzte Woche entschieden, Graham nach Brüssel zu schicken; das Wochenende sollte ihn nur besänftigen; dieser neuerliche Angriff war eine definitive Herausforderung. Graham durchschaute nun Roberts Spiel. Er wendete die Taktik eines jeden Eroberers an – sein Opfer in Sicherheit zu wiegen und es dann Stück für Stück seiner Freiheit zu berauben, indem er immer wieder kleinere Angriffe startete, von denen keiner wichtig genug war, um wirklichen Widerstand hervorzurufen. Robert ging davon aus, der Wurm würde sich nicht winden.
Doch Graham war nicht bereit, sich so einfach zu fügen. »Okay, das ist Ansichtssache, Robert. Ich bin damit nicht einverstanden, aber natürlich haben Sie ein Recht auf Ihre Meinung.« Er machte eine Pause. »Ich möchte Sie jedoch darauf hinweisen, daß am 23. April George Brewer immer noch Leiter der Personalabteilung ist. Ich denke, ich sollte ihn erst einmal fragen, bevor ich dieser Reise nach Brüssel zustimme.«
»Ich habe mich bereits mit George geeinigt.«
Roberts Worte waren endgültig. Graham wußte nun, daß es nichts bringen würde, wenn er sich an den alten Mann

wendete. George würde nur um Mitleid heischen, darüber jammern, daß niemand mehr auf ihn hörte, und ihn anflehen, ihm wieder Gesellschaft bei einem sentimentalen Umtrunk zu leisten. Graham war nach allen Regeln der Kunst ausgebootet worden.
Es war wie an dem Wochenende: er sollte sich minderwertig fühlen und Robert Benham unterordnen. Der einzige Gedanke, der Graham vor der vollen Wirkung schützte, war das Bewußtsein, etwas getan zu haben, das Robert nie vollbracht hatte. Er hatte einen Mord begangen.
Und er war dabei, einen zweiten zu begehen.

Als er Roberts Büro verließ und an dem von George vorbeiging, putschte er sich noch ein bißchen weiter auf, indem er beschloß, Stella auf einen Drink nach der Arbeit einzuladen. Sie war einverstanden und schlug vor, sich gleich in der Weinschenke zu treffen, anstatt zusammen aus dem Büro zu gehen. Ihm gefiel ihre praktische Art und die Folgerichtigkeit ihrer nächsten Schritte. Er fragte sich, wie viele seiner Kollegen mit ihr schon diesen Weg gegangen waren.
Er unterhielt sich gern mit Stella. An diesem Abend empfand er wieder die Wohltat, mit einer Frau zusammenzusein, die keine Forderungen an ihn stellte und die über Dinge sprach, die nicht Teil seines täglichen Lebens waren. Er entspannte sich und genoß diese Entspannung; es war ein trainingsfreier Tag, damit ihn der Gedanke an die bevorstehende Herausforderung nicht völlig verrückt machte.
Als sie nach dem dritten Glas Wein aufstanden, sagte Stella, sie würde sehr gerne mal abends für ihn kochen, und leicht schockiert stellte Graham fest, daß dies eine sexuelle Offerte war.
Seit er den alten Mann umgebracht hatte, hatte Sex für ihn einen geringen Stellenwert. Seine Wunschvorstellungen von teuren Frauen waren intellektuellen, nicht physischen Ursprungs. Natürlich hatte er mit Merrily einige Male pflichtschuldig geschlafen, und an diesem Wochenende

hatte er Robert und Tara neidisch beobachtet, doch war nicht Wollust sein eigentliches Motiv gewesen. Er fragte sich, ob das jemals der Fall gewesen war. Seine Experimente als Twen im ›Swinging London‹ und seine Ehe mit Merrily waren, im nachhinein betrachtet, eher durch konventionellen Druck als aus inbrünstigem Verlangen heraus entstanden. Und nun, da etwas anderes Bedeutung in seinem Leben bekommen hatte, schämte er sich nicht einzugestehen, daß ihm Sex nicht viel bedeutete.

Mit Sicherheit war es nicht Sex, was ihn zu Stella hinzog. Es war der Wunsch, einmal andere Gesellschaft zu haben, und, das war ihm klar, eine wohldurchdachte Überlebensstrategie. Falls Robert Benham plante, ihn von den Informationsquellen innerhalb der Firma, auf die Graham ein Recht hatte, auszuschließen, dann würde er sich eben sein eigenes unterirdisches Netz aufbauen. Und Stella, die bald ihre Stelle als Sekretärin beim neuen Leiter der Abteilung antreten würde, wäre dann eine wichtige Kontaktperson.

Obwohl Graham keine besondere Lust hatte, auf ihr Angebot zurückzukommen, erkannte er, daß ihr sexuelles Interesse an ihm schmeichelhaft war; außerdem konnte es sich beizeiten als nützlich erweisen.

Er hielt sich alle Wege offen, indem er sagte, er käme gerne mal zum Abendessen, küßte sie zärtlich auf die Wange und ging.

## 9

Erst am nächsten Wochenende fing er an, ernsthaft über den Mord nachzudenken. Die Euphorie, die seiner Entscheidung über Merrilys Schicksal gefolgt war, begann zu verfliegen durch seine Inaktivität. Auch war Lilian wieder zu Besuch, ›weil sie immer noch so aufgebracht war wegen Charmian‹. Die Anwesenheit seiner Schwiegermutter war der richtige Anstoß, um ihn wieder an seine unerträgliche Situation zu erinnern.

Seine Geldsorgen standen immer noch im Raum. Ein Bittbrief an die Bank hatte ihm zwar Aufschub, doch keine

Lösung gebracht. Die meisten Ausgaben seiner Familie waren Fixkosten und wurden per Dauerauftrag gezahlt. Obwohl er sich mit seinen Sparmaßnahmen für Haushalt und Freizeitaktivitäten bei Merrily und den Kindern unbeliebt machte, wußte er, daß diese Einsparungen nur ein Tropfen auf den heißen Stein waren. Nein, er durfte die Hypothek nicht länger bezahlen. Und dahin führte nur ein einziger Weg.

In der Theorie ist ein Mord allerdings einfacher als in der Praxis. Obwohl der Tod des alten Mannes folgenlos für ihn geblieben war und ihm gelegentlich das Gefühl totaler Immunität verliehen hatte, gab sich Graham nicht der Illusion hin, er könnte Merrrily ebenso leicht töten. Es mußte wie ein Unfall aussehen. Da er wußte, daß der mit der Mordaufklärung beauftragte Inspektor immer zuerst den Partner des Opfers ins Visier nahm, mußte der Mord so perfekt sein, daß er über jeden Verdacht erhaben wäre.

Er verwarf sämtliche Vorstellungen, die er sich durch das gelegentliche Lesen von Krimis angeeignet hatte. Erstechen mit Eiszapfen, Erschlagen mit tiefgekühlten Koteletts, die Injektion von Luftblasen in den Blutkreislauf und Anheuern von Pygmäen mit Blasrohren; all dies würde mehr Probleme aufwerfen als lösen.

Obwohl, Gift... Gift bot verschiedene Möglichkeiten. Nicht umsonst zählte es zu den beliebtesten Mitteln bei häuslichen Morden. Jeder aß und trank; auch ohne die fiktive Hoffnung, es gäbe ein Gift, das die Mediziner noch nicht kannten, gab es doch eine hinreichende Anzahl tödlicher Substanzen im Haushalt.

Er mußte sich genauer informieren. Graham ging in die Stadtbücherei.

Das Mädchen hinter dem Tresen bedachte ihn mit einem leicht schiefen Blick, als er fragte, was sie über Giftstoffe da hätte. Doch führte sie ihn ohne große Zuversicht in die Abteilung WISSENSCHAFT. Unter GESUNDHEIT oder KUNSTHANDWERK war sicher nichts. Es könnte etwas in den BIOGRAPHIEN berühmter Mörder stehen. Oder natürlich in der *Encyclopaedia Britannica* unter HINWEISE.

Gutgelaunt summte Graham vor sich hin, als er sich den Bücherstapel vornahm.
WISSENSCHAFT erwies sich als nutzlos. Er stürzte sich gierig auf die darin enthaltenen chemischen Abhandlungen, doch wurden darin Giftstoffe nur am Rande behandelt. Aber wenigstens hatten sie ihm das bißchen Chemie wieder ins Gedächtnis gerufen, das er in der Schule gelernt hatte. Vielleicht waren all diese langweiligen Versuche doch nicht ganz umsonst gewesen; vielleicht dienten sie ihm noch zu etwas anderem als dem Erreichen von Bestnoten; vielleicht lohnte es sich, seine alten Schulhefte durchzusehen, wenn er nach Hause kam.
GESUNDHEIT war ebensowenig hilfreich; hätte er sich eigentlich denken können. Es gab reichlich Anmerkungen über Giftstoffe, doch alle konzentrierten sich darauf, wie jemand im Fall einer Vergiftung behandelt werden mußte. Und das war das letzte, was Graham wissen wollte.
KUNSTHANDWERK, entschied er, war lediglich ein gutgemeinter Vorschlag der Bibliothekarin gewesen.
BIOGRAPHIE erschien ihm zum Durchsehen beängstigend umfangreich, also nahm er sich den Band der *Encyclopaedia Britannica* mit dem Stichwort GIFT herunter.
Er ließ sich an einem Tisch nieder, inmitten von Pensionären, die die Rennwetten in den Zeitungen durchsahen, Müttern, die ihre Ferien anhand von Hotelführern planten, und Schulkindern, die an Hausaufgaben arbeiteten; er versuchte herauszufinden, wie er seine Frau umbringen konnte.
Er blieb ungefähr eine Stunde dort, stand in Abständen auf, um sich einen im Literaturverzeichnis genannten Band zu holen, doch am Schluß hatte er das Gefühl, nicht wesentlich weitergekommen zu sein. Die Herausgeber der *Encyclopaedia Britannica* schienen anscheinend nicht an die Möchte-gern-Giftmörder gedacht zu haben, als sie ihr großes Werk verfaßten.
Graham fand eine Menge über das Triumvirat Arsen, Zyankali und Strychnin heraus, doch fand er keinen Anhaltspunkt darüber, wie er sich einen dieser Stoffe unauf-

fällig beschaffen konnte. Enthielten die verschiedenen Rattengifte immer noch Arsen? Und wenn ja, wie konnte man es herausfiltern? Oder sollte man es dem Opfer ins Essen mischen? Dies schien keine ideale Lösung zu sein. Er war nun absolut nicht mehr optimistisch, was die Eigenherstellung von Zyankali aus Mandeln oder Aprikosenkernen betraf.
Das einzige, was er nach einer Stunde genau wußte, war die hoffnungsvolle Tatsache, daß Gift hauptsächlich zur Unkraut- und Insektenvernichtung benutzt wurde.
Graham Marshall machte sich auf zum Gartencenter.

Auch da herrschte samstägliches Menschengedränge; geplagte Ehemänner, die Pflastersteine mit Metallmaßbändern ausmaßen; Pensionäre, die behutsam ihre Balkonkästen bestückten, und Ehefrauen, die ihren Volvo mit Dahlienknollen und Gartenmöbeln beluden. Graham wurde wieder leicht ums Herz, er fühlte sich sogar beschwingt, als er zwischen Gewächshäusern und Blumentöpfen auf den überdachten Teil des Gartencenters zuging. Freudig spürte er sich von jedem Verdacht befreit, fühlte sich den anderen Pendlern zugehörig, die darauf bedacht waren, ihre städtischen Vorgärten herauszuputzen. Es war herrlich, daß nur er seine Pläne kannte.
Als er durch die Glastür ging, fiel ihm ein bestimmtes Wort ein. Ein Wort, an das er hätte schon früher denken müssen, ein Wort, über dessen Gefahren erst kürzlich umfangreich in der Presse berichtet worden war.
Paraquat.
Es hatten sich einige Fälle gehäuft, in denen Kinder von diesem Mittel probiert hatten und daran gestorben waren. Die meisten dieser Fälle hatten sich auf Bauernhöfen ereignet, wo die konzentrierte Form dieses Gifts rumstand, doch Graham hatte das sichere Gefühl, daß es in abgeschwächter Form für den Garten erhältlich sein müßte.
Auch hatte er das Gefühl, das wäre das ideale Mittel für Merrily.
Er sah die Reihen der Markenunkrautvertilger durch,

doch fand er keines mit dem Etikett ›Paraquat‹. Offensichtlich handelte es sich wohl eher um einen Zusatzstoff als um einen Firmennamen. Er begann Flaschen und Dosen herunterzuholen, um ihren Inhalt unter die Lupe zu nehmen.
»Kann ich Ihnen helfen, Sir?«
Der Verkäufer war jung, hatte einen spärlichen Bartwuchs, der noch keiner Rasur bedurfte, und ein pickeliges Gesicht. Sein grüner Overall war ihm zu groß; daraus konnte man schließen, daß er zu den Wochenendaushilfen gehörte oder sogar noch zur Schule ging.
»Ja. Ich suche etwas, das Paraquat enthält.«
»Oh, ja, Sir. Warum? Was genau wollen Sie umbringen?«
Graham sah ihn scharf an, aber natürlich blickten die Augen des Jungen völlig unbefangen. Es war eine ganz logische Frage, wenn jemand Unkrautvertilgungsmittel kaufen wollte.
»Nun, äh, Unkraut«, antwortete er schwach.
»Ja. Eine spezielle Art, Sir?«
Graham durchforschte schnell sein Gedächtnis, und es gelang ihm, mit »Kriechholunder« aufzuwarten.
»Oh, ich denke, Sir, mit diesem hier werden Sie zufrieden sein.« Der Junge hielt eine kleine Flasche zwischen Daumen und Zeigefinger.
»Enthält es Paraquat?«
»Nein, Sir. Glyphosat, Sir.« Falls der junge Mann tatsächlich noch zur Schule ging, schien er wirklich etwas von der Sache zu verstehen.
»Oh, danke.«
»Es ist das Beste, Sir.« Der Junge blieb in seiner Nähe. »Die Kasse ist dort drüben, Sir.«
»Ja, ja. Ich brauche... danke... noch ein paar andere Sachen und...«
Endlich zog der Junge ab, und Graham nahm sein Studium der Regale wieder auf. Er war enttäuscht. Er hatte sich so auf das Wort ›Paraquat‹ versteift. ›Glyphosat‹ hatte nicht den gleichen Klang. Jedenfalls konnten seine verschwommenen Erinnerungen an den Chemieunterricht weder eine

präzise Definition von Glyphosat noch die voraussichtliche Auswirkung auf Merrily liefern.
Dann leuchteten seine Augen auf. Es war das Wort, das er gesucht hatte. »Enthält Paraquat« hieß es auf dem Paket. Er griff sich eine mittelgroße Schachtel und las die Warnungen an der Seite. Ja, es klang gefährlich genug. Er wollte gerade gehen, besann sich dann aber und tauschte es gegen ein großes Paket aus.
Vier Pfund zwanzig. Ein gutes Geschäft, wenn es das hielt, was er sich davon versprach.
Unbeschwert ging er in Richtung Kasse.
»Das wirkt nicht sehr gut gegen Kriechholunder, Sir.«
Der allwissende Junge war um eine Ecke gekommen, hinter der Gartenzwerge ausgestellt wurden.
»Sie wollten doch sicher etwas Gezielteres«, fuhr er fort. »Was Sie da haben, bringt alles um.«
»Oh, machen Sie sich da keine Sorgen«, sagte Graham und lachte glucksend. »Das paßt schon.«

Falls sein Entschluß ins Wanken geraten wäre (was nicht der Fall war), das Mittagessen am Samstag hätte ihn wieder darin bestärkt. Die Kinder zeigten sich von ihrer gräßlichsten Seite, waren beleidigt, da sie kein Geld fürs Kino am Nachmittag bekamen. Lilian hatte ihrem Gesicht einen Ausdruck tapfer ertragenen Schmerzes aufgezwungen und erklärte immer wieder, der Biß einer Schlange wäre weniger schmerzhaft, als ein undankbares Kind zu haben. Und Merrily, die sich weiterhin in der Tatsache sonnte, daß sie nicht dieses Kind war, reizte ihn aufs äußerste. Sie hatte die Rolle der tapferen, kleinen Frau übernommen. Ja, es ging ihnen ziemlich mies, aber sie war nicht gewillt, sich dadurch unterkriegen zu lassen. Sie würde kämpfen. Vielleicht könnte sie einen ganzen Haufen Chutneys machen und dann verkaufen. Vielleicht ein kleiner Stand vor dem Gartentor . . .?
Graham hätte es weniger gestört, wenn er davon überzeugt gewesen wäre, daß seine Frau es ernst meinte, wenn diese Vorschläge wirklich dazu dienen sollten, die Finan-

zen der Familie aufzubessern. Doch er wußte, es war reine Effekthascherei, versteckte Seitenhiebe, die ihm galten. Ihm fiel auf, daß sie nie erwähnte, sich tatsächlich einen Job zu suchen. Das einzige Mal, als er ihr das nahelegte, hatte sich Merrily sofort in das zerbrechliche, ausgebeutete Frauchen verwandelt, hatte gesagt, ja, natürlich, wenn das wirklich sein Wunsch war, könnte ›er sie zur Arbeit schicken‹. Sie wäre sicher, irgendwie brächte sie es schon fertig, der Aufgabe gerecht zu werden, die sie immer noch als ihre vorrangigste Pflicht ansah, nämlich ›ihm das Leben angenehm zu machen‹. Sie wäre auch sicher, Henry und Emma würden sich an ihr ›Schlüsselkinderdasein‹ gewöhnen. Und was die Schande betraf, öffentlich einzugestehen, daß sie das Geld brauchten, nun, das würde sie nicht bekümmern, hatte sie behauptet und ihr kleines Kinn dabei bulldoggenartig vorgeschoben, solange es nur ihn nicht störte... Mit zunehmendem Alter benutzte sie mehr und mehr die methodischen Übertreibungen ihrer Mutter.
Das Mittagessen an diesem Samstag endete damit, daß Graham der Kragen platzte. Daraufhin kamen von Henry vulgäre Ausdrücke, Tränen von Emma, und die Gesichter von Merrily und Lilian zeigten beide den Gesichtsausdruck eines Kamels, das geduldig auf den letzten Strohhalm wartet. Merrily sagte, sie hätten schon verstanden und würden alle einen Spaziergang in den Richmond Park machen, ›denn zumindest könnte er ihnen dann nicht vorwerfen, sie würden Geld ausgeben‹.
Dummerweise warf Graham ein, daß das Benzin für den Wagen, der sie die zwei Meilen zum Park bringen würde, nicht gratis wäre. Wie erwartet, reagierte Merrily mit einer dramatischen Geste. Sie zog ihren Geldbeutel mit dem Haushaltsgeld hervor und leerte den Inhalt auf den Küchentisch und bat Graham, sich den nötigen Betrag zu nehmen. Sie könnte es nicht ertragen, wenn er das Gefühl hätte, seine Frau würde versuchen, ihn zu betrügen.
Als endlich diese feinsinnigen, ironischen Bemerkungen und gegenseitigen Anschuldigungen im Haus verhallt wa-

ren, goß Graham sich einen doppelten Scotch ein und setzte sich hin. Dieses scheußliche Mittagessen gab ihm ein Gefühl der Rechtschaffenheit. Alle schlimmen Dinge, die Merrily tat, lieferten ihm nunmehr Stärke und Rechtfertigung, bestätigten ihm, daß seine Entscheidung, sie umzubringen, richtig war.

Der Schuppen wurde kaum benutzt. Seit die Marshalls umgezogen waren, hatten sie zuviel im Haus zu tun gehabt, als daß sie den Garten groß beachtet hätten. Die Geräte waren noch so an der Wand gestapelt, wie sie die Umzugsleute hingestellt hatten. Der Rasenmäher, der als einziges Utensil im letzten Sommer benutzt worden war, stand mitten im Raum, und das noch daran haftende Gras verbreitete einen Geruch wie ein Komposthaufen.
Graham räumte das Durcheinander an Scheren und Bambusstöcken vom Tisch unter dem staubigen Fenster und stellte seine Ausrüstung darauf. Eine dunkelgrüne, halbvolle Sherryflasche, ein Weinglas und die große Schachtel mit dem Unkrautvertilgungsmittel.
Er brach ein etwa dreißig Zentimeter großes Bambusstück ab, und seinem Experiment stand nichts mehr im Wege. Seit seiner Schulzeit hatte er nichts Vergleichbares getan, und damals waren die Laborverhältnisse anders gewesen. Doch um zu erfahren, was er wissen wollte, reichte dies hier aus.
Er goß ungefähr dreieinhalb Zentimeter Sherry in das Weinglas. Die Sorte, die er für Lilian gekauft hatte, war dunkler und gelblicher als der Tio Pepe, den sie bevorzugte.
Er nahm die Schachtel mit dem Unkrautvertilger und schüttete den Inhalt aus. Das Gift war in lauter kleinen Beuteln, acht insgesamt. Mit seinem Stanley-Taschenmesser schnitt er die Ecke eines Beutels ab und schaute hinein.
Erschrocken stellte er fest, daß das Zeug blau war. Kleine, blaue Körnchen, die wie Tortendekoration aussahen.
Du meine Güte. Vielleicht änderte sich ihre Farbe beim

Auflösen. Er schüttete ein paar Körner ins Weinglas und rührte kräftig um.
Anfangs schienen sie sich überhaupt nicht auflösen zu wollen, dann endlich. Die Farbe änderte sich allerdings nicht. Der Sherry wurde richtig schön blau.
Halb scherzhaft fragte er sich, ob er Merrily den Sherry ab- und Blue Curaçao angewöhnen könnte. Aber selbst wenn ihm das gelingen sollte, konnte er sie damit wohl kaum täuschen. Die Flüssigkeit hatte einen widerlich bläulichen Glanz auf der Oberfläche, und trüber Satz sammelte sich am Boden.
Er roch daran. Der Geruch hatte sich nicht verändert; das war ein Pluspunkt.
Hm. Kein Mensch würde aus Versehen aus so einem Glas trinken. Vielleicht aus der Flasche, obwohl...? Es war einen Versuch wert.
Er leerte den restlichen Beutelinhalt in die Sherryflasche und schüttelte sie kräftig. Für einen Augenblick schob er das Problem beiseite, daß er Merrily dazu bringen mußte, direkt aus dieser Flasche zu trinken. Zuerst wollte er sehen, ob es überhaupt funktionierte.
Er schaute durch das dunkelgrüne Glas. Die Verfälschung des Inhalts war auf den ersten Blick nicht zu erkennen. Die Farbe sah unverändert aus. Doch wenn man die Flasche gegen das Licht hielt, zeigte sich der dicke Bodensatz. Sah man genau hin, hingen unaufgelöste Körnchen an der Flaschenwand, was wie ein merkwürdiges, chinesisches Gericht aussah.
Eins war klar – so ging es nicht. Doch irgend etwas ließ ihn weitermachen. Vielleicht lösten sie sich mit der Zeit doch noch auf. Vielleicht mußte er mehr nehmen, um den gewünschten Effekt zu erzielen.
Er riß einen weiteren Beutel auf, formte einen Trichter aus einem abgerissenen Stück der Schachtel und schüttete den Inhalt hinein. Noch mal schütteln, und der Inhalt der Flasche sah sogar noch eigenartiger aus.
Plötzlich kam ihm die Widersinnigkeit seines Tuns zum Bewußtsein, und er mußte lachen. Die ganze Situation war

eine Farce und versetzte ihn in eine bisher nie gekannte fröhliche Stimmung. Er schlitzte die restlichen sechs Beutel auf und schüttete das ganze Granulat in die Flasche. Dann schüttelte er sie wie eine Rassel und unter Kichern sang er dabei das südamerikanische Lied ›La Bamba‹. Was er hier tat, schien das Komischste zu sein, was ihm je widerfahren war. Die Ernsthaftigkeit seiner Absicht und die krasse Unzulänglichkeit seines Handelns lösten bei ihm plötzlich eine unbändige Heiterkeit aus.
Schließlich kam er wieder zu sich und betrachtete die Flasche.
Nein. Nie würde jemand auf die blaue Masse halbaufgelöster Körnchen hereinfallen. Wer dieses Zeug runterschluckte, mußte schon den unerschütterlichen Willen zum Sterben haben.
Er vernahm ein Geräusch, blickte auf und sah Merrily im Küchenfenster winken. Verflucht. Er hatte die Zeit vergessen. Nun, er konnte die Spuren seines Experimentes jetzt nicht beseitigen. Er würde es irgendwann machen, wenn er mal allein zu Hause war.
Er schob die Flasche rasch beiseite und packte das Glas und die Reste des Unkrautvertilgungsmittels auf ein Regal hinter einen rechteckigen, großen Kreosotkanister.
Er mußte die Sache noch mal überschlafen. Albern, sich einzubilden, es könnte derart einfach sein. Er ging leicht betroffen, aber durch den Fehlschlag keineswegs deprimiert, ins Haus.
Er hielt sein Taschenmesser in der Hand, um seinen Aufenthalt im Schuppen erklären zu können. »Ich fragte mich schon, wo es abgeblieben war, Liebling«, sagte er und küßte Merrily mechanisch auf die Stirn.
»Es überrascht mich, daß du überhaupt etwas in diesem Schuppen findest«, sagte sie anklagend. »Es ist schrecklich unordentlich dort. Müßte wirklich mal aufgeräumt werden.«
»Ja, ja, ja.«
»Du mußt dich mal dranmachen.«
»Gewiß.«

»Obwohl ich annehme, daß ich es letztendlich doch selbst machen muß. Wie fast immer«, schloß sie und seufzte leidgeprüft.
Diese Bemerkung sollte Graham Schuldgefühle einjagen. Doch verdammt wollte er sein, wenn er das zuließe. Er hatte entschieden, daß er in Zukunft überhaupt keine Schuldgefühle mehr haben würde, auch nicht wegen Banalitäten.
Er kam gerade runter, nachdem er die Kinder ins Bett gebrüllt hatte, und traf in der Diele auf Lilian. Sie tat schnell die Hand hinter den Rücken – doch nicht schnell genug. Er hatte die Sherryflasche gesehen.
»Wo hast du die her?« schnauzte er sie an.
Sie sah ihn herausfordernd an, ein Ausdruck, der ganz und gar nicht zu ihr paßte.
»Aus dem Schuppen.«
»Was um alles in der Welt hast du im Schuppen zu suchen?«
»Die Flasche war mittags noch da. Ich habe sie gesehen. Ich wußte, du hast sie irgendwo versteckt, Graham.«
»Warum sollte ich?«
Sie richtete sich zu einer Märtyrerhaltung auf.
»Ich weiß, daß du mich nicht magst, Graham.« Sie machte eine Pause und erwartete eine Flut von Gegenbeteuerungen, die nicht kam.
»Doch den Sherry zu verstecken ist ziemlich kleinlich.«
»Aber ich habe ihn nicht versteckt. Ich habe nur die Flasche gebraucht. Es ist kein Sherry mehr drin.«
»Es riecht wie Sherry.«
O Gott. Hatte sie schnell einen Schluck im Schuppen genommen? Welche Wirkung würde das haben? Er hatte sich gewünscht, die Dosierung irgendwie auszuprobieren, doch bestimmt nicht auf diese Weise.
»Es ist kein Sherry.« Er riß ihr ziemlich grob die Flasche aus der Hand. »Ich habe sie im Garten gebraucht. Wenn du einen Drink möchtest, im Kühlschrank ist Wein.«
Ihr tiefes Luftholen meldete, daß sie gleich in Tränen ausbrechen würde. »Ich finde, du bist sehr grausam zu mir,

Graham. Du weißt, ich bin äußerst aufgebracht wegen Charmians Benehmen. Und nun du ... Ich hatte mit deiner Unterstützung gerechnet... Ich hätte mein Testament nicht geändert, wenn ich gewußt hätte ...«

»Oh, um Gottes willen!« Graham stampfte in Richtung Garten davon. Als er durch den Wirtschaftsraum ging, sah er die Klebeetiketten, die Merrily zum Beschriften der Tiefkühlkost benützte. Er zog eines ab und schrieb mit Filzstift drauf: »GIFT. NICHT TRINKEN.«

Er klebte es über das Originaletikett der Flasche. Draußen im Schuppen versteckte er die Flasche tief hinter einem Stapel Saatkästen. Sie direkt in die Mülltonne zu werfen, war zu riskant. Er würde sie ein andermal beseitigen.

Durch das staubige Fenster blickte er auf die erleuchteten Zimmer des Nachbarhauses. Wie heimelig und einladend die Lichter bei anderen Leuten aussahen. Vielleicht, so dachte er bissig, wirkten auch die Fenster seines Hauses so auf Fremde, der Schein einer glücklichen Familie. Ha.

Es schien nicht zu klappen. Lilian hätte den Sherry nicht finden dürfen. Er war ein unsinniges und unnötiges Risiko eingegangen.

Fest stand, daß er falsch vorgegangen war. Schludrig. Dilettantisch.

Er hatte den alten Mann mühelos umgebracht; das war für ihn nun eine Quelle verbissenen Stolzes. Doch Merrily zu töten, würde mehr Geschicklichkeit erforden. In seiner Euphorie, eine Entscheidung getroffen zu haben, war er zu sorglos geworden, hatte er die auf ihn zukommenden Schwierigkeiten unterschätzt.

Er durfte seinen Maßstäben nicht untreu werden, nur weil er Georges Job nicht bekommen hatte. Er war schon immer stolz auf seine Tüchtigkeit gewesen, und nun mußte er beweisen, daß er tüchtiger als Robert Benham war. Wenn man seine Talente im Büro nicht brauchte, würde er sie eben auf den Mord an seiner Frau konzentrieren.

Keine weiteren Unachtsamkeiten mehr.

Es würde auf eine detaillierte, systematische Planung ankommen.

Er war fest entschlossen, den Mord einwandfrei über die Bühne zu bringen.

## 10

Merrily selbst brachte ihn auf einen Plan.
Am Samstagabend, als Lilian sich endlich in ihr ›einsames, kleines Zimmer‹, wie sie es hartnäckig nannte, zurückgezogen hatte, sah Graham sich eine ziemlich langweilige Fernsehsendung an; dabei kam ihm eine neue Idee für ein Sparprogramm, und er ging nach oben in sein ›Studio‹, um es mit seinem Taschenrechner auszuarbeiten.
Da er angenommen hatte, daß Merrily sich in der Küche zu schaffen machte, war er überrascht, sie auf dem Fußboden vor seinem Schreibtisch knien und seine Schubladen durchwühlen zu sehen.
»Hast du was verloren?« fragte er.
»Nein.«
»Was suchst du dann?«
»Ich suche einen Beweis für das, was du getan hast.«
Das löste einen momentanen Schauder bei ihm aus, doch dann wurde ihm klar, daß sie wieder mal auf seine imaginäre Untreue anspielte. Gott, ihre Dummheit machte ihn rasend.
»An welche Art von Beweis dachtest du?« fragte er leichthin.
»Nichts Bestimmtes. Man weiß nie, was hinter der ausdruckslosen Fassade eines *Mannes* vorgeht. Vivvi fand eine ganze pornographische *Buchhandlung* in Willis Sokkenschublade.«
Er verstand. Merrily hatte sich mit ihrer Freundin unterhalten. Vivvi war, falls das überhaupt möglich war, noch affektierter als Merrily, und zur Zeit konzentrierte sich ihr affektiertes Getue auf den Feminismus, was in ihrem Fall nichts weiter bedeutete als das Tragen von modischen Kitteln, ausführliche Gespräche über Menstruation und die Weigerung zu kochen, wenn sie sich von ihrem seit langem leidenden Ehemann ausgenutzt fühlte.

»Tut mir leid, dich enttäuschen zu müssen. Du wirst hier keine Pornographie finden. Aber vermutlich könnte ich was auftreiben, wenn dir so was gefällt«, fügte er ironisch hinzu.
»Ich habe auch nicht nach Pornographie gesucht.«
»Nach was dann?«
»Nach Briefen.«
»Was für Briefe?«
Sie stand auf und sah ihm in die Augen. Trotz war ihrem Charme nicht gerade zuträglich. »Vivvis Mutter«, begann sie, »arbeitet bei Sotheby's. Sie ist Porzellanfachfrau.«
»Ah.« Graham amüsierte sich köstlich. Als sie fortfuhr, dachte er, sie wäre übergeschnappt. Vielleicht könnte ich sie entmündigen lassen und das Problem auf diese Weise lösen.
»Letzten Montag, als sie wie immer zum Oxford Circus ging, kam sie an einem Weinlokal vorbei. Sie sah dich mit einer Frau herauskommen.«
Das war es also.
»Die du geküßt hast«, fuhr Merrily unerbittlich fort.
Grahams erste Eingebung war, ihr alles zu erklären. Es sei doch nur Stella aus seinem Büro gewesen. Er hätte kein sexuelles Interesse an ihr. Merrilys Spion hätte die Situation mißverstanden.
Doch eine zweite Eingebung ließ ihn schweigen. Merrilys Verdächtigungen konnten ihm nützen. Er wußte zwar noch nicht wofür, aber jedenfalls mußte er ihr Mißtrauen schüren.
»Sie hat Unsinn erzählt«, brauste er übertrieben auf. »Sie muß mich mit jemanden verwechselt haben.«
»Du warst an diesem Abend spät dran. Ich erinnere mich. Und du hattest etwas getrunken.«
»Ja. Okay. Das hatte ich. Aber nur mit jemandem von Büro.« Er achtete darauf, die Wahrheit wie eine Lüge klingen zu lassen.
»Ich glaube dir nicht, Graham.«
»Das solltest du, verdammt noch mal, aber. Du wirst hier keine Liebesbriefe finden.«

»Nein?«
»Nein. Es sind keine drin.«
»Dann stört es dich ja nicht, wenn ich nachsehe.«
Sie sprach triumphierend, doch in Wahrheit spielte sie ihm geradewegs in die Hände.
»Doch, zum Teufel, es stört mich. Es ist ein Eingriff in meinen persönlichen Bereich. Dies ist *mein* Zimmer. Dies sind meine Papiere. Geh raus!« Er drängte sie zur Tür.
Auf der Schwelle drehte sie sich um und sah ihn durchdringend an. Lilian Hinchcliffe wäre stolz auf den Auftritt ihrer Tochter gewesen.
»Nun, auch gut«, sagte Merrily.
Sie sprach ganz leise, doch zweiffellos waren ihre Worte als Kampfansage zu verstehen. Sie würde wiederkommen und weiterschnüffeln.
Er gab sich ärgerlich und schlug die Studiotür zu. Doch als er sich in seinen Drehstuhl setzte, lächelte er.

Nachdem Merrily Graham den Weg aufgezeigt hatte, war ihm, als fügten sich die restlichen Teile seines Planes schnell ineinander. Er hatte das Gefühl, daß das Glück auf seiner Seite war und daß er gut vorankam. Sein Trainingsprogramm war richtig, und er würde zur gegebenen Zeit eine Höchstleistung erzielen. Er hatte das gleiche gute Gefühl wie früher, als er Prüfungen und Vorstellungsgespräche stets erfolgreich absolviert hatte. Er fühlte, daß er die Fäden in der Hand hielt; fast war es so, als würde sich die Welt auf sein Geheiß drehen.
Ohne es zu wissen, hatte auch Robert Benham seinen Teil dazu beigetragen. Die Reise nach Brüssel, die Grahams berufliches Vorwärtskommen hemmen sollte, würde seiner anderen Karriere den entscheidenden Auftrieb geben. Die Reise würde ihm das verschaffen, was für jeden entschlossenen Mörder lebenswichtig ist: ein Alibi.
Graham, dessen Gehirn geradezu erfreulich gut funktionierte, stellte außerdem fest, daß die Reise dazu dienen konnte, Merrilys Verdächtigungen hinsichtlich seiner Untreue noch zu steigern.

Er hatte ihr gegenüber Brüssel ein- oder zweimal erwähnt, doch wenn sie nun das Thema anschnitt, lenkte er scheinbar schuldbewußt ab und tat so, als wollte er nicht über Einzelheiten der Konferenz sprechen. Zu seiner Taktik gehörten auch einige Einkäufe; neue Pyjamas und ein anderes Aftershave, das er nicht sonderlich geschickt in seiner Hemdenschublade versteckte.

Auch Stella hatte er eine Rolle zugedacht, wenngleich sie nichts davon wußte. Als Graham sie eines Tages allein auf dem Flur traf, sagte er, ja, er würde liebend gern eines Abends bei ihr essen. Sie ging sofort darauf ein und schlug den nächsten Abend vor. Nein, er glaubte nicht, daß er das einrichten könnte ... Oder vielleicht doch ... Er müßte zu Hause in seinem Kalender nachsehen. Ob sie ihn am Abend deswegen anrufen könnte? Merrily würde erst um zehn zurückkommen.

Merrily, die für diesen Abend gar nichts vorhatte, nahm, wie beabsichtigt, den Anruf entgegen. Graham beobachtete verstohlen ihre Reaktion. Stella, die sich sicher gewähnt hatte, mußte etwas gesagt haben, bevor sie auflegte, das stand in Merrilys Gesicht geschrieben, bevor sie sich anklagend an Graham wandte.

»Falsch verbunden, nicht wahr?« fragte er scheinheilig.

»Da bin ich mir nicht so sicher«, sagte Merrily langsam.

Er fuhr mit dem Spiel fort, als er Stella am Tag darauf im Büro traf. Ja, er hatte mitbekommen, was geschehen war. Merrily war unerwarteterweise früher nach Hause gekommen. Ja, er habe auch ein paar unangenehme Momente durchzustehen gehabt. Das hieß, er mußte die nächsten Tage etwas vorsichtig sein. Ein gemeinsames Abendessen wäre somit zu riskant. Aber wie wäre es mit einem Drink nach Büroschluß?

Es hätte möglicherweise seine Pläne vorangetrieben, wäre er zu einem Abendessen in Stellas Wohnung gegangen, doch behagte ihm die unvermeidbare sexuelle Dimension nicht. Nicht daß er körperlichen Widerwillen empfunden hätte, nur bedeutete Sex immer weniger in seinem Leben. Aus dem gleichen Grund hatte er sich Merrily seit einigen

Wochen nicht mehr genähert; diese Tatsache, die sich wie alles andere zu seinen Gunsten auswirkte, gab ihrem Verdacht noch mehr Nahrung. Noch dazu rief er seine Frau vom Weinlokal aus an und sagte, er müsse länger arbeiten. Dann ging er zurück, um mit Stella zu plaudern. Als sie sich trennten, küßte er sie wieder (man konnte ja nicht wissen, wer einen beobachtete). Doch verspürte er kein sexuelles Interesse.

Sogar das Pornoheft, das er sich kaufte, erregte ihn nicht. Ihn interessierte vor allem die Entwicklung der Fototechnik seit der Zeit, als diese Hefte für ihn einmal wichtig gewesen waren, so mit achtzehn, neunzehn, doch nun war sein Interesse leidenschaftslos. Seine Beschäftigung mit dem Mord vermittelte ihm ein asketisches Zielbewußtsein; all seine Aufmersamkeit war auf ein höheres Ziel gerichtet.

Der Erwerb des Pornoheftes war möglicherweise leicht übertrieben, doch er brauchte einen Köder für Merrily. Sie hatte nach Briefen gesucht, die konnte er nicht herbeizaubern, es sei denn, er entschloß sich, welche zu fälschen. Sie hielt aber auch Pornographie für einen Beweis männlicher Untreue, also mußte das reichen.

Er kaufte ungefähr ein halbes Dutzend Magazine für Masochisten, Sadisten und Busenfetischisten. Er entschied, sie nicht in seine Sockenschublade zu legen, sonst wäre die Imitation zu perfekt, sondern legte sie unter einige Versicherungsbroschüren in den verschließbaren Teil seines Schreibtisches (er war sicher, daß Merrily einen Schlüssel hatte).

Nicht nur wegen der Reise nach Brüssel mußte er schnell mit seinen Vorbereitungen fertig werden. Ein anderer Stichtag rückte näher und trieb zu Eile.

Erst am Wochenende vor seiner Abreise hatte er Gelegenheit, den nächsten Teil seines Planes auszuprobieren. In berechneter Nachgiebigkeit erlaubte Graham seiner Familie den Kinobesuch am Samstagnachmittag, den er zuvor verweigert hatte. Er redete Merrily und Lilian zu, die

Kinder zu begleiten (es war das verlängerte Osterwochenende, und seine Schwiegermutter würde die Zeit hier verbringen). Er würde dableiben und sich im Fernsehen die Sportschau ansehen. Merrily hatte ihn angesichts dieser Uneigennützigkeit mißtrauisch angesehen, was von Grahams Standpunkt aus nicht übel war, doch war sie einverstanden, mitzugehen. Lilian sagte, es wäre für sie ein großes Vergnügen; nie lud sie jemand irgendwohin ein.
Während des Mittagessens erwähnte Graham beiläufig, langsam wäre es an der Zeit, daß sie neue Vorhänge für das Gästezimmer bekämen. Merrily sagte, ja, fein, sie wäre auch der Meinung, aber sie hätten doch kein Geld, um welche nähen zu lassen. Graham sagte, er erinnerte sich, daß sie alle Vorhänge selbst genäht hatte, als sie ihr erstes Haus in Barnes bezogen. Nun wären sie wieder knapp bei Kasse ...
Merrilys kleines Gesicht wurde hart. »Sehr gut. Natürlich. Graham. *Neben all den anderen Dingen* finde ich bestimmt noch Zeit, Vorhänge zu nähen. Wohlgemerkt, Graham, für den nötigen Stoff, das Vorhangband und die Bleischnur mußt du Geld rausrücken. Oder möchtest du vielleicht, daß ich das Zeug selbst *webe* ... vielleicht könnten wir die Kinder dazu bringen, im Richmond Park Hundehaare zu sammeln. Dann könnten wir sie zu Garn spinnen und ... Was meinst du?«
Graham ging darauf gar nicht ein. Merrilys Boshaftigkeiten konnten nur noch zu seiner Heiterkeit beitragen. »Nein, ich bin sicher, ich kann mir den Kauf der Sachen leisten. Funktioniert die Nähmaschine?«
»Ich glaube schon. Seit dem Umzug habe ich sie nicht mehr benutzt. Also steht sie immer noch da, wo die Umzugsleute sie hingestellt haben.«
»Und das wäre?«
»Auf dem Speicher.«

Als er die ausziehbare Leiter raufkletterte und die hölzerne Speichertür beiseite schob, überfiel ihn ein unangenehmer Gedanke. Angenommen, das Licht hier war erst später installiert worden, ein modernes, weißes, kunststoffumhülltes Verlängerungskabel anstatt der veralteten Verkabelung...

Seine Befürchtung verflog jedoch schnell. Oben auf der Treppe zog er sich an einer Rohrleitung hoch, die vom Heißwassertank kam, und langte nach dem Lichtschalter. Die nackte Glühbirne erhellte sofort die staubigen Umrisse der unter den Dachsparren gestapelten Gegenstände. Zum Vorschein kam auch, daß der Lichtschalter ebenso antiquiert war wie das übrige elektrische System des Hauses.

Er stand mit gespreizten Beinen über der Luke und überblickte den künftigen Schauplatz des Verbrechens. Das Rohr, gegen das er sich stützte, hätte auch als Elektrizitätsleitung gedacht gewesen sein können.

Er betrachtete den Lichtschalter genauer. Es war ein altes Messingding mit einem Porzellandeckel. Der Schalter hatte ein rundes Metallende. Rote und schwarze, mit Gummi überzogene Drähte ragten ungefähr zehn Zentimeter aus der Einfassung heraus, ehe sie in einem Metallrohr verschwanden, das an einem waagerechten Sparren befestigt war. Vorsichtig betastete er den dicken, festen Draht unter der Ummantelung und stellte befriedigt fest, daß der Gummi auch hier schon brüchig wurde.

Er summte zufrieden vor sich hin, als er zum Schrank unter der Treppe runterstieg und den Strom ausschaltete. Dann zog er ein Paar Gummihandschuhe an, die er in der Küche gefunden hatte. Sie waren ziemlich eng und drückten. Er nahm sich eine große Kunststofftaschenlampe und eine Drahtzange und ging wieder nach oben.

Er brauchte die Zange gar nicht. Die alte Isolierung bröckelte vom Draht ab wie Teig. Bald kamen die kupfernen Drähte im Licht seiner Taschenlampe zum Vorschein. Er drückte sie leicht zwischen Daumen und Zeigefinger zusammen.

Dann schraubte er den Deckel vom Lichtschalter ab, rieb innen noch mehr von der Isolierung ab und bog einen der beiden Drähte nach oben, weg von der Porzellanschutz-

hülle, damit er das Metallgehäuse berühren würde, sobald er den Deckel wieder festschraubte.
Er schraubte ihn wieder auf. Dort, wo er mit seinen Gummihandschuhen den sich angesammelten Staub weggewischt hatte, leuchtete das Messing ziemlich auffallend. Er langte auf einen der Dachsparren über sich, kratzte etwas von dem Ruß in seine durch den Gummihandschuh geschützte Hand und blies ihn sachte über den Schalter. Das Messinggehäuse sah nun wieder gleichmäßig blind aus.
Als er die Treppe zum Hauptschalter runtersprang, wurde aus seinem Summen ein munteres Pfeifen. In einem weiteren Heiterkeitsausbruch fiel ihm Lilians Weihnachtsgeschenk ein. Damals war es ihm ziemlich kleinlich und nutzlos vorgekommen, hatte er sich doch zu jener Zeit noch nicht vorstellen können, daß er Stromleitungen würde prüfen müssen.
Der Schraubenzieher lag noch in seiner Verpackung, so konnte er die Gebrauchsanweisung genau befolgen. Die Spitze mußte man auf die in Frage kommende Leitung halten, das andere Ende nur leicht berühren. Floß Strom durch, leuchtete ein Neonlicht im Griff auf.
Er schaltete den Hauptschalter wieder an und kehrte auf den Speicher zurück. Er legte die Taschenlampe so auf einen Dachsparren, daß der Schalter angestrahlt wurde, hielt den Schraubenzieher vorsichtig zwischen Daumen und Zeigefinger und brachte dessen flaches Ende mit dem Messinggehäuse in Berührung.
Nichts geschah.
Eine Woge des Zorns durchflutete ihn. So hatte er sich das nicht gedacht. Alles funktionierte doch einwandfrei, er war unbesiegbar.
Dann lachte er leise. Natürlich. Grundkenntnisse der Elektrik. Er zog den Gummihandschuh von seiner linken Hand und versuchte es noch mal.
Das Licht leuchtete auf.
Er arbeitete mit System; ging die Treppe runter, schaltete den Hauptschalter wieder aus, kehrte auf den Speicher zu-

rück und entschärfte seine heimtückische Falle. Wieder stieg er hinunter und schaltete den Strom ein, stieg dann wieder rauf, um nachzusehen, ob der Schalter wirklich nicht mehr unter Strom stand.
Dann kletterte er von der Leiter zur Speicherluke, um zu sehen, ob irgendein Weg an der Rohrleitung vorbeiführte. Es gab keinen. Das Licht von unten fiel darauf, und die Stufen waren so weit auseinander, daß man sich unbedingt irgendwo festhalten mußte, um sich endgültig hochzuziehen. Ihm wäre es wohl möglich, sich am Rand der Bodenluke hochzuziehen, doch Merrily, die gut zwanzig Zentimeter kleiner war als er, mußte sich unweigerlich an der Rohrleitung festhalten.
Merrily würde sich auch dann noch daran festhalten, wenn sie schon oben im Speicher war. Die Sparren waren nicht angenagelt, also mußte sie vorsichtig balancieren und sich dann zum Lichtschalter vorbeugen. Auch wenn sie leichter war als er, würde durch ihr Gewicht ihre Hand gegen das unter Strom stehende Metall gepreßt. Der Schlag würde von Arm zu Arm gehen, durch die Brust zum Herzen.
Graham hob Taschenlampe und Schraubenzieher auf und stieg durch die Öffnung hinab. Er schloß die Luke, schob die Leiter zusammen und räumte alles weg. Dann setzte er sich, um den Ringkampf anzuschauen.

Der letzte Teil war leicht. Am Abend des 21. April packte Graham vor dem Abendessen seinen Koffer für Brüssel und ging dann in sein Studio, wobei er die Tür angelehnt ließ. Er setzte sich in seinen Drehstuhl, holte eines der Pornohefte hervor und studierte gelassen die vielen gespreizten Schenkel.
Er merkte, daß Merrily hinter ihm stand, noch bevor sie sagte: »Essen ist fertig.« Er schob das Magazin in eine Schublade. Schnell, doch nicht schnell genug.
»Was liest du da?«
»Oh, nichts. Bloß etwas über Versicherungen.« Diesmal stand er zu schnell auf. »Essen, gut.« Er drängte Merrily aus der Tür.

»Was hast du da drin, Graham?«
»Nichts. Nichts. Komm schon, ich bin am Verhungern.«
»Graham, es ist sinnlos, Geheimnisse vor mir zu haben. Ich werde dahinterkommen.«
»Nein.« Er warf die Tür zu. »Hör mir mal zu! Ich möchte nicht, daß du in meinen Sachen rumschnüffelst.«
Merrily zog eine Schnute wie ein kleines Mädchen und sagte mit dazugehöriger Stimme. »Denkst du, ich Kleine, ich würde so was tun?«
Ja. Das hoffe ich, dachte er, als er sagte: »Nein. Natürlich nicht.« Er küßte sie.
Nach dem Essen gab er sich nervös und angespannt. Er wurde allmählich ein guter Schauspieler. Noch vor ein paar Wochen war seine Nervosität echt gewesen. Doch nun, da er wußte, was er tat, hatte er sich immer mehr in der Gewalt.
Dann verkündete er urplötzlich: »Oh, ich wußte, da war noch etwas. Ich wollte dir noch die Nähmaschine vom Speicher holen.«
»Das eilt nicht. Ich werde keine Zeit haben, um ...«
Doch Graham war schon raus. Mit übertriebener Vorsicht ging er in sein Studio und öffnete ein paar Schreibtischschubladen. Er richtete es so ein, daß er gerade dann an der Schiebeleiter zum Speicher mit einem Stapel Papier unter dem Arm kam, als Merrily, von Neugier getrieben, die Treppe raufkam.
»Was machst du da?«
»Oh, ich habe nur etwas ausgemistet. Ich bringe den Plunder rauf.«
Er fragte sich, ob er nicht übertrieb. Aus welchem Grund brachte er Altpapier auf den Speicher? Doch Merrilys wuchernder Verdacht zielte in eine andere Richtung.
»Wirklich?« fragte sie kurz.
»Ja. Ich dachte, wenn ich schon die Schiebeleiter unten habe ... Kann ich noch etwas für dich raufbringen?«
Sie schüttelte den Kopf.
»Ich meine, du gehst ja nie hier rauf, wenn also etwas gewesen wäre ...«

»Nein. Ich gehe da niemals hoch.« Sie warf ihm einen spöttischen Blick zu, der schon fast einer Herausforderung glich, und ging nach unten.
Er arbeitete schnell am Schalter. Er wußte, daß dies riskant war, wenn der Strom nicht abgeschaltet war, doch hatte er sich eine hölzerne Zange gekauft, um die Metallteile anzufassen, und fühlte sich sicher. Innerhalb von fünf Minuten war die Sache erledigt, und er wurde vom beruhigenden Schein des Neonlichtes im Schraubenzieher belohnt. Mit der hölzernen Zange machte er das Licht aus und ging hinunter.
Merrily sah ihn voller Verachtung an, als er ins Wohnzimmer kam.
»Wo ist die Nähmaschine?« fragte sie.

## 11

Graham genoß die Konferenz. Es war, als ginge er wieder zur Schule. Obwohl sich die Klasse aus internationalen Personalexperten zusammensetzte, obwohl die Tagung in dem unpersönlichen und staubabweisenden Luxus eines neuen Hotels stattfand, obwohl zur Ausstattung Videos, Computer und Übersetzer gehörten, war es doch das Wertesystem der Schule, das hier vorherrschte. Was zählte, waren die Fragen, die nach jeder Abhandlung aufgeworfen wurden, die Punkte, die in Diskussionsgruppen zur Sprache kamen; hier konnte Graham mit seiner raschen Auffassungsgabe glänzen, wobei ihm das Thema selbst ziemlich egal war. Zu seiner Freude wurde er gewahr, daß alle Delegierten bewertet wurden und daß er dabei besser als die übrigen abschnitt. Graham Marshall spürte sein früheres Selbstwertgefühl wieder.
Graham war nun auch zuversichtlicher, was Crasoco betraf. Sicher, er hatte George Brewers Job nicht bekommen, doch war er noch nicht abgeschrieben. Ein kämpferischer Mann wie Robert Benham mußte sich unweigerlich Feinde machen; es brauchte nur einen Funken, um die Unzufriedenheit zu entfachen, die er schuf. George Brewers Politik

war aus der Mode geraten und durch die Ernennung seines Nachfolgers in andere Bahnen gelenkt worden; genau das gleiche könnte geschehen, wenn Robert Benham ging.
Denn es gab keinen Zweifel, daß Robert Benham gehen würde. Er hatte deutlich gemacht, daß der Titel ›Leiter der Personalabteilung‹ nur eine Sprosse auf der Leiter war, die er zu ersteigen gedachte. In den nächsten fünf Jahren würde er zu einer anderen Firma überwechseln oder... oder, wer konnte schon sagen, was ihm zustoßen würde?
Seine Abwesenheit aus London ließ Graham die Dinge objektiver sehen. Seine Gedanken hatten sich seit dem Verlust des Jobs zu sehr auf sein eigenes Versagen und Robert Benhams Erfolg konzentriert. Nun betrachtete er seine Lage gelassener. Keinesfalls war schon alles verloren.
Auch das Hotelleben gefiel ihm. Er mochte die anonyme Klarheit der Einrichtung, die polierten Fliesen in der Dusche, die noch verpackte Seife, das Frühstück, das gebracht wurde, wenn man einen entsprechenden Vordruck vor die Tür hängte. Er mochte den unpersönlichen Luxus einer Welt, in der jede Dienstleistung Teil eines finanziellen Abkommens war, in der nichts von einer so unzulänglichen Motiviation wie Pflicht oder Gefälligkeit abhing, in der die Einrichtung rein funktionellen Charakter hatte. In diesem Stil beabsichtigte er in Zukunft zu leben.
Die Gedankenarbeit war nunmehr abgeschlossen. Er dachte überhaupt nicht mehr an sie; nur an sich selbst als begabter Athlet, der wieder Höchstleistungen erbrachte. Vorübergehend hatte er so was wie Schluckauf gehabt, vielleicht einen Virus, der ihn lahmgelegt hatte, doch nun war er auf dem Wege der Besserung und würde schon bald in der Lage sein, noch größere Taten zu vollbringen.
Er hatte Merrily so vollständig aus seinen Gedanken verbannt, daß er zuerst verwirrt reagierte, als der Anruf durchgestellt wurde. Die Wirklichkeit holte seine Gedanken nur langsam ein. In seinem Kopf waren die neuen Strukturen bereits vorgezeichnet. Merrilys Tod wurde zur Formsache, wie die Genehmigung eines Bauplans, die er ärgerlicherweise erst noch erhalten mußte.

Er war am Mittwoch, dem 22. April, nach Brüssel geflogen, und die Konferenz hatte noch am gleichen Nachmittag begonnen. Er wartete gelassen auf einen Anruf aus London am nächsten Morgen, doch vergeblich. Er war im Foyer des Hotels auf dem Weg zur ersten Sitzung am Freitag, als ihn ein Page ans Telefon rief. Er nahm den Anruf in einer Zelle in der Nähe der Rezeption entgegen.
Als der Anrufer sich als Polizist zu erkennen gab, fühlte er sich zunächst gestört. Er hatte sich auf die Ereignisse des Tages gefreut. Besonders auf die zweite Sitzung, ein Seminar über die Umgruppierung von Mitarbeitern, die zu uneffektiv waren, als daß man sie auf ihren derzeitigen Posten belassen konnte, andererseits zu alt, um entlassen zu werden; das war genau die richtige Gelegenheit, bei der Graham glänzen konnte.
»Es tut mir leid, Sir. Ich fürchte, ich habe schlechte Nachrichten für Sie.«
»Was? Es ist doch nicht einem der Kinder etwas passiert?«
Er freute sich über die Gewandtheit, mit der ihm die richtigen Worte über die Lippen kamen.
»Nicht die Kinder, nein, Sir. Ich fürchte, es geht um Ihre Frau.«
»Was? Hatte sie einen Autounfall?« Wieder beglückwünschte er sich selbst.
»Nein, Sir. Kein Autounfall. Ein häuslicher ... ein Unfall durch Strom.«
»Oh, mein Gott. Geht es ihr gut?«
»Tut mir leid, Sir. Leider ... sie ist tot.«
Er zählte im Geist bis zehn, ehe er sagte. »O nein! Sie kann nicht tot sein!«
Und während er zählte, fühlte er, wie sich wärmende Genugtuung in ihm breit machte.

Das Wasser des Kanals glänzte verführerisch, als er vom Flugzeug aus hinuntersah. Er hatte die letzten Stunden genossen, hatte sich bei den Organisatoren der Konferenz entschuldigt, seinen Flug gebucht, gelassen die Umstände

seiner dringenden Abreise erklärt und die Bewunderung der Angestellten ob seiner Tapferkeit gespürt. Der Verlust seiner Frau war wie ein Freibrief; mit dieser Entschuldigung brauchte er nur das zu tun, was *er* wollte.
Doch es war mehr als das. Er hatte sich entschieden, Merrily umzubringen und hatte, fast ferngesteuert, ihren Tod herbeigeführt.
Sein Aussichtspunkt über dem Kanal war passenderweise gottgleich. Er war ein Puppenspieler, der an den Fäden zog.
Er verspürte ein Gefühl von Macht.

## 12

Er hatte der Polizei seine Ankunft mitgeteilt, und ein Polizist erwartete ihn zu Hause in der Boileau Avenue.
Grahams erste Frage lautete: »Wo sind die Kinder?« Er fand, das klang angemessen besorgt. Er hatte sich während des Rückflugs emotionale Äußerungen zurechtgelegt, die einem Witwer entsprachen. Das, was er in Wirklichkeit empfand, nämlich freudige Zuversicht, mußte er verbergen; das wußte er.
»Sie sind bei ihrer Großmutter, Sir«, antwortete der Polizist. »Sie sagte, sie würde es schon schaffen. Sie war ganz offensichtlich außer sich, doch meinte sie, es wäre ihre Pflicht, sich um die armen, mutterlosen Kleinen zu kümmern.«
Da Graham seine Schwiegermutter kannte, hegte er keinen Zweifel, daß der Polizist sie hier wörtlich zitierte. Er war sicher, daß Merrilys Tod Lilian eine Fülle an Szenen bot, denen sie nicht widerstehen konnte und für die sie ihr ganzes schauspielerisches Potential benötigte.
»Ja. Die Kinder. Es ist schrecklich. Das wird sie ein Leben lang belasten.« Er glaubte, die unzusammenhängenden Sätze würden zu einem Mann passen, der offensichtlich unter Schock stand.
»Sie erholen sich, Sir. Erstaunlicherweise vertragen sie ei-

ne ganze Menge. Obwohl ich fürchte, Ihre Tochter ... Sie war es, die die Leiche Ihrer Frau fand.«
»O nein.«
Der Polizist nickte traurig. »Leider doch, Sir. Erst am Morgen darauf, aber – Sie wissen, wie Ihre Frau starb, Sir?«
Ja, natürlich weiß ich das, wollte Graham gerade erwidern, doch dann fiel ihm ein, daß ihm noch niemand genaue Einzelheiten erzählt hatte.Er mußte sich konzentrieren. Behutsam vorgehen. Er durfte nicht zulassen, daß seine innerlich aufkommende Zuversicht seiner Rolle des bestürzten Hinterbliebenen abträglich war.
»Ich weiß nur, daß sie durch Strom ums Leben kam.«
Der Polizist erläuterte den vermutlichen Unfallhergang. Graham fand, daß die offiziellen Mutmaßungen erfreulich nahe an seine Planung der Ereignisse herankamen.
»... der Strom lief durch ihre Arme und brachte das Herz zum Stillstand. Dann fiel sie vom Speicher auf den Treppenabsatz, doch die Kinder hörten nichts. Erst am nächsten Morgen fand Ihre Tochter sie.«
»Sie haben einen so tiefen Schlaf«, sagte Graham mit dumpfer Stimme. Dann hielt er einen Gefühlsausbruch für zeitlich angebracht und fügte hinzu: »O Gott! Wären sie bloß aufgewacht! Wenn sie rechtzeitig in ein Krankenhaus gekommen wäre, hätte man sie vielleicht noch retten können.«
»Ich fürchte, das hätte ihr auch nicht mehr helfen können, Sir. Der Tod muß augenblicklich eingetreten sein. Wahrscheinlich hat sie überhaupt nichts gespürt.«
»Ich finde, das ist ein kleiner Trost.« Graham gestattete seiner Stimme ein leichtes Zittern. Dann schwankte er und suchte an der Wand Halt.
Der Polizist kümmerte sich sofort um ihn. »Hier, setzen Sie sich, Sir. Kommen Sie, Sie haben einen fürchterlichen Schock erlitten. Warten Sie, ich werde Ihnen eine Tasse Tee machen.«
Graham saß da und wartete, stieß gelegentlich Seufzer und Schluchzer aus, sobald er den Polizisten in Hörweite

wähnte. Der Tee kam; er war nach den feststehenden Regeln der Schockbehandlung zubereitet worden und daher sehr süß. Das entsprach zwar nicht Grahams Geschmack, doch er trank ihn dankbar.
Nachdem er seiner Meinung nach genügend Zeit gehabt hatte, sich wieder zu fangen, beschloß er, mehr Neugier an den Tag zu legen. Er wollte nicht den Anschein erwecken, als würde ihn der Unfall nicht überraschen. »Aber wie? Warum stand der Schalter unter Strom?«
»Alte Leitungen, Sir, fürchte ich. Die Isolation war brüchig. Sie hätte vermutlich überlebt, wenn sie nur den Schalter berührt hätte, doch da sie sich gleichzeitig am Wasserrohr abstützte, hatte sie keine Chance.«
»O Gott«, fing Graham an. Dann besann er sich eines Besseren. »O Gott, ich wußte, die Leitungen waren gefährlich. Wir hatten vor, sie reparieren zu lassen. Ich habe schon den Kostenvoranschlag. Nächste Woche sollte damit begonnen werden. Der Elektriker konnte ... nicht ... früher ...« Er war sehr angetan von der Art, in der er den Satz unvollendet ließ. Lilian war nicht das einzige Familienmitglied, das Talent zur Dramatik besaß.
»Unsere Leute haben sich die Leitungen angesehen und sie für den Augenblick sicher gemacht«, sagte der Polizist. »Ihrer Meinung nach ist das ganze Haus eine Todesfalle. Wäre es nicht der Schalter am Speicher gewesen, hätte es leicht ein anderer sein können.«
Gut, dachte Graham, gut. Das alles ließ den Unglücksfall plausibler erscheinen. Er verspürte eine wachsende Zuversicht, die sich nach dem Tod des alten Mannes nur sehr langsam eingestellt hatte, daß er ungeschoren davonkommen würde. Seine Mundwinkel verzogen sich zu einem unfreiwilligen Lächeln. Um den äußeren Schein zu wahren, biß er sich auf die Knöchel und schüttelte scheinbar ungläubig sein Haupt.
Es war auch gut, daß er gerade wegschaute, denn erstmals schwang in den Worten des Polizisten Verdacht mit, und Graham mußte seine Reaktion genau überlegen.
»Eines ist uns nicht ganz klar, Sir ...« begann der Polizist

schüchtern, »warum ging Ihre Frau überhaupt auf den Speicher ...«
»Warum?«
»... während Sie nicht da waren. Auch ihre Mutter meinte, sie wäre bis dahin noch nie dort oben gewesen ...«
Natürlich mußte Lilian ihren Senf dazugeben. »Nein, nein, das glaube ich auch nicht.«
»Ihre Mutter sagte, sie hätte Großreinemachen vorgehabt, doch nicht auf dem Speicher. Vermutlich hat sie etwas gesucht.«
»Das nehme ich an.«
»Wir haben uns oben umgesehen, was sie gesucht haben könnte.«
»O ja.« Graham hielt sich zurück. Er würde mit seiner Reaktion warten, bis ihm klar war, in welche Richtung die Worte des Mannes zielten.
»Was wir allerdings fanden ...«, der Polizist machte eine Pause, während er die Wirkung einschätzte, »waren einige Magazine.«
»Magazine?«
»Pornographie.«
»Oh. Aber es ist doch bestimmt nicht ungesetzlich ...«
»Nein, nein. Dieses Zeug war ziemlich harmlos. Kein Anlaß zur strafrechtlichen Verfolgung oder ... Nein, das Interessante daran war, daß sie erst kürzlich dort oben hingeschafft worden waren. Es liegt eine Menge Staub dort oben, wissen Sie, doch auf den Heften war kaum welcher.«
Graham fing den Blick des Polizisten auf, der neugierig und unnachgiebig war. Graham wußte, daß nun verlegene Aufrichtigkeit angebracht war, und die lieferte er.
»Nun gut. Ich habe sie hinaufgeschafft.«
»Das habe ich angenommen, Sir.« Der Polizist nickte selbstgefällig.
»Ja, ich ... ich meine, viele Männer kaufen sich solche Sachen. Es sagt nichts darüber aus, wie gut oder wie schlecht eine Ehe ist ...«
»Nein, nein. Natürlich nicht, Sir.«

»Nun, ich jedenfalls sehe mir von Zeit zu Zeit solches Zeug an und... Wie dem auch sei, eines Tages fand ich meinen Sohn in meinem Studio vor. Er suchte etwas in meinen Schubladen... etwas völlig Harmloses, eine Briefmarke oder einen Umschlag oder... und plötzlich wurde mir klar, daß ich wirklich nicht wollte, daß er auf diese Magazine stößt, also brachte ich sie auf den Speicher. Ehe ich sie aus dem Haus warf.«
»Natürlich, Sir. Wann war das?«
»Letzte Woche.«
»Hm. Das haben wir auch angenommen. Sie gingen also letzte Woche auf den Speicher hinauf?«
»Ja.«
»Was uns daran interessiert, ist...« der Mann wägte seine Worte genau ab. »Warum erlitten Sie keinen Schlag, als Sie das Licht anknipsten?«
Darauf war Graham nicht gefaßt gewesen. Er fühlte, wie er die Farbe wechselte und zu schwitzen anfing. »Nun, ganz einfach. Ich... ich knipste es nicht an.«
»Nein?«
»Nein. Sehen Sie, wir sind erst vor einem Jahr in dieses Haus gezogen und, ehrlich gesagt, seit die Leute von der Umzugsfirma einige Sachen da hinaufgeworfen haben, bin ich kaum mehr oben gewesen. Ich konnte mich nicht erinnern, ob dort ein Licht angebracht war oder nicht. So benützte ich eine Taschenlampe. Ich hatte es eilig, wissen Sie, da, nun...« Ein leicht verlegenes Husten. »Merrily war nur mal eben aus dem Haus gegangen und... Sie wußte nicht, daß ich diese Magazine hatte, und ich wollte wirklich nicht, daß sie... daß sie...«
»Ich verstehe schon, Sir.« Die beruhigende Stimme, mit der der Polizist sprach, gehörte ebenfalls zu seiner Ausbildung im Umgang mit unter Schock stehenden Menschen.
Grahams Gesicht brannte immer noch, und der Schweiß begann an seinen Schläfen zu rinnen. Doch hatte ein erst kürzlich zum Witwer gewordener Mann allen Grund, aufgelöst auszusehen. Er beschloß, aus seinen körperlichen

Symptomen Kapital zu schlagen und einen kleinen Zusammenbruch zu inszenieren. »O Gott, der Gedanke, daß diese Hefte – mit denen ich Merrily betrog – sie waren nicht wichtig – das alles war so lächerlich geringfügig – und nun ist sie tot und...« Es gelang ihm, ein paar ganz ordentliche Schluchzer hervorzubringen.
»Trinken Sie noch etwas Tee, Sir.« Doch ließ der Polizist nicht locker. »Wir haben noch immer nicht herausgebracht, warum *Ihre Frau* auf den Speicher wollte, Sir. Sie hegte doch keinen Verdacht, daß diese Hefte dort oben waren, oder Sir?«
»Was? Nein, es ist... o mein Gott.« Graham gelang ein tiefes Schluchzen. »Die Nähmaschine.«
»Was?«
»Die Nähmaschine war da oben. Und sie hat gesagt, sie wolle ein paar Vorhänge für das Gästezimmer nähen. Ja, sie sprach davon beim Mittagessen an einem Samstag vor einigen Wochen. Ihre Mutter war auch dabei, fällt mir ein.« (Falls Lilian vor der Polizei ihre Erinnerungen ausbreiten würde, dann konnte sie auch ihm damit helfen und seine Aussage bekräftigen.) »Ja, das muß es gewesen sein – die Nähmaschine stand auf dem Speicher.« Nun war es Zeit für ein großes, tränenreiches Finale.
»O Gott, sie wollte mir ein paar Vorhänge nähen... als Überraschung... Bei meiner Rückkehr... Merrily... Und nun ist sie tot...« Er entschied, daß der Augenblick gekommen sei, in dem Tränen beredter waren als weitere Worte.
Der Polizist war sehr mitfühlend. Er entschuldigte sich, daß er diese Fragen stellen mußte, bemerkte, daß Mr. Marshall unter Schock stünde, und fragte, ob es ihm gut genug ginge, um alleingelassen werden zu können.
Die letzte Frage kam Graham sehr entgegen. Die Anstrengung, seine Genugtuung nicht zu zeigen, machte ihm langsam zu schaffen. Nur eines wollte er noch wissen. »Wo, ist Merr... meine Frau... ihre Leiche?«
»Bei uns im Leichenschauhaus.«
»Oh. Ich nehme an, ich muß das Begräbnis arrangieren

und ... Wir waren uns einig, daß wir verbrannt werden wollten, wenn ...«
Seine Stimme stockte, während er dachte, vernichte das Beweismittel, vernichte es.
»Ich denke, das wird nach der gerichtlichen Untersuchung möglich sein, Sir.«
»Gerichtliche Untersuchung?«
»Selbstverständlich, Sir. Bei allen unnatürlichen Todesfällen muß eine gerichtliche Untersuchung stattfinden.«
Schweiß perlte auf Grahams Stirn. Er fühlte sich leer vor Übelkeit. Mit einer gerichtlichen Untersuchung hatte er nicht gerechnet.
Nachdem der Polizist gegangen war, nahm sich Graham einen doppelten Scotch zur Beruhigung. Bald würde er Lilian und den Kindern gegenübertreten müssen, doch die konnten noch etwas warten.
Die Nachricht von der gerichtlichen Untersuchung hatte ihn durcheinandergebracht, doch ein Funke Zuversicht blieb bestehen. Er würde damit fertig werden. Die Untersuchung war eine Formsache. Es gab nichts, das ihn bei polizeilichen Nachforschungen belasten könnte. Hätte etwas Derartiges existiert, wäre der Empfang bei seiner Rückkehr ganz anders verlaufen.
Im Geist rekonstruierte er das Verbrechen noch mal, prüfte es auf Fehler, beleuchtete es von allen Seiten und untersuchte es auf Schwachstellen.
Nein, es gab nichts. Keinen unbedacht hinterlassenen Fingerabdruck, der ihn bloßstellen würde. Seine genaue Planung hatte sich ausgezahlt.
Zum Glück, dachte er grimmig, hatte er sich für diese Methode entschieden. Mit nachsichtigem Lächeln ließ er seine früheren Ideen Revue passieren, seine stümperhaften Versuche mit dem Paraquat, und –
O mein Gott!
Sein Körper wurde von einem Zittern befallen, genauso stark wie damals, als ihm der Tod des alten Mannes erstmals richtig bewußt geworden war.
Die Sherryflasche.

Seine Knie waren wie Pudding, als er zum Schuppen rannte. Wenn die Polizei im Haus gewesen war, suchend, forschend, dann konnten sie ebensogut in den Garten gegangen sein und womöglich den vergifteten Sherry gefunden haben, möglicherweise Verdachtsmomente gegen ihn hegen, möglicherweise ...
Er stieß die Tür zum Schuppen auf.
Alles schaute anders aus. Das Durcheinander war verschwunden, Rasenmäher und Geräte lehnten ordentlich an der Wand. Die Saatkästen, hinter denen die Flasche versteckt gewesen war, bildeten nun einen sauberen Stapel im Regal.
Die Sherryflasche mit ihrem tödlichen Inhalt war verschwunden.
Er schwankte, klammerte sich an die Wand, um nicht hinzufallen. Die Polizei mußte dagewesen sein, das ganze Gebäude durchsucht und die Sherryflasche zur Analyse mitgenommen haben ...
Graham meinte, ihm würde schlecht. Doch ihm wurde nicht schlecht, und nach ein paar Minuten ging sein Atem wieder gleichmäßiger. Als er seinen Körper wieder unter Kontrolle hatte, versuchte er auch seine Gedanken zu ordnen. Ruhig bleiben, ruhig bleiben, sagte er zu sich selbst! Denk alles in Ruhe durch.
Das half. Er hatte voreilige Schlüsse gezogen. Die Polizei könnte im Schuppen gewesen sein, doch gab es auch andere Erklärungen. Tatsächlich, wenn die Polizisten das Anwesen durchsucht hätten, warum sollten sie sich die Mühe gemacht haben, alles aufzuräumen? Die Regale waren abgestaubt und der Fußboden aufgewischt worden. Das gehörte bestimmt nicht zu ihren Nachforschungen.
War es nicht viel wahrscheinlicher, überlegte Graham mit einem leichten Hoffnungsschimmer, daß Merrily einen ihrer seltenen Putzanfälle bekommen und sich eigenhändig auf den Schuppen gestürzt hatte? Sie hatte zuvor erwähnt, wie dringend er aufgeräumt werden mußte. Und eine größere Putzaktion in seiner Abwesenheit hätte ihr ähnlich gesehen, wäre es doch eine auffallende Geste gewesen, um

ihm bei seiner Rückkehr Schuldgefühle einzuimpfen. Ja, und der Polizist hatte Lilian zitiert, hinsichtlich Merrilys ›geplanter Putzaktion‹.

Voller Hoffnung eilte er zu den Mülltonnen. Dort hatte sie den Abfall hingebracht.

Doch sie waren leer. Natürlich, die Müllmänner kamen donnerstags.

Er wollte gerade den Deckel der zweiten Tonne zumachen, als er etwas sah. Nur ein Fetzen feuchten Kartons, der innen haften geblieben und dem Müllwagen entkommen war.

Es war ein Stück der Schachtel mit dem Unkrautvertilgungsmittel. Das Stück, aus dem er einen Trichter gemacht hatte, um die Körnchen in die Sherryflasche zu füllen.

Erleichtert ließ er sich gegen die Mauer fallen. Alles war in Ordnung. Merrily hatte den Schuppen geputzt. Sie hatte den tödlichen Sherry der Mülltonne anvertraut, der nun unwiederbringlich und anonym auf irgendeiner städtischen Müllhalde lag. Graham war gerettet. Seine verstorbene Frau hatte freundlicherweise das Indiz gegen ihn vernichtet.

Er ging ins Haus zurück und genehmigte sich noch einen doppelten Scotch.

Die letzten zehn Tage waren scheußlich gewesen.

Todesfälle verursachen den Hinterbliebenen Arbeit. Und erst recht der Tod einer aktiven Mutter von zwei Kindern. Obwohl Graham ihr oft unrationelles Arbeiten und eine angeborene Faulheit vorgeworfen hatte, war er doch überrascht, was Merrily alles getan hatte oder vielmehr, wie viel jetzt, da sie tot war, von anderen Leuten getan werden mußte.

Unglücklicherweise war es Lilian, die es als ihre von Gott auferlegte Rolle ansah, diese Arbeit zu übernehmen. Obgleich Graham über Hilfe froh war, hätte er die Hilfe einer fremden Person vorgezogen.

Sofort nach Merrilys Tod hatte ihre Mutter Henry und Emma zu sich geholt. Doch als Graham zurückgekommen war, kehrten sie alle in das Haus in der Boileau Avenue zurück. Sofort übernahm Lilian die häusliche Aufsicht. Schon nach drei Tagen sprach sie vom Gästezimmer als ›mein Zimmer‹, und am Ende der Woche sagte sie, es wäre doch praktischer, ihre Wohnung zu verkaufen, ›da ich doch hier gebraucht werde‹.

So hatte Graham sich seine Zukunft nun wirklich nicht ausgemalt. Wenn der Mord an seiner Frau nur dazu gedient hatte, sie durch ihre Mutter zu ersetzen, dann war das Ganze reine Zeitverschwendung gewesen. Lilian im Haus war sogar noch störender als Merrily. Sie besaß nicht einmal den minimalen Arbeitseifer ihrer Tochter. Sie verbrachte die meiste Zeit mit dem Anlegen von Hauskleidern und Turbanen, und ihre Eignung zur Hausarbeit war gleich Null. In den Jahren, in denen sie von Dienstboten und hilfreichen Liebhabern umgeben gewesen war, hatte sie nicht einmal Grundkenntnisse, wie die Einschätzung und zeitliche Planung einer Arbeit, erworben.

Der Küchenboden wurde nur zur Hälfte gewischt, wegen zwei Unterhosen ließ sie das volle Waschmaschinenprogramm durchlaufen, der Staubsauger blieb auf halbem Weg auf der Treppe stehen, als Lilian sich in eine neue Szene stürzte.

Keine Frage, der Tod ihrer Tochter lieferte ihrem Selbstdarstellungsbedürfnis eine breite Palette an Möglichkeiten. Schock und Trauer waren bestimmt echt, doch dahinter konnte Graham ein Körnchen Befriedigung, wenn nicht gar Triumph entdecken.

Lilian wußte, daß ihre Machtstellung innerhalb der Familie durch Merrilys Tod verstärkt worden war. Ihre ewige Klage, daß niemand sie mehr brauchte (wobei Graham seine Zweifel hatte, daß sie jemals von jemandem besonders gebraucht worden war), entbehrte nun jeglicher Grundlage.

Doch auch dieses Wissen konnte ihre Tränen, ihr Gejammer und ihre Szenen nicht bremsen. Sie hatte ihre Lieblingstochter verloren, war nun allein auf der Welt. Gra-

ham, dem Distanz zur festen Gewohnheit geworden war, ertrug ihre Klagen und empfand nichts als Verachtung. So konnte es nicht ewig weitergehen, doch würde er auf den richtigen Augenblick für eine Lösung warten müssen.
Sich selbst beobachtete er sorgfältig. Er konnte Verdacht erregen, wenn er zu gefühllos erschien, also brauchte er gelegentlich einen kleinen Zusammenbruch, um das Image des schockierten und trauernden Witwers aufrechtzuerhalten.
Um diese Fassade zu präsentieren, kamen ihm unter anderem seine Anfälle von Panik zu Hilfe. Der Außenstehende sieht nur die körperlichen Symptome innerlichen Aufruhrs, nicht deren Ursache. Hitzewallungen, Schweißausbrüche, unzusammenhängende Sprechweise und plötzliche Stimmungsschwankungen gehörten zum Bild einer gestörten Persönlichkeit; aber die gleichen Symptome können ebenso durch den Tod der vielgeliebten Gattin wie durch die Angst, als Mörder entlarvt zu werden, ausgelöst werden. Sogar während seiner Angstzustände empfand Graham eine perverse Befriedigung, daß der Grund für seine Unausgeglichenheit so leicht mißverstanden werden konnte.
Er machte sich Sorgen wegen der gerichtlichen Untersuchung, das stand außer Zweifel. Obgleich sich so viele Einzelheiten bei der Planung des Mordes im nachhinein zu seinen Gunsten ausgewirkt hatten, blieben doch noch etliche Fragen offen, über die er zu wenig wußte. Wie raffiniert war wohl die Polizei bei der Gerichtsuntersuchung? Hatte er einen eklatanten Hinweis bei seiner Sabotage hinterlassen? Argwöhnten sie ein falsches Spiel?
Hin und wieder wurde er von Zuversicht erfüllt, doch waren diese Momente der Ruhe selten. Er hatte Angst, daß er etwas übersehen hatte. Falls er jemals wieder einen Mord beging (und er wußte, daß dies, falls er hier ungeschoren davonkäme, nicht ausgeschlossen wäre), würde er wesentlich vorsichtiger sein.
Doch nicht eine Sekunde lang bedauerte er, Merrily umgebracht zu haben. Er fürchtete nur, nicht mit heiler Haut

davonzukommen. Wieder empfand er diese Mischung aus Besorgnis und Aufregung, die er immer vor Prüfungen in der Schule gehabt hatte. Die gerichtliche Untersuchung war seine letzte und schwierigste Prüfung.
Hatte er diese erst mal bestanden, konnte ihn nichts mehr aufhalten.
Es fanden noch weitere polizeiliche Untersuchungen statt, ehe die Hinterbliebenen der Familie Marshall und Lilian Hinchcliffe vor dem Hammersmith Coroner's-Gericht erscheinen mußten. Graham mußte nochmals eine eingehende Befragung über sich ergehen lassen, die ihm paradoxerweise Spaß machte. Er hatte das Gefühl, an einem Spiel teilzunehmen, vielleicht einem Quiz, auf das er allerdings angemessen vorbereitet war und bei dem seine Chancen zumindest 50:50 standen.
Da seine Tochter die Leiche gefunden hatte, wurde auch sie nochmals befragt. Der Schock hatte ihr ziemlich zugesetzt, und durch ihre Emotionen glich sie mehr einem Erwachsenen. Je stärker der Einfluß ihrer Großmutter wurde, desto ähnlicher wurde Emma ihr. Es schien, als ob Lilian, nachdem man ihr die Tochter genommen hatte, sofort alles daransetzte, sie durch einen neuen Keimling zu ersetzen. Emma wurde in die exklusive Verschwörung der Frauenschaft aufgenommen. Die beiden weinten in herzzerreißendem Einklang.
Henry schien der Tod seiner Mutter anscheinend weniger hart zu treffen. Mit der Brutalität der Jugend hörte man ihn sogar Witze darüber machen. Ein Psychologe hätte in diesem Verhalten wahrscheinlich eine Schutzmaßnahme erkannt und den wunden Punkt eines verwirrten Kindes entdeckt, doch Graham war kein Psychologe und hatte auch kein Interesse, sich eingehender mit der Psyche seines Sohnes zu befassen.
Seine Kinder erschienen ihm nun mehr denn je wie Fremde. Die vier saßen Seite an Seite im Untersuchungsgerichtssaal, und Graham fühlte sich als Champion, er war in Höchstform vor dieser beängstigendsten Herausforderung seiner Laufbahn.

Das Verfahren war kurz. Der Untersuchungsrichter rief verschiedene Zeugen auf. Ein Arzt sagte aus, was bei der Autopsie herausgekommen war. Emmas Aussage wurde verlesen. Lilian beschrieb ihr Eintreffen im Haus, nachdem sie von Emma angerufen worden war, und der Polizist, den sie wiederum alarmiert hatte, erzählte, was er vorgefunden hatte. Der Elektriker wiederholte seine Meinung von dem lebensgefährlichen Zustand der alten Elektroleitungen. Der Untersuchungsrichter bedauerte diese schreckliche Tragödie in einer jungen Familie, sprach davon, wie nötig es wäre, ständig auf der Hut vor den Gefahren veralteter elektrischer Systeme zu sein, und fällte sein Urteil: Tod durch Unfall.
Graham Marshall hatte wieder eine gewaltige Hürde genommen.

Die Einäscherung war bereits vorher arrangiert worden; nur der Urteilsspruch des Untersuchungsrichters hatte noch ausgestanden, damit die Dinge ihren Lauf nehmen konnten.
Die Feuerbestattung wurde für den nächsten Tag angesetzt. Lilian durchstöberte das Haus nach schwarzen Sachen und staffierte sich und die Kinder so aus, als wären sie der Dickens-Serie, die im zweiten Programm der BBC lief, entsprungen. Graham trug einen hellen Anzug und eine schwarze Strickkrawatte. Graham versuchte seine beschwingten Schritte zu mäßigen, als er vom Leichenwagen zum Krematorium ging.
Dort war alles nach seinem Geschmack. Sauber, anonym, funktionell. Er erinnerte ihn an das Hotel in Brüssel, in dem er erst vor zehn Tagen gewesen war.
Der amtierende Geistliche blieb ebenfalls sachlich. In seiner kurzen Ansprache machte er kein Geheimnis daraus, daß er Merrily nie begegnet war. Er sprach ganz allgemein; für die Beschreibung ihrer Tugenden und ihrer Persönlichkeit verwendete er nur Gemeinplätze.
Die Trauergemeinde war nicht sehr zahlreich. Außer den Familienangehörigen waren die verhaßte Vivvi und ein

paar andere Repräsentantinnen von Merrilys Frauen-Mafia gekommen, ausnahmslos ohne ihre Ehemänner.
Hinten in der Kapelle stand Charmian und schniefte leise, allein. Sie hatte versucht, Lilian zu begrüßen, doch ihre Mutter hatte sie keines Blickes gewürdigt und die Kinder von ihrer Tante wegbugsiert, als wäre sie ein Blitzer im Park.
Auch Lilian und Emma schnüffelten während der ganzen Zeremonie. Henrys Unbewegtheit wirkte hartherzig. Graham gelang es, hin und wieder zu hüsteln und sich zu räuspern, was sich als Gefühlsbewegung auslegen ließ, in Wirklichkeit jedoch nur seiner inneren Heiterkeit entsprang.
Im rechten Augenblick schlossen sich die anonymen Vorhänge vor dem hellen Fichtensarg – eine sinnlose Geldverschwendung. Als die Vorhänge sich langsam wieder öffneten, war der pompöse Zaubertrick vollbracht. Der Sarg war verschwunden, den lodernden, blauen Gasflammen übergeben.
Und Merrily war dahin. Nur noch ein Häufchen Asche zum Verstreuen.
Ein wollüstiges Gefühl von Macht durchflutete Graham.

Freunde schüttelten der Familie die Hand und murmelten ihre Beileidsfloskeln. Für einen Drink danach waren keine Vorbereitungen getroffen worden, und es schien auch keiner einen Drink zu vermissen. Vivvi und ihr Hexenclub zogen ab.
Charmian kam als letzte aus der Kapelle. Sie hatte noch schnell ihr Make-up in Ordnung gebracht. Die Tränen waren versiegt.
Lilian warf beim Anblick ihrer verlorenen Tochter den Kopf zurück. »Kommt schon, Emma. Henry. Wir müssen gehen.« Sie ging in Richtung Auto. Dann drehte sie sich nach ihrem Schwiegersohn um.
»Graham.«
»Ich komme gleich.«

Lilians Abschiedsschniefen war eher beleidigt als leidend.
Charmian sah ihren Schwager an. Die grauen Augen waren voll Schmerz, doch hatten sie nicht ihren wissenden Ausdruck verloren. Er fühlte sich auf seltsame Weise mit ihr verbunden, fühlte den Drang, sich ihr anzuvertrauen, ihr alles, was er getan hatte, zu erzählen, in der heimlichen Erwartung eines Lobes.
Doch sagte er nichts; nur ihren Namen. »Charmian.«
Die grauen Augen hielten seinem Blick stand. Sie brachten ihn aus der Fassung. Sie schienen zu viel zu sehen. Er senkte den Blick und bemerkte eine abgestoßene Stelle auf einem ihrer schwarzen Lackschuhe.
»Graham, ich möchte dich sprechen. Es ist sehr wichtig.«
»Ja?«
»Ja,« sagte Charmian. »Es betrifft Merrilys Tod.«

## 13

»Meine Gefühle für Merrily sind kompliziert. Waren sie immer. Jetzt, da sie tot ist, sind sie noch verworrener.«
Grahams Augen wanderten durch Charmians Wohnzimmer, während sie sprach. Es war der Abend am Tag der Einäscherung. Er hatte es Lilian überlassen, sich um die Kinder zu kümmern, und war weggegangen, ohne zu sagen wohin. Unaufrichtigkeit und das Verwischen seiner Spuren wurden ihm zur Gewohnheit.
Die dunkelbraune Farbe der Wände, die vollen Bücherregale aus Kiefer, die Blumentöpfe aus Terracotta in Körben aus geknoteten Schnüren, die riesigen Kissen auf dem Fußboden und die handgewebten Wandteppiche zeugten vom Stil vergangener Tage, von der Zeit, als Charmian auf dem Höhepunkt ihres Erfolges war; als Popjournalisten begehrte Featureschreiber waren, als sie regelmäßig eine eigene Kolumne in einer der Sonntagszeitungen hatte. Damals war sie auch noch verheiratet gewesen. Das Haus

hatten sie gemeinsam eingerichtet, es war das Werk zweier Londoner Trendsetter. Doch nun gehörten sowohl die Ehe als auch die Kolumne längst der Vergangenheit an. Charmian fristete ihren Lebensunterhalt als freie Journalistin; je mehr ihr Ruf verblaßte, desto weiter warf sie ihr Netz aus, das schließlich immer obskurere Publikationen umfaßte. Hätte sie das Haus nicht als Teil der Scheidungsvereinbarung erhalten, wäre ihre Situation prekär gewesen; nach Lage der Dinge litt sie zwar keine direkte Not, war aber auch nicht wohlhabend. Das spiegelte sich in ihrer Umgebung wider. Die Farbe an den Wänden blätterte schon leicht ab, es war staubig, und an den Fensterscheiben haftete eine Rußschicht.
Durch das Vorderfenster konnte Graham das Geländer mit den Eisenspitzen an der nach unten führenden Treppe sehen.
Für einen Augenblick hatte er die Vision eines aufgespießten Körpers und einer klebrigen, glänzenden Spitze, die durch das hingestreckte Kleiderbündel hindurch zum Vorschein kam. Jeder, der aus dem darüber liegenden Fenster sprang, würde so landen. Auch ein jeder, der rausgestoßen würde.
Das gedankliche Durchspielen diverser Mordmethoden gefiel ihm und wurde allmählich zu einer Gewohnheit. Mit Befriedigung bemerkte er das Durcheinander von Kabeln und Zwischensteckern, an dem die aufs Geratewohl zusammengesetzten Teile der Stereoanlage hingen. Er wollte sich nicht wiederholen, aber diese Zusammenstellung bot nun mal reichlich Anlaß für Stromunfälle.
Rein hypothetisch, natürlich. Im Moment hatte er keinen Grund, Charmian zu töten. Es hing vielmehr davon ab, was sie so dringend mit ihm besprechen wollte.
»Es ist schlimm, das zuzugeben, besonders, wenn derjenige erst vor kurzem gestorben ist, aber ich konnte sie nie leiden.«
Graham äußerte sich nicht dazu, also fuhr sie fort. »Anscheinend sind die Kindheitserinnerungen ziemlich durcheinander, und es ist schwer, meine Gefühle für Mer-

rily von denen für meine Mutter zu entwirren. Ich glaube, ich wandte mich von Lilian ab, als mein Vater wegging, da war ich ungefähr zwölf. Danach fanden wir nie wieder zueinander. Ich registrierte nur immer deutlicher, wie selbstsüchtig und affektiert sie war. Und Merrily schien ihr von Tag zu Tag ähnlicher zu werden. Tut mir leid, aber ich finde, meine verstorbene Schwester war eine ziemlich alberne Frau.«
Überrascht entdeckte Graham, wie sehr sich ihre Meinung mit der seinen deckte, doch angesichts seines Witwerstatus enthielt er sich der Bestätigung. Er wartete auf den richtigen Augenblick. Er war sich immer noch nicht im klaren, worauf Charmian hinauswollte; solange er das nicht wußte, war er vorsichtig.
»Fest steht«, fuhr Charmian fort, »daß ich mir oft gewünscht habe, sie wäre tot.« Graham sagte nichts. »Erst jetzt, da sie tot ist, erkenne ich, wie stark dieser Wunsch war. Ich dachte immer, ich würde sie einfach nur nicht mögen; in Wirklichkeit habe ich sie gehaßt: Und wenn ich wüßte, wer für ihren Tod verantwortlich ist, würde ich ihm die Hand schütteln und ihm danken.«
Graham verkrampfte sich, doch mit ihren nächsten Worten ging die Gefahr vorüber. »Oh, das ist metaphorisch, doch so empfinde ich. Ich weiß, es ist riskant, so mit dir darüber zu reden, Graham. Du warst mit Merrily verheiratet, du mußt ziemlich angeschlagen sein, und wahrscheinlich willst du meine üble Nachrede gar nicht hören. Doch ich mußte es dir einfach sagen.«
»Warum?« Er nahm dem Wort jegliche Betonung.
»Weil ich wissen muß, auf welcher Seite du stehst.«
»Ich verstehe nicht.«
»Hör zu, meine Mutter ist schuld, daß mein Leben so verkorkst ist. Ich glaube, wenn meine Ehe gutgegangen wäre, wenn ich selbst Kinder hätte bekommen können, hätte ich mich wahrscheinlich von ihrem Einfluß frei machen können. So, wie die Dinge stehen, bin ich festgefahren, eine geschiedene Frau in den Wechseljahren, voller Haß.
Sie hat auch Merrily kaputtgemacht. Nicht auf die gleiche

Art wie mich, da ich mich im Gegensatz zu Merrily aufgelehnt habe, doch fast ebenso vollständig. Sie nahm ihr die Luft zum Atmen, hat sie zu einer Zweitausgabe von Lilian Hinchcliffe gemacht. Und ich bin froh, daß Merrily starb, bevor sie das gleiche mit ihren Kindern machen konnte.«
Sie hielt einen Moment inne, von ihrem Ausbruch erschöpft, und blickte Graham an, um zu sehen, wie er reagierte. Er wußte nicht, was er darauf sagen sollte. Er war erstaunt, denn er hatte Verdächtigungen hinsichtlich Merrilys Tod befürchtet, aber nicht im entferntesten mit einer derart heftigen Reaktion der Schwester gerechnet. Außerdem stimmte er im großen und ganzen mit Charmian überein, doch hütete er sich, das zuzugeben.
Er sah verblüfft und ratlos aus, was er auch war, und wieder einmal wurde ihm sein Mangel an Gefühlen zu seinem Gunsten ausgelegt.
»Tut mir leid, Graham, das war dumm und gefühllos von mir. Ich bin schon fast genauso taktlos wie meine Mutter. O Gott, immer wieder entdecke ich Züge von ihr in mir. Ich habe versucht, sie zu unterdrücken, sie auszulöschen, aber sie sind immer noch da. Manchmal wünsche ich mir, ich könnte sie chirurgisch entfernen lassen, bräuchte mich nur für ein paar Wochen in ein Krankenhaus zu legen und käme als normaler Mensch wieder heraus.«
Er wartete, bis sie mit ihrer Selbstanklage fertig war, dann sagte er: »Ich verstehe noch immer nicht, warum du mir das alles erzählst. Du willst wissen, auf welcher Seite ich stehe. Was heißt das.«
»Alles, was ich wissen möchte, ist: magst du Lilian?«
Um diese Frage zu beantworten, mußte er nicht lange überlegen.
»In Ordnung. Gut. Das bedeutet, daß du auf meiner Seite stehst.«
»Ich verstehe immer noch nicht, Charmian.«
Bei Lilian gibt es keine Kompromisse, keinen Waffenstillstand und kein Bündnis; entweder du bist für oder gegen sie.
»Nun meine nächste Frage: willst du, daß sie sich um deine

Kinder kümmert, das wiederholt, was sie mit mir und Merrily eine Generation vorher gemacht hat? Bei Emma hat sie schon damit angefangen, das fiel mir heute auf. Sie übt mit ihr bereits die Rolle der ›kleinen Frau‹. Gott weiß, welchen Schaden sie bei Henry anrichtet, doch glaube ich nicht, daß sie gut für ihn sein wird.«

»Nein.«

»Willst du trotzdem, daß sie sich um sie kümmert?«

»Nein, natürlich nicht. Es ist noch nicht entschieden, was mit ihnen wird. Für mich wird es jedenfalls schwierig werden, da ich die meiste Zeit im Büro bin, du weißt ja ...«

»Ja. Hör zu, Graham. Ich habe dir einen Vorschlag zu machen. Laß mich für die Kinder sorgen. Laß sie hierherkommen und bei mir wohnen.«

»Charmian ...«

Sie hob die Hand. »Nein, laß mich ausreden.« Das war ihm nur recht. Es wäre unpassend, das Angebot allzu bereitwillig anzunehmen. Er sollte sich ihre Gründe dafür erst mal anhören und so tun, als würde er über ihren Vorschlag nachdenken. Es machte sich nicht gut für einen Witwer, wenn er sich seiner Kinder mit zu großer Begeisterung entledigte.

»Graham, ich weiß, du mißtraust mir. Ich weiß, ich war auf Merrily eifersüchtig, weil sie Kinder hatte, und ich streite nicht ab, daß ich die Kinder übernehmen möchte, weil ich nie eigene Kinder haben werde. Auch geht es mir beruflich nicht besonders, und wahrscheinlich liebäugle ich mit der Aussicht, weniger zu tun und zu Hause zu bleiben, um die Kinder zu versorgen. Und ich weiß nicht, ob ich meine Sache gut machen werde. Das einzige, das ich mit Sicherheit weiß, ist, daß ich die Kinder sehr gerne habe und daß, was immer ich auch tue, meine Erziehung weniger anrichtet als Lilian Hinchcliffs.«

Grahams Gehirn arbeitete schnell. Das war besser, als er zu hoffen gewagt hatte. Falls Charmian ihm die Kinder abnahm, konnte er das Haus in der Boileau Avenue verkaufen und sich die Etagenwohnung mit Bedienung kaufen, die er sich so sehnlichst wünschte. Durch Merrilys Tod fiel die Hypothek weg, und was immer er für das Haus bekam, war Reingewinn. Natürlich, wenn Charmian zu arbeiten aufhörte, mußte er sie unterstützen, ihr für die Kinder Unterhalt zahlen ...

Ihre Stimme unterbrach ihn bei seinen Berechnungen. »Tut mir leid, Graham. Ich habe zu früh damit angefangen. Ich hätte nichts überstürzen dürfen. Du brauchst Zeit, um darüber nachzudenken. Vielleicht meinst du auch, durch meinen Vorschlag würde deine Familie völlig auseinandergerissen ...«

Er schüttelte leicht verwirrt den Kopf.

»Vielleicht denkst du, ich sollte dir anbieten, als eine Art Haushälterin zu dir zu kommen. Doch ich glaube nicht, daß das gutgeht, Graham.«

»Nein.« Seine Stimme klang immer noch verwirrt.

»Ich kann mir uns nicht als Quartett vorstellen«, fuhr sie in der ihr eigenen Offenheit fort. »Ich rede nur von den Kindern.«

»Ja, das verstehe ich.« Doch klang es nicht so, als ob er verstand.

»Tut mir leid. Ich hätte nicht so damit herausplatzen sollen. Kann sein, daß du gar nicht möchtest, daß Henry und Emma das Haus verlassen. Kann sein, daß du lieber eine richtige Haushälterin nehmen möchtest ...«

O nein, dachte Graham, das klingt nach Kosten. Seine Entscheidung war gefallen, doch wußte er, daß die Situation ein paar Scheinausflüchte erforderte.

»Entschuldige, es kommt ein bißchen plötzlich ...«

Er sah Charmian an. Die grauen Augen verrieten ihre Anspannung.

Was sie ihm angeboten hatte, war in jeder Hinsicht optimal. Sie besaß noch Gemeinschaftssinn, der den üblichen Familienmitgliedern abging, und durch ihre Fehde mit ihrer Mutter verringerte sich zwangsläufig Lilians Einfluß.

Wieder verspürte er den eigenartigen Drang, sich ihr anzuvertrauen, ihr seinen Mord zu gestehen – seine *zwei* Morde. Er brauchte das Lob eines Außenstehenden. Wiederum vermißte er seine Eltern. Er wußte, es war idiotisch, aber er hätte sie gerne angerufen, um ihr ehrfurchtsvolles Schweigen zu hören, wenn er von seinem letzten Erfolg berichtete. Da er keine Eltern mehr hatte, schien ihm Charmian der geeignetste Mensch zu sein, ihm die nötige Bewunderung zu zollen.

Er fühlte sich sehr zu ihr hingezogen. Sex spielte dabei keine Rolle. Sex war nurmehr eine vage Erinnerung aus der Vergangenheit, ähnlich dem täglichen Schulweg, der sofort vergessen wird, wenn man ihn nicht mehr geht.

Charmians graue Augen blickten mitfühlend. Sie hatte gesagt, daß sie Merrily schon immer gehaßt hatte. Sie hatte gesagt, daß sie Merrilys Mörder die Hand schütteln möchte. Graham wünschte, er könnte ihre Augen vor Erstaunen und Bewunderung aufleuchten sehen, wenn er ihr von seiner Tat erzählte.

»Charmian, da ist etwas, das du wissen solltest ...«

»Ja. Was?«

Plötzlich merkte er, was er im Begriff war zu tun, und verließ schnell die Gefahrenzone. »Entschuldige. Ich wollte nicht ... Ich bin durcheinander ...«

Sie mißverstand abermals den Grund für seine Zusammenhanglosigkeit.

»Ich weiß, es ist ein Schock. Laß dir Zeit. Mach dich mit dem Gedanken vertraut. Denk darüber nach. Oder frag mich nach allem, was du wissen möchtest.«

»Ja. Ja.« Um seine Unverblümtheit zu tarnen, fuhr er ebenso abgehackt fort. »Wie machen wir es mit dem Geld?«

»Geld?«

»Ja. Ich meine, wenn du für sie sorgst, kannst du es ja nicht umsonst tun.«

»Ja, ich hatte schon daran gedacht.«

Sie hatte. Vernünftige Frau. Sie hatte bereits einigermaßen klare Vorstellungen und präsentierte ihre Vorschläge ganz offen. Dadurch würde die Verpflichtung für seine Kinder auf das Niveau einer vertraglichen Vereinbarung gebracht, was ihm sehr zusagte.

Doch am meisten begeisterte ihn an Charmians Vorschlag, daß sie so wenig verlangte. Wenn er keine Hypothek mehr abtragen mußte und die Kinder mit so einer bescheidenen monatlichen Ausgabe abgetan waren, wäre er immer flüssig. Es stimmte schon, da war das Schulgeld, doch von Islington aus konnten sie ja wohl nicht mehr ihre jetzigen Privatschulen besuchen. Mit Wonne erinnerte er sich, daß Charmian eine große Anhängerin der staatlichen Schulen war. Es blieb Zeit genug, etwas Passendes auszusuchen.
Ihm war leicht ums Herz. Er konnte nicht glauben, daß ohne große Anstrengung alles zu seinen Gunsten arbeitete. Es war einfach Glück. Was Charmian ihm vorgeschlagen hatte, machte die Erfüllung seiner Wünsche komplett. Graham hatte seine Frau aus seinem Leben verschwinden lassen. Charmian bot ihm für Sohn und Tochter den gleichen Dienst an. Und, ganz nebenbei, auch für seine Schwiegermutter.
Als er in das Haus in der Boileau Avenue zurückkehrte, war alles ruhig. Er hatte sich für den ganzen Weg ein Taxi genommen in dem Gefühl, sich das redlich verdient zu haben. Den Drang, herumzutanzen und vor Freude laut zu schreien, hatte er unterdrückt, bis er das Haus erreichte.
Im Haus sah er die Post durch und fand ein Schreiben des Maklers, dem er die Sache mit der Hypothek übertragen hatte.
Außer kurzen Beileidsworten enthielt der Brief eine Bestätigung, daß die Hypothek für das Haus in der Boileau Avenue infolge des tragischen Todes seiner Frau durch die Versicherungspolice abgedeckt sei.
Alles hatte funktioniert. Graham goß sich ein halbes Wasserglas voll Scotch ein und fing an zu lachen, während er trank; anfangs nur leise, doch als sich die Anspannung der vergangenen Wochen löste, die seit dem Tod des alten Mannes, dem Mord an Merrily, der gerichtlichen Untersuchung und der Einäscherung verstrichen waren, schwoll sein Gelächter an.
Nach einiger Zeit wurde ihm bewußt, daß sich die Tür öffnete und Lilians bestürztes Gesicht im Rahmen erschien.

Die schockierten Gesichter von Henry und Emma gesellten sich bald dazu.
Bei diesem Anblick mußte Graham noch mehr lachen.

## 14

Am nächsten Morgen wartete eine unangenehme Überraschung auf Graham. Seit Merrilys Tod war er nicht mehr im Büro gewesen; er hatte eine Woche Sonderurlaub in Anspruch genommen.
Als er sein Büro betrat, bemerkte er, daß sein Schreibtisch aus der Mitte des Raumes an die Seite gerückt worden war; direkt gegenüber stand ein zweiter Schreibtisch, an dem ein junger Mann in einem offenen Hemd und brauner Lederjacke saß. Der junge Mann rauchte eine dünne Zigarre. Graham kannte ihn, es war Terry Sworder, ein fähiger Personalsachbearbeiter, der aus der Abteilung Marktforschung abgezogen worden war.
»Was zum Teufel tun Sie hier?«
Bei der Frage blickte der junge Mann auf. »Oh, hallo. Das mit Ihrer Frau tut mir leid.«
Es klang völlig uninteressiert, er tat damit nur der Konvention Genüge. Ironischerweise fühlte Graham sich gekränkt – wobei er sich der Ironie nicht bewußt war –, daß der junge Mann nicht mehr Respekt vor dem Tod zeigte.
»Danke. Aber das ist keine Antwort auf meine Frage. Was zum Teufel tun Sie hier?«
»Oh, Bob bat mich, mich während Ihrer Abwesenheit hier hereinzusetzen«, antwortete Terry gelassen.
»Daß Sie Ihren Schreibtisch gleich mitgebracht haben, finde ich aber ziemlich übertrieben. Falls Ihre Anwesenheit wirklich erforderlich war, hätten Sie sich an meinen setzen können.«
Der junge Mann zuckte die Achseln. »Bob sagte, ich solle mich hier häuslich einrichten, da wir beide in Zukunft zusammenarbeiten werden.«
»Wer wird mit wem zusammenarbeiten?«
»Sie und ich, mein Freund.«

»Wobei?«
»Bob findet es blöd, wenn hier in diesem Büro keiner mit dem Computer umgehen kann, also werde ich hierbleiben und Ihnen dabei helfen.«
»Ach, wirklich?«
Terry Sworder schien den Sarkasmus nicht zu bemerken. »Ja. Wir werden da drüben ein Terminal errichten.« Er deutete vage in eine Ecke des Zimmers.
»Und Sie sind der Meinung, daß Sie hierbleiben werden?«
»O ja.«
»Das werden wir schon sehen.«
Graham stolzierte aus der Tür und ging den Flur entlang zu Robert Benhams Büro.

Die Sekretärin des zukünftigen Leiters der Personalabteilung führte ihn zum Büro des noch amtierenden Personalleiters. »Ich glaube, Bob ist bei George.«
Graham gefiel ganz und gar nicht, daß Robert Benham plötzlich für jeden zu »Bob« geworden war.
Er traf George Brewer auf dem Flur vor seinem Büro. Der alte Mann ging unruhig auf und ab, als müßte er dringend auf die Toilette, doch fehlte seinen Bewegungen jegliche Zielstrebigkeit.
»Graham, hallo. Das mit Merrily tut mir sehr leid. Ich weiß noch, wie ich mich fühlte, als meine Frau ... als ... ich ... ich weiß nicht, was ich sagen soll.«
Auch diesmal hatte Graham das Gefühl, daß diese Reaktion gerade so ausreichend wäre. Er sagte ja, es war ein fürchterlicher Schlag, und er würde die ganze Tragweite erst nach und nach erfassen, er würde aber lernen, damit zu leben und er hielte harte Arbeit momentan für die beste Therapie.
»Doch was tun Sie hier draußen, George?«
Der alte Mann sah ihn unruhig an. »Oh, ich ... Es handelt sich um Bob.«
Gott, sogar George hatte den familiären Virus aufgeschnappt.

»Was ist mit ihm?«
»Er ist mit dem Bürovorstand da drinnen, ich dachte, es wäre einfacher für ihn, wenn ich mich davonschleiche.«
»Davonschleichen? Auf dem Flur warten, bis er fertig ist?«
»Nun, äh ... das nicht gera... ja.«
»Gott, Sie sind immer noch Leiter der Personalabteilung, George.«
Die Augen des alten Mannes baten um Mitleid. In den Augenwinkeln bemerkte er gelbe Flecken. »Ich wollte keinen unnötigen Ärger«, murmelte er.
Graham schnaubte verächtlich und stieß die Tür zum Vorzimmer des Leiters der Personalabteilung auf. Stella sah ihn über die Schreibmaschine hinweg an.
Ihr Gesichtsausdruck war eigenartig, angespannt und nervös, als ob sie auf etwas wartete. Mit einem Gefühl, das ihm nicht unangenehm war, wurde ihm klar, daß er das seinem neuen Status verdankte.
Bei ihren heimlichen Treffen in dem Weinlokal war ein Ehemann auf Abwegen gewesen. Nun war er plötzlich Witwer. Er durchschaute, daß sich Stella dieser Veränderung bewußt war, und fühlte sich ein bißchen geschmeichelt.
»Graham, das mit deiner Frau tut mit leid.«
Er hatte sich bereits an diesen Satz gewöhnt. Er nickte grimmig. »Ja, es war ein schwerer Schlag. Doch das Leben muß weitergehen.«
Beim letzten Satz zwinkerte er ein wenig, um Stellas Hoffnungen aufrechtzuerhalten, und fuhr dann fort. »Ist Bob da?«
»Ja. Aber er ist ...«
Graham wartete die Erklärung nicht ab, sondern betrat das Büro.
Robert Benham lehnte über Georges Schreibtisch. Der Bürovorstand, ein untersetzter Mann in den Fünfzigern, zeigte ihm Farbmuster. »Ich möchte etwas Leuchtendes«, sagte Robert gerade, »weg von der schrecklichen Eintönigkeit ... ah, Graham. Das mit Ihrer Frau tut mir leid.«

Graham hielt sich diesmal nicht mit einer Antwort auf, sondern fragte gleich: »Was zum Teufel macht Terry Sworder in meinem Büro?«
»Hat er Ihnen das nicht gesagt?«
»Ich kann seine Erklärung nicht glauben.«
»Warum nicht?«
»Robert, ich sitze seit vier Jahren in diesem Büro. Davor war fünf Jahre lang Lionel Agate drin. Es ist das Büro des stellvertretenden Personalleiters.«
»Dinge können sich ändern, Graham.«
»Es gehört einfach zu dem Job.«
»Das bleibt auch so. Sie werden es nur mit jemanden teilen.«
»Aber das ist doch lächerlich! Bedenken Sie doch, wie sich das auf meinen Status innerhalb der Firma auswirkt, wenn ich wie ein junger Angestellter, der Ablage macht, in die Ecke meines Büros verbannt werde.«
»Graham«, sagte Robert Benham kühl, »Ihr ›Status innerhalb der Firma‹ kümmert mich einen Dreck. Ebensowenig wie der ›Status innerhalb der Firma‹ von irgendeinem anderen. Ich bin einzig und allein auf eine effektive Arbeitsweise aus.«
»O ja? Wenn Ihnen der Status scheißegal ist, warum lassen Sie dann Ihr Büro renovieren?«
Der Leiter des Bürodienstes wandte sich zur Tür. »Es ist wohl besser, wenn ich so lange draußen warte, bis Sie ihre Diskussion beendet haben.«
»Sie bleiben«, sagte Robert Benham kurz. »Diese Unterbrechung wird nicht mehr lange dauern.«
»Nein?« Graham schrie nun. »Wenn Ihnen der Status egal ist, warum verlegen wir dann nicht das halbe Schreibbüro in *dieses* Büro? Ich bin sicher, das würde Sie nicht sonderlich stören.«
»Graham, der Tod Ihrer Frau hat Sie mitgenommen ...«
»Kommen Sie mir nicht damit! Meine Beschwerde ist völlig berechtigt. Ich verlange, daß Sie Terry Sworder in den Computerraum zurückschicken oder wo immer sonst er hergekommen ist!«

»Nein.« Robert Benham schüttelte heftig den Kopf.
»Kommen Sie, Sie haben meine Frage nicht beantwortet. Hätten Sie nichts dagegen, wenn man Ihnen einen ›Assistenten‹ in Ihr Büro setzen würde? Natürlich hätten Sie was dagegen.«
»Das kann man nicht miteinander vergleichen. Erstens bin ich Leiter der Personalabteilung.«
»Noch sind Sie es nicht.«
»Noch nicht offiziell.« Sein Ton war äußerst nachsichtig. »Zweitens«, fuhr er fort, »wenn ich der Meinung wäre, ich bräuchte hier einen Assistenten, der mich effektiv bei meinen Aufgaben unterstützt, würde ich mir einen nehmen.«
»Das heißt, ich arbeite nicht effektiv?«
»Das heißt, es ist schwachsinnig, daß jemand auf diesem Posten ist, der keine Computerausbildung hat.«
»Was?« Dieser direkte Affront verschlug Graham die Sprache. Er bot seinen gesamten Sarkasmus auf und fragte: »Wenn Sie so denken, warum nehmen Sie mir den Job nicht einfach weg? Schmeißen mich einfach raus?«
»Ich habe mich erkundigt«, antwortete Robert kalt. »Leider geht es nicht. Sie sind schon zu lange in der Firma, als daß Sie entlassen werden könnten, außer aufgrund eines groben Vergehens.«
»Großartig«, sagte Graham. »Ich fühle mich geehrt, daß Sie sich die Mühe gemacht haben, das herauszufinden. Aber vergessen Sie das nie, Sie sind noch nicht so lange in der Firma, Sie zu entlassen wäre vielleicht wesentlich leichter!«

Graham Marshall blickte von der Hammersmith Bridge auf das wirbelnde Wasser der Themse hinunter. Der Ort flößte ihm keine Angst mehr ein; er war eher eine Kraftquelle, der Schauplatz seiner Wandlung, seiner Wiedergeburt.
Die Sonne, die auf dem Wasser glitzerte, wärmte schon und verhieß den nahen Sommer. Urlaub kam ihm in den Sinn. Ja, dieses Jahr würde er sich einen schönen Urlaub

machen. Irgendwo, wo es heiß war, irgendwo, wo es Luxus gab. Er würde die gräßliche Erinnerung an den Selbstversorgerurlaub in Wales hinter sich lassen und... Ja, wohin sollte er fahren? Vielleicht nach Westindien... Dazu hätte er Lust. Außerdem konnte er sich das jetzt bestimmt leisten. Luxus für eine Person war erschwinglich.

Er dachte an seinen Zusammenstoß mit Robert Benham. Die Anfangsscharmützel waren vorüber; beide Seiten hatten ihre Flagge am Mast gehißt. Roberts Eingeständnis, daß er nach einer Möglichkeit gesucht hatte, seinen Rivalen zu entlassen, ließ keinen Zweifel mehr an ihrer Beziehung. Nun herrschte offener Krieg.

Graham war über Mittag mit einigen Kollegen seiner Abteilung in der Firmenbar gewesen und hatte sich dann auf den Nachhauseweg gemacht, eine Handlungsweise, die sich entweder als Ausdruck von Trauer oder als Groll gegen Robert Benham interpretieren ließ.

Die Unterhaltung in der Bar hatte Graham wieder einigermaßen ermutigt. Er war nicht der einzige, den Robert Benham durch seine rücksichtslose Art gereizt hatte. Es gab schon jetzt, bevor er den Job übernommen hatte, eine starke Opposition gegen ihn. Grahams Fähigkeiten waren bestens dafür geeignet, diese Opposition zu schüren und zu lenken. Er fing an, an dem bevorstehenden Guerrillakrieg Gefallen zu finden.

Robert Benham würde mit allen Mitteln kämpfen, aber Graham war sicher, daß Robert Benham nicht gewinnen würde. Auch wenn er über außergewöhnliche Fähigkeiten und Talente verfügte, besaß er doch nicht Grahams allerletzte Waffe. Es war eine Waffe, die nicht unbedingt ins Spiel gebracht werden mußte, doch war sie vorhanden, und im Extremfall würde Graham Marshall nicht zögern, sie zu benutzen.

Auf seinem Heimweg ging Graham bei einem Immobilienmakler vorbei und erklärte, daß er sein Haus verkaufen wolle. Er vereinbarte einen Termin mit einem Gutachter, der schätzen sollte, welchen Profit ihm sein Verbrechen eingebracht hatte.

# 15

»Ich bin wirklich der Meinung, wir sollten es verkaufen. Ich bin sicher, wir können das Geld brauchen.«
»Was?« Graham sah auf. Er hatte den Worten seiner Schwiegermutter nur halb zugehört, so vertieft war er in das Buch, das er sich gerade aus der Bücherei geholt hatte. Es handelte von berühmten Mordfällen, und er las es mit amüsiertem Behagen. Es förderte sein Selbstvertrauen. Sie waren alle Stümper, Amateure.
Lilian wiederholte den Satz, Wort für Wort, in ihrer gewohnten vorwurfsvollen Art, die sie stets ihren beiden Töchtern gegenüber angewandt hatte, wenn sie ihr nicht zuhörten. Wie üblich fing sie ihren Satz mit ›Ich sagte‹ an.
»Ich *sagte,* ich bin wirklich der Meinung, wir sollten es verkaufen. Ich bin sicher, wir können das Geld brauchen.«
»Wovon sprichst du?«
»Geh zu einem Immobilienmakler. Biete es zum Verkauf an.«
»Ah.« Graham lächelte. »Das habe ich bereits getan.«
Er rechnete mit einem Ausbruch und genoß die Vorfreude. Eines Tages mußte es zur Auseinandersetzung kommen, und es war besser, die Weichen für die Zukunft schon jetzt stellen.
Er wurde jedoch enttäuscht. Seine Enthüllung schien Lilian überhaupt nicht zu treffen. »Gut«, sagte sie. »Dann wollen wir so bald wie möglich alles klarstellen.«
Diese Meinung deckte sich dermaßen exakt mit seiner eigenen, daß er sie mit einiger Verblüffung anstarrte. Es sah Lilian Hinchcliffe nicht ähnlich, daß sie im vorgerückten Alter einer plötzlichen Vernunftseingebung nachgab.
Sie sah recht mädchenhaft aus, als sie weitersprach. »Man müßte derzeit an die dreißigtausend dafür bekommen.«
»Dreißigtausend? Du bist nicht auf dem laufenden, Lilian. Bekäme ich nur dreißigtausend, wäre ich ruiniert. Weißt du, wieviel ich für dieses Haus bezahlt habe?«
»Dieses Haus?« In dem Echo lag nichts Mädchenhaftes

mehr. Jedes Jahr ihres Alters, und noch ein paar dazu, zeichneten sich in ihrem Gesicht ab.

»Ja. Dieses Haus.«

»Aber Graham, du kannst dieses Haus nicht verkaufen. Ich sprach von meinem Apartment.«

»Ah.« Er lächelte gutmütig über ihren Irrtum.

»Du kannst dieses Haus nicht verkaufen. Es ist ideal für uns und die Kinder.«

»Der Meinung bin ich nicht.«

»Liegt es am Geld? Ich dachte die Hypothek fiele durch Merrilys Tod weg. Doch wenn es am Geld liegt, würde ich dir gern was leihen, wenn wir erst mein Apartment verkauft haben...«

»Es liegt nicht am Geld. Ich möchte einfach das Haus verkaufen.«

»O ja, das ist eine natürliche Reaktion. So kurz nach Merrilys Tod, so kurz nach der Einäscherung, da steckt das Haus natürlich voller Erinnerungen... Aber du darfst nichts überstürzen. Henry und Emma brauchen ihre gewohnte Umgebung. Siehst du das nicht ein, Graham?«

Leicht ungeduldig schüttelte er den Kopf. Es hatte ihn schon immer an den Rand der Verzweiflung getrieben, daß die meisten Menschen wesentlich langsamer dachten als er. Und nun, da er seine Zukunft so sinnvoll und präzise geplant hatte, war es lästig, jemanden vor sich zu haben, der unfähig war, seiner Logik zu folgen.

»Lilian, ich werde dir sagen, was geschehen wird«, begann er geduldig. »Durch Merrilys Tod hat sich bloß etwas herauskristallisiert, an das ich schon seit langem denke. Mir gefällt das Familienleben nicht. Ich würde gern allein leben. Und nun habe ich die Möglichkeit, dieser meiner Neigung nachzugeben. Weil sie nicht mehr lebt.« Um der Form Genüge zu tun, fügte er hinzu, »So traurig und bedauerlich das ohne Zweifel ist.«

Lilian Hinchcliffes Mund stand offen. »Du stehst unter Schock, du solltest einen Arzt aufsuchen. Graham, du redest wirres Zeug.«

»Im Gegenteil. Wahrscheinlich habe ich noch nie so vernünftig mit dir gesprochen. Ich brauche keinen Arzt. Ich stehe nicht unter Schock. Ich teile dir lediglich mit, daß ich in Zukunft allein leben möchte und darum das Haus verkaufen werde. Für mich ist das eine völlig logische Entscheidung.«

»Aber nein, nein, das ist nicht logisch. Du vergißt, daß du nicht allein auf der Welt bist. Da sind noch Henry und Emma und ich. Du stehst nicht allein da.«

Ah, das tue ich doch, dachte Graham selbstgefällig. Sogar ganz allein. Zwei Morde haben mich vom Rest der Welt getrennt. Der Gedanke vermittelte ihm ein erhebendes, loderndes Selbstwertgefühl.

Doch die langweilige Aufgabe, alles vor Lilian auszubreiten, lag noch vor ihm. »Hör zu, Lilian, das einzige, was du und ich je gemeinsam hatten, war Merrily. Wir mochten einander nie. Nein, keine Widerrede, mach dir nichts vor, wir haben uns nie gemocht. Merrily war, durch die Umstände bedingt, unser einziges Verbindungsglied. Da sie nicht mehr lebt, gibt es keinen Grund, warum wir uns je wiedersehen sollten.«

»Aber Graham, sie ist noch nicht lange tot... Ich habe eben erst meine Tochter verloren, ich...«

»Besser, wir regeln alles jetzt«, sagte Graham beschwichtigend, »als daß sich jeder von uns irgendwelchen Illusionen hingibt.« Er dachte tatsächlich, unter den gegebenen Umständen wäre er sehr verständnisvoll und brächte es ihr mit großem Einfühlungsvermögen bei.

Sie riß den Mund noch weiter auf. Tränen traten ihr in die Augen; da sie wirklich schockiert war, dauerte es länger als bei ihren üblichen Szenen.

»Aber, aber Graham, laß mich für einen Moment aus dem Spiel...«

Genau das tue ich, dachte er.

»Was wird aus den Kindern? Du bist der Vater von Henry und Emma. Du kannst sie nicht einfach im Stich lassen.«

»Ich bin überzeugt, daß Henry und Emma gut aufgehoben sein werden. Besser aufgehoben als bei mir. Bei jemandem, der sich wirklich um sie kümmert.«

»Oh, ich verstehe.« Sarkasmus übertönte nun das Selbstmitleid in ihrer Stimme. »Du verläßt dich einfach auf mich, um deine Trümpfe auszuspielen. Du läßt sie einfach fallen, weil du weißt, ihre Großmutter wird sie schon auffangen. Gut, natürlich werde ich das. Doch das kann ich nicht, wenn ich nicht weiß, wo ich wohnen soll.«
»Du hast einen Platz zum Wohnen. Dein Apartment.«
»In meinem Apartment ist kein Platz für Henry und Emma.«
»Das habe ich auch nicht gemeint. Du wohnst in deinem Apartment. Sie nicht.«
»Aber wo werden sie wohnen? Du sagtest, daß sie bei jemandem untergebracht werden, der sich wirklich um sie kümmert.«
»Henry und Emma werden bei Charmian wohnen.«
Obwohl er ganz ruhig gesprochen hatte, hätten seine Worte nicht verheerender wirken können. Sie schnappte nach Luft, als ob es auf der ganzen Welt nicht genügend Sauerstoff für sie gäbe. Graham fragte sich träge, ob sie nicht gleich einen Herzanfall bekommen würde. Sein Leben würde dadurch in vielerlei Hinsicht einfacher werden.
Doch nach und nach fand sie ihre Sprache wieder. »Graham, du bist verrückt«, flüsterte sie, »ganz einfach verrückt. Geisteskrank.«
»Nein«, entgegnete er sanft.
»Doch, du redest, als hättest du das alles schon seit Jahren geplant.«
»Nicht direkt geplant – eher darüber nachgedacht.« Das traf genau den Kern, überlegte er. Einiges hatte er geplant, ja, doch auch einige Glückssträhnen gehabt, wie Charmians Angebot, das wieder einmal bewies, daß sich alles zu seinen Gunsten regelte.
»O ja, du hast es geplant.« Lilians Stimme wurde wieder fester; ihre schauspielerische Ausbildung ließ sie nie lange im Stich. »Du hast nur auf Merrilys Tod gewartet. In der Tat...« ihre Augen weiteten sich, als der Gedanke wie ein Blitz einschlug. »... vielleicht hast du sogar Merrilys Tod geplant.«

Vor einer Woche noch hätte sie ihn damit wirklich getroffen. Inzwischen hatte er genug Selbstvertrauen, um die Beschuldigung aufzufangen. »Was, du meinst, ich habe sie umgebracht?«
Lilian nickte wortlos.
Graham lächelte. »Ich glaube, Lilian, dann hätte ich zum Zeitpunkt ihres Todes hier sein müssen. Meinst du nicht auch? Außerdem hat die Polizei umfangreiche Nachforschungen angestellt, nicht wahr? Wenn auch nur der geringste Zweifel bestanden hätte, daß es kein Unfall war, wäre es bei der gerichtlichen Untersuchung ans Licht gekommen. Findest du nicht auch?«
Längere Zeit war es still. Lilian betrachtete ihn voller Abscheu. Dann änderte sie ihre Taktik.
»Ich kann nicht glauben, daß du so grausam bist«, schluchzte sie. »Noch nie bin ich so verletzt worden. Merrily ist noch nicht lange tot, und schon muß ich mir so was von dir sagen lassen... Ich habe schon vieles im Leben durchgemacht, doch das noch nicht. Selbst meine Liebhaber haben mir nie so weh getan... Sogar als William Essex unsere *affaire* beendete, habe ich nicht so gelitten.«
»Nun, damit mußtest du eigentlich rechnen.«
»Was?«
Er wußte, daß er nachtragend war, doch hatte er das Gefühl, sie verdiene es. Ihre Beschuldigung war gemein; es war nur gerecht, wenn er sich mit der Wahrheit rächte.
»Du hast doch gewußt, warum William Essex eure sogenannte *affaire* beendete.«
»Warum?«
»Falls sie überhaupt je begonnen hatte.«
»Was meinst du damit?«
»Ich meine, daß William Essex schwul war, und zwar schon immer.«
»Nein!«
»Gott, das war nicht nur in eurer Branche bekannt. In seinem Nachruf in *The Times* wurde es praktisch zugegeben. Er war eine der berühmtesten alten Theatertunten des Landes.«

»Als er älter wurde, mag er vielleicht anders geworden sein, doch als wir ein Liebespaar waren ...«
»Wenn er wirklich mal einen Annäherungsversuch bei dir gemacht hat, dann bestimmt nur probehalber, um sich selbst zu testen und zu sehen, ob er es auch mit einer Frau machen konnte.«
»Nein. Wir liebten uns.« Sie brach in Tränen aus.
Er wußte, daß er grausam war, aber er hatte sie so furchtbar satt. All ihre theatralischen Posen und ausgeschmückten Erinnerungen schienen völlig belanglos. Belanglos und langweilig. Jetzt, wo es zur Konfrontation gekommen war, war ihm jedes Mittel recht, um sie so schnell wie möglich aus seinem Leben abzuschieben.
Das Schluchzen versiegte, und als sie wieder sprach, schlug sie ein anderes Thema an. Sie schniefte. »Ich muß mein Gesicht in Ordnung bringen, bevor ich die Kinder von der Schule abhole.«
Er sagte nichts, als sie durchs Zimmer ging. An der Tür drehte sie sich zu ihm um. »Warum?« fragte sie leise. »Warum Charmian?«
»Weil«, antwortete er folgerichtig, »ich glaube, daß sie die Kinder besser erzieht als du.«
»Ich verstehe.« Ihre Stimme war ganz klein und zart, genau wie Merrilys kleine, vorwurfsvolle Stimme.
Das reizte ihn zu einer neuerlichen Gefühllosigkeit. »Außerdem, du sprachst von gewohnten Bahnen. Charmian ist fünfundvierzig. Vom rein praktischen Gesichtspunkt her wird sie wesentlich länger dasein als du.«
»Ja«, schlug Lilian herausfordernd zurück, »du weißt gar nicht, wie recht du hast.«

In dieser Nacht konnte Graham nur schwer einschlafen. Es war nicht sein Gewissen, das ihn plagte. Alles, was er jemals an Gewissen besessen hatte, war ihm im Lauf der letzten Wochen so vollständig abhanden gekommen, als hätte es ein Chirurg mit dem Skalpell entfernt.
Lilian hatte keine weiteren Gefühlsausbrüche gezeigt. Sie hatte sich ruhig verhalten, die Kinder von der Schule ge-

holt, ihnen Tee gemacht, Brettspiele mit ihnen gespielt und sie dann ins Bett gebracht. Beide waren ohne Theater gegangen. Sie nahmen immer noch das leichte Beruhigungsmittel, das ihnen der Arzt verschrieben hatte, um ihnen über den durch den Tod ihrer Mutter ausgelösten Schock hinwegzuhelfen.
Anschließend hatte Lilian Abendessen für sich und Graham gemacht. Sie hatten schweigend gegessen; taktvollerweise lief der Fernseher und verschaffte ihnen ein Alibi, nicht miteinander sprechen zu müssen. Nachdem Lilian abgewaschen hatte, ging sie früh zu Bett.
Sie hatte sich vorbildlich benommen. Und war ihr Gesichtsausdruck zu märtyrerhaft geworden, oder hatte sie zu deutlich herausgekehrt, was für ein guter Mensch sie doch war, so hatte Graham schon vor langer Zeit gelernt, diese Gesten zu ignorieren, da sie nur zu ihrem üblichen Repertoire gehörten.
Nein, was ihn störte, war etwas, das sie während der Auseinandersetzung am Nachmittag gesagt hatte. Nicht als sie ihn des Mordes an Merrily beschuldigt hatte; rückblikkend gefiel ihm die Vorstellung sogar. Daß sie der Wahrheit so nahe gekommen war, jagte ihm einen Schauer über den Rücken, ähnlich wie beim Blindekuhspiel; es befriedigte teilweise sein heftiges Verlangen nach einem Geständnis, danach, das Wissen um seine Verbrechen mit jemandem zu teilen. Die Heftigkeit ihrer Anklage und seine geschickte Entgegnung vermittelten ihm das Gefühl innerer Stärke.
Daß sie ihn als ›verrückt‹ bezeichnet hatte, das war es, was ihn so aufregte.
Das Wort verletzte und erschütterte ihn. Den Vorwurf der Geisteskrankheit hatte er sich bisher noch nie eingehandelt. Ihm fielen Bekannte von der Universität und aus dem Berufsleben ein, die ›übergeschnappt‹ waren, bei denen sich herausgestellt hatte, daß sie mit dem System nicht klarkamen und daran gescheitert waren. Er hatte stets leichte Verachtung für sie empfunden, zusammen mit einem Gefühl der Selbstgerechtigkeit, das seiner Immunität

gegenüber ihrer Krankheit entsprang. Sein Verhalten war immer logisch und positiv gewesen. Grübelei und Selbstzweifel lagen nicht in seiner Natur.
Zumindest bisher nicht. Die geballten Schicksalsschläge – der Verlust seines Jobs und der zufällige erste Mord – hatten ihn für eine Weile aus dem Gleichgewicht gebracht, das gab er durchaus zu. Jetzt jedoch hatte er seine Balance zurückgewonnen, ging vielleicht sogar logischer und positiver an die Dinge heran als je zuvor.
Was ihm Sorgen machte, war das Bewußtsein, daß bei Geisteskranken (Wahnsinnigen, um es anders auszudrücken; er wußte, was gemeint war) Selbsttäuschung zu den häufigsten Symptomen gehörte.
Er stellte sich selbst einige Fragen. Gewiß hatte er sich verändert. Vor zwei Monaten noch hätte er einen Mord nicht mal in Erwägung gezogen, und nun hatte er bereits zwei begangen, ohne Gewissensbisse zu haben; er zog sogar Kraft aus dem, was er getan hatte. War das Wahnsinn?
Er wußte, es gab eine Philosophie, wonach jeder Mord als fehlgesteuerte Handlung eingestuft wurde. Doch war das sicher nur ein moralischer Gesichtspunkt, der durch das große Tabu umschrieben wurde, das solche Verbrechen umgab. Er, Graham Marshall, hatte diese beschränkte Denkweise hinter sich gelassen, als er anfangs unabsichtlich dieses Tabu durchbrochen hatte.
Außerdem, dachte er nun völlig zufrieden, wenn das, was er getan hatte, Wahnsinn wäre, würde er sich jetzt bestimmt nicht so gut fühlen.
Nein, es waren Aufregung und Streß, weshalb er nicht schlafen konnte. Er dachte wieder an die sportliche Metapher. Für das große Ereignis hatte er ein Stück von sich selbst gegeben; er hatte gewonnen und mußte nun mit einer Gegenreaktion rechnen. Er mußte sich entspannen, es locker angehen lassen, während er sich seine nächste Herausforderung aussuchte.
Kurz zusammengefaßt: er brauchte nichts weiter als einen doppelten Scotch.

Am Treppenabsatz hörte er ein Stöhnen aus dem Badezimmer und riß die Tür auf.
Das Geräusch kam von Lilian, die in der Badewanne lag.
Grahams erster Schock kam beim Anblick ihres nackten Körpers und dessen Ähnlichkeit – wenn auch als runzelige Parodie – mit Merrilys Körper.
Dann sah er das rotgefärbte Wasser.
Erst hob er die eine schlaff herunterhängende Hand hoch, dann die andere. An jedem Handgelenk befand sich ein kleiner Schnitt, aus dem Blut sickerte. Doch war lediglich die Haut eingeritzt, für die Pulsadern bestand keine Gefahr.
Gott, wenn das ein Hilferuf sein sollte, war er kaum die Antwort wert.
»Ich rufe den Arzt an«, teilte er ihr mit, da er genau wußte, daß sie bei Besinnung war. An der Tür drehte er sich plötzlich um und wurde durch den Anblick ihrer geöffneten Augen belohnt. Ihre Augen bekamen einen dümmlichen Ausdruck, als sie sich ertappt fühlte.
Blutige Anfänger, dachte er, als er die Nummer des Arztes wählte, ich bin von blutigen Anfängern umgeben.

## 16

Über seinen Schreibtisch hinweg blickte Graham voller Widerwillen auf Terry Sworder. Der junge Mann trug ein Tennishemd mit offenem Kragen unter einer Windjacke, die mit Kapuze und Reißverschluß wie das Oberteil eines Trainingsanzuges aussah. Eine durchweichte, dünne Zigarre ging in seinem Mundwinkel. Graham bedauerte das mangelnde Stilgefühl. Früher, als er selbst versucht hatte, das Management durch ausgefallene Kleidung zu schockieren, hatte es ihm nie am Gefühl für Eleganz gefehlt; er war nie einfach nur schlampig gekleidet gewesen. Als Terry reinkam, hatte Graham eine Bemerkung über den unpassenden Aufzug gemacht, doch erhielt er zur Antwort; »Bob hat mich momentan vom täglichen Personalkram freigestellt. Er möchte, daß ich einige

der Entwürfe prüfe, die wir für dieses Gutachten in den Computer eingegeben haben.«
»Welches Gutachten?« hatte Graham gefragt.
»Ein Gutachten über grundsätzliche Personalangelegenheiten. Ein Modell für den benötigten Mitarbeiterstab gegen Ende der Achtziger. Derzeit noch streng geheim. Die Geschäftsleitung weiß noch nichts davon«, hatte Terry geantwortet.
Graham hatte nicht weiter nachgefragt, erkannte er doch darin seine eigene Taktik, einige bruchstückhafte Andeutungen zu machen, damit die Vorgänge geheimnisvoll erschienen. Doch war ihm klar, daß anhand dieses Gutachtens nach Wegen gesucht wurde, Personal in seiner Abteilung abzubauen.
Vermutlich war Terry gerade in dieses Gutachten vertieft und bemerkte den prüfenden Blick seines Vorgesetzten nicht.
Über seinem Schreibtisch breiteten sich die Computerbogen wie eine Ziehharmonika aus. Er studierte sie eifrig und hielt nur dann und wann inne, um etwas auf seinem Taschenrechner zu überprüfen oder sich schnell eine Notiz zu machen.
Graham verfiel wieder in seine Lieblingsphantasie von einem mit einer Waffe ausgerüsteten Schuh und zielte mit dem Fuß auf seinen Widersacher. Ein leichter Druck mit der Zehe, und vor Grahams geistigem Auge wurde Sworder von der Wucht des Geschosses in seinem Hals nach hinten geschleudert. Aus der Austrittswunde spritzte es rot auf die Planungstafel an der Wand hinter ihm. Der Körper des jungen Mannes zuckte zweimal, ehe er geräuschlos über seinen Papieren zusammensackte. Blut breitete sich langsam über den eng geschriebenen Zahlen aus.
Doch fehlte es der Vorstellung an Würze. Es paßte nicht mehr zu ihm, ebensowenig wie Pornographie zu einem Teenager, der seine Unschuld schon verloren hatte. Die Realität machte die Wirkung zunichte.
Grahams Gedanken schweiften kurz in eine angenehmere Richtung, bevor er sich am Riemen riß. Nein, er hatte kei-

nen Grund, Terry Sworder zu ermorden. Das wäre dumm, er würde nur die Wirkung, nicht die Ursache bekämpfen.

Robert Benham war sein Feind, Terry Sworder nur ein Reizmittel. Der junge Mann wurde von seinem Meister lediglich benutzt, um Graham eins auszuwischen, um sein Selbstvertrauen und sein Ansehen innerhalb der Firma zu untergraben.

Graham lächelte, als eine neue Idee wohltuend in seinen Gedanken Gestalt annahm. Terry Sworder zu benutzen war ein Spiel, bei dem zwei mitspielen konnten.

Ähnlich wie in vielen anderen großen Unternehmen beruhte das gehobene Managementsystem bei Crasoco auf den jährlichen Interviews. Jeder Mitarbeiter in gehobener Stellung hatte jedes Jahr eine Unterredung mit seinem direkten Vorgesetzten, der einen Bericht über seine Arbeit mit ihm besprach. Dadurch wurde die Illusion geweckt, es herrsche ein offener Führungsstil und jeder hätte die Chance, Lob oder Kritik von den Senioren zu ernten oder als Junior offen Beschwerden vorzubringen. Der Bericht wurde dann (vertraulich, so hieß es) der jeweiligen Personalakte beigegeben. Auf diese Weise wurden sowohl Ehrlichkeit als auch Demokratie gewahrt, zumindest in der Theorie.

In der Praxis hatte dieses System keinerlei Effekt. Obwohl Beschwerderichtlinien existierten, riskierten es nur wenige Mitarbeiter, deutlich Klage oder Kritik zu üben, was sich letzten Endes auch gegen den Vorgesetzten richten mußte. Die Chefs ihrerseits neigten dazu, jegliche Kritik an ihren Mitarbeitern abzuschwächen, sofern es sich nicht um totale Unfähigkeit oder Gehorsamsverweigerung handelte. Zu einer Zeit, in der die Geschäftsleitung, wie man wußte, nach Wegen Ausschau hielt, wie sie Personal abbauen konnte, wollten ihnen die Abteilungsleiter bei ihrer Suche nicht auch noch behilflich sein. Jeder Vermerk, daß jemand nicht sein Soll erfüllte, konnte leicht dahingehend ausgelegt werden, daß die Abteilung genausogut mit einem Mitarbeiter weniger auskommen konnte. Und den

Abteilungsleitern, die sich allesamt ein Reich aufbauen wollten, gefiel diese Vorstellung nicht. Daher kam es, daß nahezu jeder Jahresbericht, der zu den Akten gelegt wurde, nichtssagend und unstrittig war.

Doch das mußte nicht so sein. Dieser Gedanke tröstete Graham Marshall. Als George Brewers Stellvertreter hatte er während der letzten Jahre die meisten der Berichte in der Abteilung geschrieben. Das war einer der Routinejobs, die George so gerne los wurde; obwohl seine Unterschrift auf dem rosa Vordruck erschien, stammte der Text von Graham. Gelegentlich hatte Graham auch für ihn unterschrieben. Die Fähigkeit, die Handschrift seines Chefs nachmachen zu können, war ihm mehr als einmal von Nutzen gewesen, ja, er bewahrte zu diesem Zweck sogar einen Parker-Füller und Tinte in seinem Schreibtisch auf. Er hatte nie kriminellen Gebrauch von dieser Fertigkeit gemacht, sie diente rein der Bequemlichkeit und – besonders als George im Alter die Dinge immer mehr vor sich herschob – der rascheren Abwicklung.

Als Graham immer mehr Verantwortung übernahm, hatte er angefangen, auch immer mehr Interviews zu führen. Für George war das Routinearbeit, die er nur allzugerne an den Mann abtrat, den er als seinen Nachfolger betrachtete. George als Leiter der Abteilung beschäftigte sich noch mit den älteren Mitarbeitern der Abteilung, doch die jährlichen Gespräche mit den niederen Rängen wurden von seinem Stellvertreter geführt.

Nach Grahams Rechnung war Terry Sworder noch jung genug, um die zweite Kategorie zu fallen.

Er mußte schnell handeln, bevor George in den Ruhestand ging.

Graham verließ sein Büro und pfiff leise vor sich hin, während er ins Archiv ging, wo die Personalakten aufbewahrt wurden. Gerüchten zufolge beabsichtigte Robert Benham, sogar diese Berichte im Computer zu speichern, doch hatte die Umstellung noch nicht stattgefunden, und Graham fand mühelos den Ordner, der Terry Sworders Werdegang bei der Firma enthielt.

Er war seit sieben Jahren dabei. Jeder der bisherigen Jahresberichte klang begeistert; ein klein wenig begeisterter, als unbedingt notwendig, um die Stelle beizubehalten. Auf dem Formblatt des letzten Jahres erkannte Graham seine eigenen Worte. Er glaubte sogar – obwohl er sich nicht ganz sicher war –, daß die Unterschrift von George Brewer ganz unten von ihm stammte.
Das Datum bestätigte, was er erhofft hatte. Terry Sworders nächster Jahresbericht war demnächst fällig. Und diesmal, dachte Graham mit einem Lächeln, würden in dem Bericht einige Sätze stehen, die den weiteren Aufstieg auf der Firmenleiter von Robert Benhams Protegé stoppen – oder zumindest verzögern – würden.
»Oh, Terry«, sagte er beiläufig, als er in ihr gemeinsames Büro zurückkam. »Ich finde, wir sollten einen Termin für den jährlichen Bericht festsetzen.«

Er ging frühzeitig nach Hause, damit jemand da war, wenn die Kinder aus der Schule kamen. Nun, da er wußte, daß er sich nicht mehr lange mit ihnen abgeben mußte, gelang es ihm, ein vorbildlicher Vater zu sein. Morgens hatte er ihnen mitgeteilt, daß ihre Großmutter in der Nacht krank geworden war. Das genaue Krankheitsbild hatte er nicht erläutert, doch hatte er ihnen gesagt, es wäre nichts Ernstes, und sie bräuchten sich keine Sorgen zu machen.
»Wie gehts Omi?« war Emmas erste Frage.
Der vorbildliche Vater war in der Lage, einen aktuellen Krankheitsbericht zu liefern. Gleich nach dem Mittagessen war er im Büro von einem Arzt aus den Krankenhaus angerufen worden. »Von medizinischer Seite bestehen natürlich keine Bedenken«, hatte er gesagt. »Wie Sie selbst gesehen haben, waren die Schnitte kaum mehr als Kratzer. Momentan macht uns ihr psychischer Zustand mehr Sorgen. Selbst ein so stümperhafter Selbstmordversuch wie dieser ist ein Anzeichen für eine ziemlich ernste Depression. Natürlich war das die Reaktion auf den Schock durch den Tod ihrer Tochter – und ich glaube, unlängst starb auch ein Jugendfreund von ihr –, doch könnte auch mehr

dahinterstecken. Einer unserer Psychiater wird sich mit ihr unterhalten. Unsere Hauptsorge ist, daß sie es erneut versuchen könnte. Wir wollen sie noch mal vierundzwanzig Stunden beobachten, doch ich fürchte, morgen werden wir das Bett brauchen. Wegen der Weiterbehandlung werden wir uns mit ihrem Hausarzt in Verbindung setzen, natürlich, aber ... Es tut mir sehr leid, Mr. Marshall. Ich bin sicher, nach all dem, was Sie in den letzten Wochen durchgemacht haben, fehlte Ihnen das gerade noch.«

Diese Besorgnis am Schluß hatte Graham gefallen. Durch Merrilys Tod hatte er einige solcher unerwarteten Wohltaten erfahren. Nachdem die Kinder wieder in der Schule waren, hatten einige der Mütter ihrer Freunde angerufen und ihr Beileid ausgesprochen. Sie hatten ihm praktische Hilfe angeboten, wie zum Beispiel mal auf die Kinder aufzupassen, und ihn zum Essen eingeladen, ›wenn er mal nicht weiter wußte und es ertragen konnte auszugehen‹. Diese leidende Würde war eine ganz neue Haltung für ihn, die ihm auch noch Spaß machte.

Wie die des Bilderbuchvaters. »Omi geht's besser«, beantwortete er Emmas Frage.

»Können wir sie besuchen?«

Von dieser Idee war er nicht begeistert. »Nein, Liebling. Sie braucht noch Ruhe. Sie kommt morgen aus dem Krankenhaus.«

»Hierher zu uns?« fragte Emma. »Sie kommt doch hierher zurück, nicht wahr? Ich meine, jetzt, wo Mummy tot ist ...«

Graham beobachtete ungerührt, wie seine Tochter in Tränen ausbrach.

»Ich hoffe nicht, daß sie hierher zurückkommt«, grunzte Henry. »Ich kann die alte Vogelscheuche nicht mehr sehen.«

Instinktiv wollte Graham protestieren. Nun, so mußt du auch wieder nicht reden, Henry. Doch er sagte es nicht. Warum sollte er auch? Warum sollte er weiterhin den Schein wahren? Die Kinder würden bald von ihrer Großmutter weg sein, die Vorbereitungen hierfür waren getroffen, und es war an der Zeit, es ihnen zu sagen. Henrys Antipathie gegen Lilian (ein Aspekt seiner jugendlichen Antipathie gegen alles) konnte dabei nur helfen, ihnen ihre Zukunft schmackhafter zu machen.

Graham war sicher, daß Henry keinerlei Einwände haben würde. Charmian besaß mehr Anziehungskraft für seinen Sohn, als Merrily je gehabt hatte. Ihre ehemalige Verbindung zur Popwelt und ihre ständige Flucherei sprachen in Henrys Augen für sie.

Von Emmas Reaktion war Graham nicht so überzeugt. Im Wesen glich sie ihrer Großmutter, und Lilians Versuch, sich ein perfektes Ebenbild zu schaffen, hatte diese Ähnlichkeit noch verstärkt. Er war überzeugt davon, daß Emma gegen ihre Tante aufgehetzt worden war.

Nichtsdestoweniger kam ihm sein Abkommen mit Charmian zu sehr entgegen, als daß er es hätte ändern wollen. Er hatte die ebenso unangenehme wie notwendige Pflicht, die Kinder über ihr weiteres Schicksal aufzuklären. Um seinen idealen Lebensstil zu erreichen, mußte er eben auch mit solchen lästigen Kleinigkeiten fertig werden.

»Henry, Emma«, fing er an, »ich muß euch etwas sagen.«

Weiter kam er nicht. Es läutete an der Tür.

Das Timing war perfekt. Es war Charmian.

Am Morgen hatte er sie angerufen und ihr von der unsinnigen Tat ihrer Mutter berichtet. Nachdem sie im Krankenhaus gewesen war, wo ihre Muter sich geweigert hatte, sie zu empfangen, war sie zum Haus in die Boileau Avenue gekommen. Jede Hoffnung auf eine Wiederversöhnung der beiden hatte sich zerschlagen.

Graham fühlte sich beruhigt, denn er hatte befürchtet, daß bei einer Aussöhnung Charmian ihr Angebot vielleicht rückgängig gemacht hätte, und Charmian fühlte sich nun weniger schuldig; sie hatte den ersten Schritt gemacht, einen Versuch unternommen, sie hatte den Olivenzweig angeboten, doch war er ihr ins Gesicht geschleudert worden.

Als Charmian eintraf, hätte sie sich nicht besser verhalten können. Sie trocknete Emmas Tränen und behandelte sie mit einer Direktheit, die sich von Lilians üblichem, weinerlichen Getue in Notsituationen unterschied. Graham entging es nicht, daß Emma von dieser sachlichen Behandlung einerseits verletzt, andererseits aber auch fasziniert war. Charmian gab ihr dadurch die Chance, wie ein Erwachsener behandelt zu werden, wohingegen Lilian, trotz ihrer Identifikation mit ihren Schöpfungen, diese stets in eine unterwürfige Rolle drängte.

Sie schlug auch bei Henry den richtigen Ton an. Als Graham ihr etwas zu trinken anbot, schlug Charmian vor, dem Jungen auch einen kleinen Schluck zu geben. Es war das erste Mal, daß er (zumindest offiziell) Alkohol probierte; er schmeckte ihm nicht sonderlich, doch wurde er, wie zuvor auch Emma, daran erinnert, daß sie in Charmians Augen gleichberechtigt waren.

Der Abend, der einen recht zähen Verlauf hätte nehmen können, wurde ziemlich fröhlich. Als es dann Zeit zum Schlafen war und Charmian ihnen offenbarte, daß sie beide bei ihr wohnen und leben sollten, stimmte sogar Emma begeistert zu.

»Ich danke dir«, sagte Graham, als sie, wie Charmian es nannte, ›noch einen für den Heimweg‹ tranken.

»Dafür, daß ich es ihnen gesagt habe?«

»Ja.«

»Ich dachte mir schon, daß du es noch nicht getan hast.«

»Als du kamst, wollte ich es ihnen gerade sagen. Ich denke, es war besser, daß sie es von dir erfahren haben.«

»Ja, das glaube ich auch.«

Erneut fühlte sich Graham in ihrer Gesellschaft ganz entspannt. Auch empfand er wieder den albernen Drang, ihr von dem Mord zu erzählen, doch war ihm klar, daß er dem nicht nachgeben durfte. Dieser Nervenkitzel war beinahe angenehm.

»Wenn sie bei mir leben«, fuhr Charmian fort, »nehme ich nicht an, daß du sie oft besuchen wirst.«

»Wie kommst du darauf?«

»Ich glaube, du machst dir nicht viel aus ihnen, Graham.«

Er lächelte. Die Unverblümtheit, mit der sie ins Schwarze getroffen hatte, war entwaffnend.
»Du hast den Nagel auf den Kopf getroffen, Charmian.«
Sie lächelte nicht.
Er drängte weiter. »Ich streite es nicht ab. Ich finde, daß zu viele Menschen Gefühle vortäuschen, nur um der Konvention Genüge zu tun. Ich habe das schon viel zu lange gemacht. Jetzt höre ich auf damit. Von nun an werde ich meine eigene Meinung vertreten und danach handeln.«
»Ja.« Charmian machte eine kurze Pause. »Also kam dir das alles sehr gelegen. Merrilys Tod, mein Angebot, die Kinder zu nehmen...«
Er nickte. »Läßt sich alles sehr gut für mich an. Ich bin dir dankbar, und ich bin froh, daß du die Vorstellung nicht ertragen konntest, daß Lilian die Kinder erzieht.«
»Da hast du recht. Das konnte ich nicht. Ich mußte sie davor bewahren.«
»Ja«, stimmte Graham selbstgefällig zu.
»Aber das war nicht der einzige Grund, weshalb ich sie haben wollte.«
»Ah.«
»Nein. Ich dachte, meine Mutter wäre eine Gefahr für sie, aber bei Gott, ich glaube, es wäre noch viel gefährlicher, wenn du sie aufziehen würdest.«
»Was?«
Ihre Augen funkelten vor Verärgerung. »Ich weiß nicht, was mit dir nicht stimmt, Graham, aber es hat mir schon immer angst gemacht. Irgend etwas fehlt in deinem Gefühlshaushalt. Dein innerer Abstand zu den Dingen ist zu perfekt. Du hast kein Mitgefühl. Du bist ein Monster. Du machst mir angst.«
Graham Marshall hatte das Gefühl, als hätte ihn jemand ins Gesicht geschlagen.

Für einen langjährigen Mitarbeiter bedeutet das Ausscheiden aus einer großen Firma eine langwierige Angelegenheit. Mit der Zahl der Dienstjahre und dem erreichten Dienstgrad in der Hierarchie steigt auch die Zahl der Ab-

schiedsfestivitäten. George Brewer, der mit zweiundzwanzig direkt von Cambridge weg in die Firma eingetreten war und seine Karriere als Leiter der Personalabteilung beendete, war daher zu sämtlichen nur möglichen Abschiedsparties berechtigt.
Die erste fand einen ganzen Monat vor seinem offiziellen Ausscheiden statt, am gleichen Tage wie die Vorstandssitzung; so konnte George einige der höchsten Firmenvorstände zu einem Frühschoppen in einem der Gästekasionos im zwölften Stock um sich versammeln. Er herrschte eine lockere Atmosphäre. Die Vorstandsmitglieder wußten kaum, wer George Brewer eigentlich war, und konnten deshalb unverbindlich freundlich sein. Seine unmittelbaren Vorgesetzten und Kollegen hatten keine Eile, ihr passendes Sprüchlein an den in den Ruhestand tretenden Abteilungsleiter loszuwerden, weil noch weitere Feiern folgen würden. Und George legte sein Selbstmitleid ab, nachdem er einige Drinks intus hatte, und gewann etwas von seiner früheren Geselligkeit zurück.
Auch Robert Benham und Graham waren eingeladen und trafen sich, als eine Kellnerin ein Tablett mit Drinks anbot. Graham nahm einen Gin Tonic, Robert einen Orangensaft.
Die Kellnerin verschwand, und die beiden standen sich gegenüber. »Terry Sworder«, sagte Robert, während er das Zellophan von seiner dünnen Zigarre wickelte.
»Ja, was ist mit ihm?«
»Wenn ich recht informiert bin, haben Sie sein jährliches Arbeitsgespräch auf morgen festgesetzt.« Robert zündete seine Zigarre an. Graham mußte sich beherrschen, um nicht nach seinem Feuerzeug zu greifen.
»Ja. Es ist fällig.«
»Es ist nicht Ihre Aufgabe, den Termin festzusetzen.«
»Im Gegenteil, Robert. Es gehört sogar ausdrücklich zu meinen Aufgaben. Vor einigen Jahren schon bat mich George, alle diesbezüglichen Vorbereitungen zu treffen.«
»Und die Gespräche auch selbst durchführen?«
Graham bemerkte – auch sein Vater hätte es bemerkt, das

wußte er – die falsche Grammatik und fühlte sich überlegen. Robert Benham war, trotz seiner Fähigkeiten, in Wirklichkeit nur ein ganz gewöhnlicher kleiner Mann.
»In vielen Fällen, ja; dadurch, daß ich einige Gespräche übernahm, fühlte George sich entlastet.«
Ein verächtliches Schnauben brachte zum Ausdruck, was Robert vom Arbeitspensum seines Chefs hielt.
»Und Sie hatten vor, das Gespräch mit Terry Sworder zu führen, nicht wahr?«
»Ja. George hat zur Zeit viel um die Ohren.«
»Blödsinn, er feiert doch nur noch.«
»Das mag den Anschein haben, doch ich glaube, es wäre ihm recht, wenn ...«
»Der Termin ist um sechs Wochen verschoben worden. Wenn es soweit ist, werde ich das Gespräch mit Terry Sworder führen.«
Graham lächelte ergeben. »Ich glaube nicht, daß George erbaut sein wird, wenn ...«
»Ich habe mit George gesprochen. Er ist einverstanden.«
In Robert Benhams festem Blick lag etwas Überhebliches. Die Feindseligkeit zwischen ihnen beiden war nun nicht mehr verschleiert. Als hätte er Grahams Absicht hinsichtlich Sworder erraten, fragte der jüngere Mann. »Übrigens, wann ist eigentlich Ihr jährliches Arbeitsgespräch fällig?«
Zum zweiten Mal innerhalb von vierundzwanzig Stunden hatte Graham das Gefühl, einen Schlag ins Gesicht erhalten zu haben.

Als er später mit einem Ohr auf die Beileidsworte eines Vorstandsmitgliedes hörte, konzentrierte sich seine Aufmerksamkeit zugleich auf die Stimme seines Rivalen. Er wußte, daß er Gefahr lief, sich auf Robert Benham zu fixieren, doch mußte er einfach zuhören, als Robert entdeckte, daß David Birdham, der leitende Direktor, seine Begeisterung fürs Segeln teilte.
»O ja, David, ich habe mir erst so ein Ding zugelegt. Zwanzig Fuß lang, vier Kojen, doch läßt es sich gut segeln. Ich

fahre so oft ich kann hinunter. Es liegt in Bosham vor Anker. Nein, dieses Wochenende nicht. Meine Freundin ist aus den Staaten zurück, und wir haben uns vorgenommen, uns ein paar schöne Tage im Randolph in Oxford zu gönnen. Doch am nächsten Wochenende bestimmt, da habe ich das Boot am Sonntag draußen. Danach werde ich wahrscheinlich einigermaßen beschäftigt sein. Sobald George endgültig ausgeschieden ist, wird es einen Haufen Arbeit geben. Die ganze Abteilung muß richtig wachgerüttelt werden. Apropos, David, ich wollte mit Ihnen über die Abteilungsbezeichnung sprechen ... ›Personal‹ klingt so altmodisch. Heutzutage, meine ich, sollten wir von ›Mitarbeitern‹ sprechen.«

David Birdham räumte ein, da könnte etwas dran sein, und sein Untergebener fuhr fort: »Dadurch käme ein frischer Wind in die ganze Sache, und man würde merken, daß ich an keiner Schönheitsoperation interessiert bin, sondern daß ich es wirklich ernst meine. Sehen Sie, ich bin überzeugt, daß in dieser Abteilung viele wesentliche Änderungen nötig sein werden.«

Graham merkte, daß er den Sprecher voll ansah und daß Robert mit einem ironischen Ausdruck seinem Blick standhielt. Es war Graham klar, daß der letzte Satz auf ihn gemünzt war.

Es wurde Zeit, etwas gegen Robert Benham zu unternehmen.

## 17

Kriminalinspektor Laker sah sich das Schreiben noch mal an. Es war mit der Schreibmaschine geschrieben, am Morgen mit der Post gekommen und einfach nur (unkorrekterweise) an die »Mordabteilung« adressiert worden.

Normalerweise wurde so ein absurder Brief von rangniederen Beamten bearbeitet. Nur aufgrund der sehr speziellen Anklage war er an ihn weitergeleitet worden.

Die Nachricht war kurz.

Ständig hört man Klagen über die Anzahl unaufgeklärter Mordfälle; das ist dem Image der Polizei nicht sehr zuträglich. Wenn sie die Statistik verbessern wollen, so sollten sie Graham Marshall, wohnhaft in der Boileau Avenue 173, über den Tod seiner Frau befragen.

Selbstverständlich war der Brief nicht unterschrieben.
Kriminalinspektor Laker betrachtete das Papier eingehend. Er faßte es nicht an. Sollte, was ziemlich unwahrscheinlich war, doch eine Untersuchung eingeleitet werden, so war es besser, keine neuen Fingerabdrücke zu hinterlassen.
Aus kriminalistischer Sicht nahm er die Sache nicht sonderlich ernst. Der Schock durch einen Todesfall, das wußte er, veranlaßte die Menschen zu den sonderbarsten Reaktionen; das Zufällige, die offensichtliche Sinnlosigkeit des Todes ließ manche Menschen außer sich geraten. Der unfaßbare Verlust, der verzweifelte Versuch, das Unerklärliche zu erklären, konnte zu wüsten Anklagen führen. Gewöhnlich richteten sich diese Anklagen gegen Ärzte und Krankenhäuser, doch oft genug auch gegen Einzelpersonen.
Nein, diese anonyme Anklage beunruhigte ihn nicht, es waren die letzten Worte: der ›Tod seiner Frau‹.
Helen war vor acht Monaten gestorben. Er glaubte, daß es ihm allmählich besser ging; es gab Zeiten, da konnte er sogar an die Zukunft denken und Pläne schmieden, die nichts mit der Arbeit zu tun hatten. Darüber hinwegkommen würde er nie, doch manchmal konnte er sich vorstellen, ihre Abwesenheit zu akzeptieren.
Und dann mußte so etwas passieren. Er wußte nie, was als nächstes seine Wunde berühren und erneut diesen unermeßlichen Schmerz auslösen würde. Oft genügte schon der Anblick einer Frau auf der Straße, ein Satz in einem Fernsehspiel, den er zufällig aufschnappte, ein Essensgeruch oder etwas ebenso Dummes wie Belangloses wie diese drei Schreibmaschinenworte. Wenn der Schmerz dann kam, war er immer noch heftig genug, ihn zu zerstören, seine

Stärke zu untergraben und seine Gedanken zu vergiften. Er fühlte sich dann ausgebrannt, erschöpft und voller Angst.
Ja, anscheinend mußte er dem Brief nachgehen. Doch das hatte noch ein paar Tage Zeit.

## 18

Graham genoß das Alleinsein im Haus in der Boileau Avenue.
Charmian hatte die Kinder übers Wochenende mit nach Islington genommen. Es war noch nicht der eigentliche Umzug, sondern bloß ein Schritt im Eingewöhnungsprozeß. Sie hatte es ihnen in den schönsten Farben ausgemalt, und Graham schätzte ihr Talent, wie sie mit seinen Sprößlingen umgehen konnte, obwohl Grahams Meinung von Charmian wegen ihres Mißtrauens ihm gegenüber einen bitteren Beigeschmack bekommen hatte. Sie hatte angekündigt, daß sich Henry und Emma dieses Wochenende ihre Zimmer in ihrem neuen Zuhause aussuchen könnten. Falls sie Lust dazu hätten, würde sie mit ihnen Farbe kaufen gehen, und sie könnten gleich damit anfangen, die Zimmer neu zu streichen. Auf jeden Fall könnten sie die Umgebung auskundschaften, die Hamburgerbuden im Umkreis testen und vielleicht auch noch sehen, was in den örtlichen Kinos lief.
Graham war sicher, daß sie in guten Händen waren. Absurderweise empfand er wieder das rechtschaffene Gefühl, ein Bilderbuchvater zu sein. Da saß er nun und tat selbstlos das, was für seine Kinder das Beste war.
Für Lilian wurde ebenfalls bestens gesorgt. Graham war klar, daß er den Schein wahren mußte, obwohl er einzig und allein daran interessiert war, ihr nie wieder zu begegnen. Aber es würde auffallen, wenn er sie zu schnell aus seinem Leben boxte; er wußte, daß seine Zukunftspläne davon abhingen, daß es ihm gelang, unauffällig weiterzuleben.
Dem Arzt im Krankenhaus gegenüber hatte er sich sehr

besorgt über den Zustand seiner Schwiegermutter geäußert. Er stimmte mit ihm darin überein, daß sie durch den Tod ihrer Tochter anscheinend einen Schock erlitten habe, doch glaubte er nicht, daß es ihr helfen würde, wenn sie ihre Enkel versorgte. Der Aufenthalt in dem Haus, in dem ihre Tochter gestorben war, wäre bestimmt eine Belastung für ihren Gesundheitszustand; deshalb hielte er es für besser, wenn sie in ihre eigene Wohnung zurückkehrte. Nicht daß er sich nicht um sie kümmern wollte, natürlich nicht, doch hielte er seine eigene Gemütsverfassung für so bedenklich, daß er befürchtete, er würde mehr Schaden als Nutzen anrichten. Da sein Unglück und die Verfassung seiner Schwiegermutter den gleichen Anlaß hatten, nämlich Merrilys Tod, befürchtete er, daß einer immer wieder den Schmerz des anderen beleben würde.
Völlig unbeabsichtigt kam ihm während seines Vortrags ein umfangreiches Repertoire an Pausen, Seufzern und Schluchzern zu Hilfe; seine Darstellung stieß auf uneingeschränkten Glauben. Der Arzt pflichtete ihm in allem bei, bedauerte Mrs. Hinchcliffes unversöhnbare Feindschaft mit der ihr verbliebenen Tochter und arrangierte die Rückkehr in ihre Wohnung, wo eine freiwillige Pflegerin das Wochenende über bei ihr bleiben würde.
Somit konnte Graham befreit seine Einsamkeit genießen.
Diese Einsamkeit wurde jedoch einige Male gestört. Immer noch riefen ehemalige Freunde an und sprachen ihr Beileid aus, und der Immobilienmakler schickte ihm in Abständen vier Paare vorbei, die sich das Haus ansahen. Aufgrund der Tatsache, daß er erst kürzlich Witwer geworden war, behandelten sie ihn allesamt angemessen respektvoll. Sie meinten, sie fänden es für ihn bedauerlich, daß er das Haus verkaufen müsse, doch könnten sie ihn gut verstehen. Drei der Paare zeigten erfreulich großes Interesse, und ein Paar ließ durchblicken, daß er demnächst ein Angebot erhalten würde.
Graham zeigte sich erfreut; zwar fühlte er sich jetzt so ganz allein im Hause recht wohl, doch dieses Glücksgefühl

beruhte eher auf dem Alleinsein, als daß es etwas mit seiner Umgebung zu tun gehabt hätte. Das Haus war zu groß und machte zuviel Arbeit. Seit Merrilys Tod war es schnell verschlampt, und Lilians gelegentliche Streifzüge mit Staubsauger und Scheuerlappen hatten wenig sichtbare Spuren hinterlassen. Dann stellte Graham fest, daß er eine gewisse Zeit aufwenden mußte, um Hemden und Socken zu waschen. Angewidert sah er auf den wachsenden Berg schmutziger Wäsche in den Kinderzimmern, den er, so lange es ging, ignoriert hatte. Vielleicht sollte Charmian den Zeitpunkt des Umzugs vorverlegen. Er konnte sich nicht ständig um all die Dinge kümmern, die Henry und Emma benötigten.

Ebenso ärgerte er sich darüber, daß das Haus mit Unmengen von Möbeln und Kleinigkeiten vollgestopft war, die Merrily angesammelt hatte. Bei den meisten Käufen war er zwar dabeigewesen und um Rat gefragt worden, doch waren es in seinen Augen ausschließlich ihre Sachen. Nun, da sie nicht mehr da war und das Haus bald auch nicht mehr, würde er alles verkaufen; das Klavier, die Anrichten aus Fichte, die Hutständer, die Schaukelstühle und der Nippes konnten an den erstbesten Interessenten gehen.

Ja, je eher er seine hübsche kleine Wohnung bezog, desto besser.

Ein angenehmer Gedanke kam ihm. Das übliche Verbot, sich beim Hauskauf – wenn auch kurzfristig – mit zwei Hypotheken zu belasten, betraf ihn nicht mehr. Merrilys Tod, den er inzwischen als Kunstwerk mit einem perfekten Design ansah, hatte ihn solcher Auflagen enthoben. Nichst konnte ihn daran hindern, sich sofort nach einer Wohnung umzusehen und sie auch gleich zu kaufen und einzuziehen.

Aber jetzt noch nicht. Dieses Wochenende würde ihm gehören, er würde sich selbst verwöhnen, sich regenerieren und Kräfte für seine nächste Prüfung sammeln.

Und lesen. Er hatte sich noch ein Buch über Mörder gekauft; diesmal eines von einem Pathologen des Innenministeriums. Das Thema begann ihn zu faszinieren. Sein In-

teresse war professionell, beinahe wissenschaftlich. Er schüttelte den Kopf über die Torheiten ehemaliger Mörder, über ihre Unbedachtsamkeiten und ihre mangelhafte Vorbereitung. Er verglich sie mit seinen Kollegen bei Crasoco: sie mochten noch so fähig sein, im offenen Kampf würde er sie durch seine Geschicklichkeit schlagen.
Seine Gefühle für die Mörder waren allerdings differenzierter. Er identifizierte sich zugleich mit ihnen, er fühlte sich der Bruderschaft der Mörder zugehörig und bedauerte ihr Versagen.
Graham empfand leichte Besorgnis über sein wachsendes Interesse an diesem Thema. Jegliches Verhalten mit einem Anflug von Besessenheit war ihm fremd. Der erste Mord war zufällig passiert, und der Mord an Merrily hatte ihm die Lösung eines Problems gebracht. Er durfte den Gedanken nicht zulassen, daß Mord mehr als nur ein Mittel zum Zweck war.
Und welchen Zweck hatte er im Sinn? Er entschied, daß er der Analyse seiner Motive etwas Zeit widmen sollte.
Seine Frau hatte er hauptsächlich aus finanziellen Gründen ermordet. Er brachte auch noch andere Vorteile mit sich, befreite ihn von lästigen Verpflichtungen und bot ihm die Chance, das Leben zu führen, das er wollte.
Doch was wollte er? Eine hotelähnliche Umgebung und keine emotionalen Fesseln. Die Freiheit, er selbst zu sein und zu tun, was er wollte. Eine hübsche Wohnung, ein schönes Auto, genug Geld, um ausgehen zu können, wohin und wann er wollte. Und mit wem. Noch war er sich nicht ganz im klaren, welchen Stellenwert Sex in seinem neuen Leben einnehmen würde; auch das durfte er nicht außer acht lassen.
Die meisten seiner Ziele hatte er durch den Mord erreicht. Nachdem Merrily und die Kinder aus seinem Leben verschwunden waren, konnte ihn nichts mehr von der Verwirklichung seines Traums abhalten.
Warum war er trotzdem nicht zufrieden? Welcher Gedanke störte ich noch?
Ganz im Innern wußte er, was es war, doch er spannte sich

selbst ein bißchen auf die Folter, indem er mit der Antwort noch zögerte.
Es betraf seinen Job. Sein Image von einer freien Persönlichkeit bezog sich auf einen Graham Marshall als Leiter der Personalabteilung bei Crasoco und nicht auf den übergangenen und sich ärgernden Stellvertreter eines anderen.
Robert Benham war das Problem.
Möglicherweise gab es firmenpolitische Wege innerhalb des Crasoco-Systems, um mit diesem Problem fertig zu werden, doch war da noch eine andere, schnellere Methode. Robert mochte ruhig hochtrabend über ›menschliche Arbeitskräfte‹ sprechen, aber er hatte ja keine Ahnung, über welche unmenschlichen Kräfte sein Rivale verfügte.
Graham gelangte nicht nur durch seine morbide Faszination zu diesem Entschluß, die Ermordung Robert Benhams war eine logische Notwendigkeit.
Daß er diese Tatsache, die ihm neuerdings mit ziemlicher Regelmäßigkeit im Kopf herumspukte, akzeptierte, machte sie zu beschlossenen Sache. Nun, da er sich seine Absicht eingestanden hatte, konnte er mit der Planung beginnen.

Die Ermordung Robert Benhams würde nicht so leicht sein wie die von Merrily Marshall. Obwohl er stolz darauf war, den Tod seiner Frau geschafft zu haben, erkannte Graham sehr wohl die Vorteile, die er bei der Planung gehabt hatte. Er hatte sowohl ihre Gewohnheiten als auch das Umfeld gekannt, und das hatte ihm geholfen. Es hatte sich auch zu seinem Gunsten ausgewirkt, daß er nach außen hin kein Motiv hatte. Da sie unter einem Dach lebten, hatte er Zeit und Gelegenheit gehabt, Vorbereitungen zu treffen. Er hatte sozusagen aus der Ferne operiert, da er sich zu der Zeit in Brüssel befand. Nachdem die anfängliche Euphorie verflogen war und er die Angelegenheit mit einem gewissen Abstand betrachtete, gelangte er zu dem Schluß, daß der Mord zwar gut, aber nicht überragend gewesen war.

Um sich Robert Benhams zu entledigen, würde er sich etwas wesentlich Besseres einfallen lassen müssen. In Benhams Fall hatte er ein ersichtliches Motiv, also war größte Vorsicht geboten.
Er entschied, daß auch der Tod des jungen Mannes wie ein Unfall aussehen müßte. Zwar war er überzeugt, geschickt genug zu sein, um im Falle einer Morduntersuchung den Verdacht von sich zu weisen, doch würde es die Sache doch beträchtlich erleichtern, wenn so eine Untersuchung gar nicht erst eingeleitet wurde.
Eigentlich kamen nur drei Orte in Betracht, an denen Benham einen Unfall erleiden konnte – im Büro, in seiner Wohnung am Dolphin Square oder in seinem Wochenendhaus. Andere Schauplätze waren unpraktisch. Der Gedanke, daß Robert auf dem Weg zur Arbeit überfahren wurde oder bei einem seiner Besuche in Miami die Treppe hinunterstürzte, reizte ihn zwar, aber seine Beteiligung durfte nicht zu offensichtlich werden. Wäre er rein zufällig zur gleichen Zeit wie Benham in Miami, dann würde über kurz oder lang der Verdacht auf ihn fallen. Nein, wie bei Merrily mußte er die Sache aus der Ferne steuern. Der Mörder durfte nicht in der Nähe sein, wenn Benham starb; Graham mußte ganz woanders sein, mit einem hieb- und stichfesten Alibi.
Das waren lediglich allgemeine Grundsätze. Graham hatte keine Eile, sofort einen kompletten Plan zu entwerfen. Er öffnete eine gute Flasche Wein und machte es sich für das Samstagabendprogramm vor dem Fernseher bequem.

Am Sonntagmorgen wachte er auf und genoß es, das Doppelbett für sich allein zu haben. Er überlegte, ob er nicht onanieren sollte. Nichts konnte ihn daran hindern; vielleicht machte es Spaß. Ein forschender Griff – nichts rührte sich. Es gelang ihm auch nicht, sich sinnlichen Phantasien hinzugeben.
Graham ging hinunter, machte sich eine Tasse Pulverkaffee und holte die Zeitungen rein; dann ging er wieder ins

Bett. Er fand es herrlich, so viel Zeit zu haben. Zeit, um all die Belanglosigkeiten zu genießen, die die Journalisten für den Sonntag ausgegraben hatten; Zeit, sich mit weiteren Mordgeschichten des Pathologen zu vergnügen, wenn ihm das zu langweilig wurde; Zeit, um nachzudenken und zu planen, wenn ihm danach war.

Mit den Zeitungen war er vierzig Minuten, mit dem Buch bloß zehn beschäftigt. Dann kehrten seine Gedanken wieder zu Robert Benham zurück.

Zuerst mußte er sich für den Ort entscheiden, an dem der tödliche Unfall passieren sollte ...

Er dachte an das Büro. Das Crasoco-Hochhaus bot viele Gelegenheiten zu tödlichen Unfällen. Er wußte aus Erfahrung, daß an allen Stromleitungen tödliche Gefahren lauerten. Boiler konnten explodieren, Menschen konnten von schweren Möbeln erschlagen werden oder Luftschächte und Treppenhäuser hinunterstürzen. Es gab auch genug Fenster, aus denen man fallen konnte. Erst vor einem Jahr war eine zweiundzwanzigjährige Sekretärin wegen einer unglücklichen Affäre mit ihrem Chef aus dem 10. Stock gesprungen. Eine äußerst wirksame Methode, wenn man sich umbringen wollte.

Doch niemand würde glauben, daß Robert Benham Selbstmord begangen hatte. Die Vorstellung war absurd. Ebensowenig glaubhaft war es, daß jemand aus Versehen aus einem Fenster fiel. Allein eines dieser Fenster zu öffnen war wegen der Klimaanlage des Gebäudes schon eine ordentliche Leistung.

Und selbst wenn Robert Benham sich netterweise ans offene Fenster stellen sollte, dann mußte Graham immer noch persönlich – und somit sichtbar – anwesend sein, um ihm einen Stoß geben zu können.

Bei allen anderen Unfällen im Büro erhob sich das gleiche Problem. Im Crasoco-Hochhaus herrschte reges Treiben; nur wenige Dinge geschahen im verborgenen. Selbst wenn Graham ein Mord ohne Zeugen gelänge oder er vielmehr einen Plan zu einem ferngesteuerten Unfall hätte, wäre es doch zu offensichtlich. Beim leisesten Verdacht würde so-

fort nach beruflichen Rivalitäten im Büro geforscht werden. Die Kollegen hatten die gespannte Atmosphäre zwischen den beiden längst bemerkt. Er wäre der Hauptverdächtige.
Nein, das Büro kam nicht in Frage.
Er war zwar nie in der Wohnung am Dolphin Square gewesen, doch verwarf er den Gedanken augenblicklich, da er das Gebäude kannte und wußte, daß jeder Einbruch beobachtet werden würde.
Seine Gedanken kehrten wieder zum Wochenendhaus zurück. Im Vergleich zum Crasoco-Hochhaus und der Wohnung hätte er dort wesentlich bessere Chancen. Zum einen war es abgelegen. Benham war, wie er angedeutet hatte, oft alleine dort, was die Gefahr von Augenzeugen verringerte. Und wenn Graham eine ferngesteuerte Methode entwickeln konnte, dann war die Gefahr gering, beim Aufbau beobachtet zu werden. Auch war das Wochenendhaus, obwohl es im großen Stil renoviert worden war, schon alt, und ein Unfall wäre, bedingt durch das Alter des Hauses, wesentlich glaubhafter.
Es gab dort überall Holzbalken. Und das Strohdach. Ein Feuer würde sich sofort ausbreiten. Die Fenster waren klein; eine Flucht wäre schwierig. Wenn jemand bei Ausbruch des Feuers im Obergeschoß schlief, mußte er schon Glück haben, lebend davonzukommen.
Ein solcher Mordanschlag könnte funktionieren, doch einen richtigen Großbrand zu legen, stellte ihn vor Probleme. Brandstiftung gehörte nicht zu Graham Marshalls Metier, und er wußte auch aus Zeitungsberichten, daß solche Delikte ziemlich leicht aufgeklärt werden konnten. Wenn er also benzingetränkte Lappen durch den Briefkastenschlitz schob oder eine Dose mit dem Zeug durch eines der Fenster warf oder sogar wie die Indianer brennende Pfeile auf das Strohdach schoß, würden die Behörden schnell dahinterkommen. Außerdem erforderten diese Methoden, daß Graham zur Tatzeit am Schauplatz des Verbrechens anwesend sein mußte.
Er könnte auch noch mal einen Sabotageakt mit Strom in-

szenieren. Ein elektrisches Gerät, das sich in der Nähe eines Vorhangs überhitzte? Oder in der Nähe des Sofas? Es war ja hinreichend bekannt, daß der Rauch von schwelendem Schaumstoff, wie er bei modernen Sofas verwendet wurde, tödlich war.
Aber auch das war nicht das Richtige. Es fehlte diesem Plan die intellektuelle Perfektion. Er fragte sich kurz, ob er schon vor dem Mord an Merrily von seiner Planung so überzeugt gewesen war oder ob sich diese Sicherheit erst rückwirkend mit dem Erfolg eingestellt hatte. Doch, ja, sie war von Anfang an dagewesen, und er war zuversichtlich, daß sich diese Sicherheit wieder einstellen und er sie erkennen würde, sobald ihm der richtige Einfall zu Beseitigung Robert Benhams gekommen war.
Er lenkte seine Gedanken wieder auf das Wochenendhaus. Vieles sprach gegen die Inszenierung elektrischer Katastrophen. Der zeitliche Ablauf könnte zum Problem werden. Angenommen das präparierte Gerät wurde entdeckt ... Ermittlungen wurden angestellt ...
Außerdem würde er in das Haus einbrechen müssen. Wieder wurde ihm bewußt, wie leicht er es bei Merrily gehabt hatte. Sarkastisch fragte er sich, ob aus diesem Grund die meisten Morde an Mitgliedern der häuslichen Gemeinschaft verübt wurden.
Das Risiko verdoppelte sich, wenn er in Roberts Wochenendhaus einbrechen mußte, um eine Falle zu installieren. Er lief nicht nur Gefahr, entdeckt zu werden, wenn das Ding losging, sondern schon während er es anbrachte. Außerdem hatte er keine Garantie, daß ...
Plötzlich fiel ihm die leuchtendblaue Alarmanlage an der Vorderseite des Hauses ein.
Momentan hatte er einen toten Punkt erreicht, doch das nahm er mit philosophischer Ruhe hin. Er hatte Zeit genug. Er war auf dem richtigen Weg. Er würde ans Ziel kommen.
Der Gedanke mit dem Boot kam ihm, während er sich rasierte.

# 19

Graham sah Stella am Montag beim Mittagessen in der Kantine. Sie saß allein am Tisch und aß gerade Käse und Bisquits, als er mit seinem vollen Tablett ankam.

»Ist hier noch ein Platz frei ...?«

»Ja. Bitte.« Er setzte sich. Sie sah ihn forschend an. »Wie geht es dir?«

»Oh, weißt du ...«

»Schon besser?«

»Ein bißchen.«

»Es muß ein furchtbarer Schock gewesen sein.«

»Ja. Die ganze Art zu denken gerät durcheinander. Ständig ändert sich der Blickwinkel. Die Umstände haben sich verändert.« Er war etwas überrascht, wie flüssig ihm diese Sätze über die Lippen kamen.

»Ja. Ich habe noch nie einen mir nahestehenden Menschen verloren. Meine Eltern leben beide noch. Es muß schrecklich sein.« Sie sprach ganz automatisch, während sie auf seine nächsten Worte wartete.

»Weißt du ...« sagte er und war sich der Tragweite seiner Worte voll bewußt.

»Ich?«

»Ja, du weißt schon ... damals, als wir in dieses Weinlokal gingen, bevor ... bevor ...«

Sie half ihm aus der scheinbaren Verlegenheit, die ihm die Erwähnung von Merrilys Tod bereitete. »Ja, ich weiß.«

»Es hat mir gefallen.«

»Mir auch.«

»Und nun ist plötzlich alles anders. Ich meine, Merrilys Tod belastet mich sehr, und gleichzeitig weiß ich, daß ich Stella weiterhin treffen möchte, aber da ist auch das Gefühl, daß ich es nicht sollte.«

»Wegen der Leute, der Kollegen?«

»Zum Teil, vermutlich. Wahrscheinlich nur deswegen.«

»Dann treffen wir uns doch an einem Ort, an dem uns niemand aus der Firma sieht.«

»Ja, du hast recht. Was hältst du davon, wenn wir morgen abend irgendwo zusammen essen?«

Sie war natürlich begeistert, das hatte er nicht anders erwartet.

Schon früh am Vormittag hatte er sich telefonisch für den Abend einen Termin bei seinem Arzt geben lassen. Der Arzt war ein gewissenhafter, junger Mann. Graham war ihm vielleicht zweimal begegnet, als er Rezepte abholte oder die Unterschrift auf einem Formular brauchte. Alles andere hatte Merrily mit ihm ausgemacht. Für Graham war eine Arztpraxis ein Dienstleistungsunternehmen, wie eine Klempnerwerkstatt oder ein Taxibetrieb.
»Es tut mir leid wegen ... was geschehen ist,« sagte der Arzt mit einem Ernst, der nicht zu seinen jungen Jahren paßte. »Eine Tragödie. So eine lebenslustige, vitale Frau.«
Graham nickte zustimmend.
»Und dann erfuhr ich das mit Ihrer Schwiegermutter. Das hat Sie bestimmt zusätzlich belastet, als Sie es am wenigsten brauchen konnten.«
Graham wollte seine Bitte vorbringen, doch der Arzt war mit seinem Monolog noch nicht fertig. »Wir praktischen Ärzte müssen noch eine Menge darüber lernen, wie notwendig die Trauer ist. Es ist wichtig für die Hinterbliebenen, daß sie sich der Trauer hingeben können. Ich hoffe, daß Sie um Merrily trauern.«
Der unwiderstehliche Drang zu lachen, stieg in Graham auf, doch schaffte er es gleich, ein Schluchzen daraus zu machen.
»Ja, ja«, beruhigte ihn der Arzt, »das ist gut. Sie dürfen sich nicht davon abhalten lassen, nur weil Männer nicht weinen sollten. Für einen Mann ist das ebenso wichtig wie für eine Frau. Trauer ist etwas sehr Wesentliches.«
Da sich der junge Mann anscheinend uferlos über das Thema Trauer auslassen wollte, erklärte ihm Graham den Grund für sein Kommen. »Herr Doktor, ich habe Schwierigkeiten mit dem Schlafen.«
»Das ist nicht weiter verwunderlich, Mr. Marshall – oder darf ich Graham zu Ihnen sagen? – das überrascht mich

überhaupt nicht. So ein Schock, wie Sie ihn eben erst erlitten haben, muß jeden normalen Menschen berühren, meistens äußert sich die Wirkung in körperlichen Symptomen, Schlaflosigkeit, Rücken- oder Kopfschmerzen oder ...«
»Wollen Sie damit sagen, daß solche Schmerzen rein psychosomatisch sind?« fragte Graham, der sehr empfindlich auf jede Abwertung seiner vorgetäuschten Leiden reagierte.
»Durchaus nicht. Was ist schon psychosomatisch und was somatisch? Wir praktischen Ärzte müssen immer mehr dazu übergehen, den ganzen Patienten zu behandeln und nicht Körper und Seele zu trennen. Ihre Seele hat einen argen Schock erfahren, und Ihr Körper reagiert darauf mit Schlaflosigkeit. Den Heilungsprozeß bringt nur die Zeit, wenn Sie die Trauer voll ausleben.«
Graham unterbrach den Arzt, der schon wieder auf das Trauerthema zurückkommen wollte. »Worum ich Sie bitten wollte, Herr Doktor, können Sie mir etwas verschreiben, damit ich schlafen kann?«
Das tat der Doktor bereitwillig. Zwei Pillen, eine halbe Stunde vor dem Schlafengehen eingenommen, würden ihm zu Schlaf verhelfen. Falls Graham nachts doch wieder aufwachen sollte, könnte er noch eine nehmen. Mehr als drei sollten es allerdings nicht sein. Graham beruhigte ihn und verabschiedete sich, wobei er ein bedrücktes Gesicht zu machen versuchte.

Als er nach Hause kam, hielt er es nicht mehr für notwendig, sich zu verstellen, und schritt unbeschwert auf die Haustür zu. Alles fügte sich sehr schön zusammen, dachte er.
Er war auf so angenehme Weise mit seinen Plänen beschäftigt, daß er weder den Insassen des auf der gegenüberliegenden Straßenseite geparkten Ford Escorts wahrnahm, noch bemerkte, wie aufmerksam der Mann seine Ankunft beobachtete. Graham sah auch nicht, wie der Mann ausstieg und langsam über die Straße auf das Haus zuging.

Es läutete an der Tür.
Graham öffnete die Tür und sah den Fremden fragend an.
»Guten Abend. Ich bin Kriminalinspektor Laker. Tut mir leid, wenn ich Sie störe, doch würde ich mich gerne mit Ihnen über den Tod Ihrer Frau unterhalten.«

## 20

»Wissen Sie irgendeinen Grund, weshalb jemand Sie beschuldigen könnte?« fragte der Kriminalinspektor.
Sie saßen gemütlich im Wohnzimmer beisammen. Graham hatte sie beide mit einem doppelten Scotch versorgt. Es hatte ihn etwas überrascht, daß der Polizist einen Drink angenommen hatte. Er war auf ein ›Nein, Sir, nicht, solange ich im Dienst bin‹ gefaßt gewesen. Doch er freute sich. Er war sich über den Ernst der Lage im klaren und wollte die Sache so zwanglos wie möglich halten.
»Nein, keinen«, beantwortete Graham die Frage. »Es erscheint mir ziemlich gemein, das Messer in einer Wunde zu drehen, die noch nicht mal zu heilen begonnen hat.«
Es erstaunte ihn abermals, wie er die richtigen Worte fand. Er schien einen siebten Sinn dafür zu haben, wie sich ein trauernder Witwer ausdrückte.
»Ja, das verstehe ich, Mr. Marshall«, beschwichtigte ihn der Kriminalinspektor. »Und es tut mir leid, daß ich Ihnen auch noch Kummer bereite. Trotzdem ist die Anklage in dem Brief schwerwiegend.«
»Das ist doch völlig absurd, Gott, ich meine, die Polizei hat doch schon Nachforschungen angestellt, und eine gerichtliche Untersuchung hat auch bereits stattgefunden.«
»Ja.«
»Sie kennen doch das Ergebnis der gerichtlichen Untersuchung.
»Ja, Mr. Marshall, ich habe die einschlägigen Berichte gelesen.«

»Na also.« Graham sagte das so, als wäre damit der letzte Beweis für seine Unschuld erbracht, doch er achtete genau auf Lakers Reaktion.
Der Inspektor sagte nichts, und so fühlte sich Graham genötigt, fortzufahren. »Die Beschuldigung ist einfach lächerlich. Und grausam. Ich meine, warum hätte ich Merrily umbringen sollen? Unsere Ehe war sehr glücklich.«
»War sie das?« Es klang völlig gleichgültig. Lakers Frage schien rein informativen Charakter zu haben.
»Ja, natürlich. Sie können jeden fragen. Fragen Sie unsere Freunde.«
»Oh, Mr. Marshall, die Ehe ist die intimste Beziehung, die zwei Menschen haben können. Ein absolut vertrauliches Abkommen. Was nach außen dringt, kann sehr irreführend sein.«
»Okay, akzeptiert. Angenommen, ich hätte Merrily gehaßt, warum sollte ich mir die Mühe machen, sie umzubringen? Heutzutage kann man ganz leicht geschieden werden. Ich hatte kein Motiv. Was hätte ich denn durch ihren Tod gewonnen?«
»Nichts, nur daß die Hypothek wegfällt. Dreißigtausend Pfund.«
Graham wurde rot. Das kam der Wahrheit zu nahe. Er wollte aufbrausen, doch fand er keine Worte.
Der Inspektor wartete ab, dann sagte er: »Tut mir leid. Das alles muß Sie ziemlich aufregen.«
Graham stützte den Kopf in die Hände. Er war sich nicht sicher. Deutete Laker seine Reaktion als Symptom zorniger Trauer, oder verbarg sich hinter seinem Mitgefühl eine verzögerte Anklage? Graham beschloß zu schweigen, bis sich der Inspektor eindeutig äußerte.
»Dreißigtausend Pfund sind als Motiv gewiß nicht ausreichend«, fuhr Laker fort. »Jemand in Ihrer Position müßte verrückt sein, deswegen ein Risiko einzugehen.«
Graham mußte aufschauen, um den Ausdruck des Polizisten zu deuten. Waren die Worte wirklich so gemeint, oder sollten sie ihn nur beruhigen, ihn in eine Falle locken? Laker schien es ehrlich zu meinen. Grahams Anspannung

legte sich, obwohl sich ein leiser Zweifel in ihm festgesetzt hatte. So wie damals bei Lilian, so schmerzte ihn auch jetzt die Beschuldigung, verrückt zu sein. Der Inspektor hatte indirekt Grahams Motivation in Frage gestellt, sein logisches System, das seine Handlungen in letzter Zeit bestimmt hatte. Das gefiel ihm ganz und gar nicht.

»Jedenfalls«, fuhr Laker fort und nahm immer mehr Abstand von der Rolle des Anklägers, »ist der Gedanke lächerlich, daß Sie den Tod Ihrer Frau verschuldet haben, selbst wenn Sie es gewollt hätten. Angenommen, Sie hätten auf irgendeine Weise eine elektrische Falle vorbereitet, wer garantierte Ihnen, daß Ihre Frau auf den Speicher gehen würde?«

»Genau«, pflichtete ihm Graham bei.

»Wie aus den Berichten hervorgeht, war sie nie oben gewesen, seit Sie das Haus gekauft hatten.«

»Nein.«

»Und Sie konnten nicht wissen, daß sie während Ihrer Abwesenheit plötzlich auf die Idee kommen würde, Vorhänge für das Gästezimmer zu nähen.«

»Nein.«

»Nein. Die Anklage ist absurd.«

Graham war sich noch nicht ganz sicher, ob die Gefahr gebannt war. Wenn der Inspektor wirklich so arglos war, wie er aussah, warum war er dann hier?

»Doch jemand hat diese Anklage erhoben«, fuhr Laker in gemessenem Tonfall fort. »Eben das gefällt mir nicht.«

»Ich bin auch nicht allzu scharf darauf.« Graham fand, ein bißchen trockenen Humor könnte er schon riskieren.

»Nein. Haben Sie noch andere Hetzschriften erhalten?«

»Nein.«

»Anrufe, in denen Sie beschuldigt wurden?«

»Nein.«

»Gut, kommen wir also zum springenden Punkt. Haben Sie irgendeine Idee, wer der Absender dieses Briefes sein könnte?«

»Absolut nicht.« Graham hatte noch keine Zeit gehabt, darüber nachzudenken. Seit er von der Existenz des Brie-

fes erfahren hatte, sorgte er sich zu sehr wegen Lakers möglichem Verdacht.
»Ich halte so was für abscheulich.« Der Inspektor wurde plötzlich böse. »Ich weiß, wie Ihnen momentan zumute ist. Ich hatte einen ... es ist noch nicht lange her, daß meine Frau starb, und ich ... Ich meine, wäre mir so ein Brief untergekommen, ich weiß nicht, was ich mit dem Absender gemacht hätte.«
Er brauchte einen Moment, um sich wieder zu fassen. Das war nicht gut, nicht professionell. Mehr als einmal hatte er seit Helens Tod zu gefühlsbetont reagiert. Sosehr er sich auch bemühte, Privatleben und Arbeit zu trennen, er schien diese Übergriffe nicht mehr unter Kontrolle zu haben. Er wußte, er hätte die Angelegenheit auch weitergeben können, doch der Brief hatte einen so tiefgründigen Zorn in ihm entfesselt, daß er der Sache selbst nachgehen wollte. Er versuchte, sich in Grahams Lage zu versetzen und sich vorzustellen, wie er sich in dem schrecklichen Monat nach Helens Tod gefühlt hätte, wenn sich diese falsche Anschuldigung gegen ihn gerichtet hätte.
»Was ich sagen will«, fuhr er ruhiger fort, »derjenige, der diesen Brief geschrieben hat, beging damit eine strafbare Handlung. Sollten Sie dagegen vorgehen wollen, hätten Sie das Recht auf Ihrer Seite. Deshalb würde ich gerne wissen, ob Sie irgend jemanden in Verdacht haben.«
»Darf ich den Brief mal sehen?«
Kriminalinspektor Laker zog ein gefaltetes Blatt Papier aus der Innentasche seines Jacketts. »Das ist eine Fotokopie. Das Original müssen wir womöglich untersuchen.«
Graham las die getippten Worte.
Keine Sekunde lang zweifelte er, von wem der Brief kam. Die herausfordernde, pompöse Geste verriet es, und der Stil des Briefes mit seinen vagen Andeutungen bestätigte seinen Verdacht. Das Ganze trug den Stempel von Lilian Hinchcliffe.
»Hm«, sagte er. »Ich habe einen Verdacht.«
Bevor er nicht die Konsequenzen einer Beschuldigung durchdacht hatte, wollte er sich nicht festlegen.

»Wen?«
»Nun, ich ... Ich bin mir nicht sicher, ob ich der Sache weiter nachgehen möchte. Das heißt natürlich vorausgesetzt, ich habe Ihre Zusicherung, daß Sie die Anklage in dem Brief nicht ernst nehmen.«
»Sie können sich darauf verlassen, Mr. Marshall. Da Sie aber offensichtlich *genau* wissen, von wem der Brief stammt, wollen Sie wirklich nicht, daß der Sache nachgegangen wird?«
Graham war der Versuchung nahe. Die Idee, daß er den Spieß umdrehen könnte, hatte etwas Verlockendes. Sie würde öffentlich gerügt werden, während er öffentlich von jeder Schuld freigesprochen werden würde. Doch barg das auch Gefahren, die er dagegen abwägen mußte. Im Augenblick ruhte der Fall. Das Ergebnis der gerichtlichen Untersuchung war zufriedenstellend gewesen, und nun hatte er auch noch die Zusicherung von Kriminalinspektor Laker, daß er an seine Unschuld glaubte. Es war besser, nicht mehr daran zu rühren und keine unvorhersehbaren Konsequenzen zu riskieren, als die Sache zu schüren. Mit Bedauern entschied er sich, auf das Vergnügen dieser kleinen Extrarevanche gegen Lilian zu verzichten.
»Nein, Herr Inspektor, ich denke nicht. Wie Sie schon sagten, sind Menschen sehr verwundbar, die erst kürzlich einen Angehörigen verloren haben. Ich glaube, daß schon genug Unheil angerichtet worden ist.« Oh, wenn er wollte, konnte er sich schon sehr glatt und überzeugend ausdrükken.
»Nun, Mr. Marshall, das ist sehr uneigennützig.« Laker machte eine Pause. »Aus dem, was Sie so nebenbei erwähnt haben, kann ich unschwer den Verfasser dieses Briefes erraten.«
Graham zog die Augenbrauen fragend hoch, sagte jedoch nichts.
»Ich hörte von dem Selbstmordversuch Ihrer Schwiegermutter letzte Woche. Sie scheint in einem sehr labilen Zustand zu sein. Manche Menschen reagieren nach einem

Todesfall so. Sie fühlen sich schuldig und wollen diese Schuld abwälzen. Die meisten von uns geben sich auf irgendeine Weise selbst die Schuld, wenn ein ihnen nahestehender Mensch stirbt. Ich wage zu behaupten, Mr. Marshall, daß Sie sich zeitweilig schuldig am Tod Ihrer Frau gefühlt haben.«
Graham nickte zustimmend, während er das unziemliche, aufsteigende Lachen zu unterdrücken versuchte.
»In vielen Fällen übertragen die Hinterbliebenen auch die Schuld von sich auf jemand anderen. Wie Ihre Schwiegermutter es getan hat. Wahrscheinlich hat sie Sie erst dafür verantwortlich gemacht, daß Sie ihr die Tochter durch die Heirat genommen haben; nun hat der Tod sie ihr genommen, und auch daran gibt sie Ihnen die Schuld.« Zufrieden mit seiner Schlußfolgerung hielt er inne. Dann schien es ihm peinlich zu sein. »Entschuldigen Sie. Ich benehme mich wie ein Amateurpsychologe. Berufsrisiko, fürchte ich. Sie sind sich also ganz sicher, daß Sie der Sache nicht nachgehen wollen?«
»Ganz sicher. Darf ich Ihnen noch mal nachschenken?«
Nachdem der Kriminalinspektor mit seinem zweiten doppelten Scotch versorgt war, begann er: »Es ist furchtbar, der erste Schmerz ... das schleichende Bewußtsein, daß sie nicht mehr ist. Zeitweise hatte ich das Gefühl, ich könnte es vergessen, doch dann löst irgendwas die Erinnerung wieder aus. Und jedesmal tut es weh. Geht es Ihnen auch so?«
Graham fand die richtigen, zustimmenden Worte. Noch eine ganze weitere Stunde klagte Laker. Seit Helen gestorben war, fand er die Abende am schlimmsten. Die Abende und die Wochenenden. Nun stürzte er sich geradezu auf Aufgaben, die zu unchristlichen Zeiten erledigt werden mußten; Aufgaben, um die er sich früher zu drücken versucht hätte. Nun versuchte er damit die Zeit herumzubringen.
Nach einer Weile fand er es an der Zeit, aufzubrechen. An der Haustür schüttelte er seinem Gastgeber die Hand und nötigte Graham das Versprechen ab, ›ihn anzuläuten,

wenn er moralische Unterstützung brauchte‹. Kriminalinspektor Laker ging über die Straße zu seinem Ford Escort und kam sich ein bißchen albern vor, weil er so viel von sich preisgegeben hatte.
Graham goß sich im Haus noch einen großen Scotch ein. Er konnte es nicht glauben, wie sich alles zu seinem Vorteil entwickelte. Er hatte Angst gehabt, Laker könnte als Racheengel auftreten; statt dessen hatte er nun einen Verbündeten im Club der Witwer gefunden.
Graham entspannte sich und ließ seinem Lachen freien Lauf. Er lag auf der Couch und lachte, bis er nicht mehr konnte.

Er hantierte gerade in der Küche mit einer Schachtel Streichhölzer, als er hörte, wie die Haustür aufgesperrt wurde.
Er ging in die Diele und begegnete Lilian.
»Einige meiner Sachen sind noch hier«, sagte sie hoheitsvoll. »Ich habe immer noch Merrilys Schlüssel. Ich dachte nicht, daß du zu Hause wärst.«
Das war rundheraus gelogen. Hätte sie ihn wirklich nicht antreffen wollen, hatte sie dazu reichlich Gelegenheit, während er im Büro war.
»Wo sind die Kinder, Graham?«
»Sie bleiben noch ein paar Tage länger bei Charmian.«
»Aber was ist mit der Schule?«
»Ich habe ihre Lehrer angerufen und gesagt, daß die Kinder nach all dem, was geschehen ist, eine kleine Pause brauchen. Die Lehrer waren einverstanden.«
»Sie dürfen nicht zuviel Unterrichtsstunden versäumen. Es bringt sie durcheinander, wenn sie nicht wissen, wie es weitergeht.«
»Alles wird sich finden.« Er erzählte nicht, daß Charmian gerade heute beim Leiter der Grundschule in Islington war, um Henrys und Emmas Ummeldung zu arrangieren.
»Ja. Ich hoffe bald. Je eher sie von dir fort sind, desto glücklicher werde ich sein, Graham.« Den letzten Satz hatte sie mit plötzlicher Bösartigkeit hinzugefügt.

Fast genau das gleiche hatte Charmian gesagt. Für was hielten sie ihn – eine Art Monster? Er zog einen Gegenschlag wegen des anonymen Briefes in Betracht, hielt sich aber dann zurück. Im Umgang mit Lilian war es immer von Vorteil, wenn man noch eine Waffe in Reserve hatte. Obwohl er eigentlich nichts mehr mit ihr zu tun haben würde. Es bestand kein Grund, warum sie sich je wieder begegnen sollten, nachdem sie heute abend das Haus verlassen hatte. Dieses Wissen machte sie zu einem unbedeutenden Störenfried, der keine Aufregung wert war. (Ich darf nicht vergessen, mir Merrilys Schlüssel geben zu lassen, bevor sie geht, dachte er.)

Er wandte sich ab. »Du wolltest dir ein paar Sachen holen.«

Mit lautem Getöse raffte sie ihre Habseligkeiten zusammen, doch Graham achtete nicht darauf. Sie konnte ihn nicht mehr treffen. Mit einem weiteren Scotch rekelte er sich im Wohnzimmer und schaltete den Fernseher ein.

Es war nicht Lilians Stil, ohne einen Abschiedsschlag zu gehen. Sie stand im Türrahmen, umklammerte einen alten Koffer und sagte etwas, was er nicht verstand.

»Tut mir leid, ich kann dich nicht verstehen, wenn der Fernseher läuft«, verkündete er.

Sie betrat das Zimmer und schaltete das Gerät ab.

»*Ich sagte*, Graham, damit wirst du nicht durchkommen.«

»Womit?«

»Damit, daß du dich aller Verantwortung einfach entledigst. So leicht ist es auch wieder nicht.«

»Sieht aber so aus«, antwortete er kühl.

»Nein. Du machst mir angst, so wie du Merrilys Tod hingenommen hast.«

Er zuckte mit den Schultern.

»Und wie du mich behandelt hast, Graham.«

Er sah auf die Uhr.

»Aber keine Sorge, du wirst deiner wohlverdienten Strafe nicht entgehen. Ich werde mich rächen. Ich werde dich vernichten, so oder so.«

Lilian Hinchcliffe entschied, daß ihr kein besserer Schlußsatz mehr einfallen würde, und stürmte aus dem Haus.
Oh, verdammt, sie hatte immer noch die Schlüssel. Egal, er konnte ihr einen Brief schreiben und die Schlüssel verlangen.
Graham schaltete den Fernseher wieder an.
Lilians Drohung beunruhigte ihn nicht.
Doch dann fiel ihm ein, daß sie auf den anonymen Brief angespielt hatte.

Am nächsten Morgen erhielt er im Büro einen erfreulichen Anruf von seinem Immobilienmakler. Zwei Paare, die sich das Haus angesehen hatten, hatten ein verbindliches Angebot abgegeben. Beide Angebote lagen unter dem von ihm geforderten Preis – und der junge Mann mußte erst seine peinliche Verlegenheit überwinden, bevor er den Grund dafür nannte –, weil offensichtlich an den elektrischen Leitungen größere Reparaturen nötig waren. Eines der Angebote lag um 1000 Pfund, das andere um 500 Pfund unter dem Preis. Graham wies den Makler an, das höhere Gebot zu akzeptieren. Das Paar schien derzeit irgendwo zur Miete zu wohnen, und der junge Mann war sehr an einer raschen Vertragsunterzeichnung interessiert.
Anschließend vertiefte sich Graham in das Branchenbuch und rief ungefähr ein halbes Dutzend Immobilienmakler in der Innenstadt von London an und bat um Zusendung von Informationsmaterial über Zweizimmerwohnungen mit Bedienung. Als Höchstpreis nannte er die Summe, die er gerade für sein Haus in der Boileau Avenue akzeptiert hatte. Da er keine Hypothek mehr am Hals hatte, brauchte er sich keine Mühe zu geben, Geld zu sparen.
Terry Sworder befaßte sich mit einem seiner Computer und war nicht im Büro, während Graham seine Anrufe erledigte; Graham nutzte die Abwesenheit des jungen Mannes aus (obwohl er nicht ganz wußte, weshalb er auf Terry Sworders Meinung Wert legen sollte), um auch noch Einkäufe zu erledigen.
Er besorgte einige Bögen verschieden körniges Sandpa-

pier, ein Paar Gummihandschuhe und einen Gezeitenplan von Portsmouth.
Dann ging er in die Tottenham Court Road und kaufte einen Anrufbeantworter. Von da aus nahm er die U-Bahn zum Green Park, ging zu Farlow's in Pall Mall und kaufte sich ein paar hohe Wasserstiefel, wie man sie zum Fischen braucht.
Bei einem Reisebüro machte er halt und holte sich einige Prospekte von den griechischen Inseln und Westindien. Außerdem kaufte er eine Flasche Pernod, eine Flasche Bailey's Irish Cream und eine Flasche Advocaat.
Er bezahlte bar.
Schließlich nahm er die U-Bahn zum Victoria-Bahnhof und deponierte seine Einkäufe in einem Schließfach.
Mittlerweile war es nach zwölf, und so fuhr er mit einem Taxi zum Büro zurück. Donnerstags um Viertel nach zwölf hatte Robert Benham einen Squashplatz gemietet.

Im Untergeschoß des Crasoco-Hochhauses gab es zwei glasgerahmte Squashplätze. Graham ging wie zufällig vorbei, um sicherzugehen, daß Benham wirklich spielte. Ja, da war er, geduckt und völlig konzentriert; seine Beine und Arme waren erstaunlich behaart. Er spielte Squash, so wie er auch alles übrige tat, mit Leistungsfähigkeit, Aggression und totaler Konzentration.
Graham schlenderte zum Umkleideraum. Auf beiden Plätzen hatten sie gerade zu spielen begonnen, also war niemand da. Vier Kleiderhaken waren belegt.
Er erkannte sofort Robert Benhams lederbesetztes Jackett und die Jeans und griff in die Hosentaschen.
Gut. Benham hatte, wie die meisten Menschen, zwar seine Brieftasche, jedoch nicht seinen Schlüsselbund mit auf den Platz genommen. Graham sah ihn schnell durch, fand den gewünschten Schlüssel, schrieb sich die Seriennummer auf und steckte den Schlüsselbund wieder in die Jeans zurück.
Dann begab er sich gemächlich zum Mittagessen in die Kantine.

Nach dem Mittagessen ging er zu einer kleinen Schlosserei am Ende der Carnaby Street.
Der Mann hinter dem Ladentisch war alt und hatte buschige Augenbrauen.
»Führen Sie Schlüssel für Vorhängeschlösser der Marke Robsons?« fragte Graham.
»Ja.«
»Wir haben eines am Garagentor«, log Graham leichthin. »Meine Frau ist eben fortgefahren und hat den Schlüssel verloren. Er fiel ihr ausgerechnet in einen Gully. Stellen Sie sich das vor. Ich habe keine Lust, den durchzuwühlen. Es ist ein Vorhängeschloß.«
»Welche Seriennummer hat der Schlüssel denn?«
Graham nannte sie, und der Mann fertigte den Schlüssel an.
Ganz einfach.
Doch als Graham den Laden verließ, fühlte er sich leicht ernüchtert. Er brauchte nicht so dick aufzutragen, sollte seine gehobene Stimmung eher zügeln. Es war nicht nötig, daß er so ausführlich log. Die Bemerkung über seine Frau war überflüssig und, in Anbetracht der Umstände, sogar dumm.
Es klang wie das Echo eines Sportlehrers in der Schule, als er zu sich selbst sagte: »Vorsicht, Marshall, Vorsicht.«

Am Abend traf er sich mit Stella in einem Restaurant in der Nähe des Holland Parks, sozusagen auf neutralem Boden und auch außer Schußweite der Angestellten von Crasoco.
Als sie den Kaffee bestellten, fragte der Ober: »Darf ich Ihnen einen Likör bringen, Madam?«
»O ja«, sagte Stella. »Ich glaube, ich nehme einen ... Bailey's Irish Cream bitte.«
Braves Mädchen, dachte Graham, braves Mädchen.

21 Graham Marshall hielt sich während der darauffolgenden Tage betont zurück. Er arbeitete ruhig und vertraute darauf, daß dieses Verhalten als Trauer ausgelegt würde. Er vermied jeden Zusammenstoß mit Robert Benham und beugte sich unterwürfig dem Willen des anderen, als ein paarmal doch Streit drohte.

Zu Hause veranstaltete er einige kleinere Experimente, doch die meiste Zeit sah er fern und verzehrte Fertiggerichte zum Mitnehmen. Da er für das Haus ein verbindliches Angebot hatte, sah er keinen Grund, es sauber zu halten.

Er merkte, daß er einen Fehler gemacht hatte, als ihn Charmian am Donnerstagabend anrief. Aus ihrem Ton hörte er ganz deutlich heraus, daß er schon Anfang der Woche hätte anrufen sollen, um sich nach Henry und Emma zu erkundigen. Graham murmelte was davon, daß er in schlechter Verfassung wäre und nicht wollte, daß sich seine Depression auf die Kinder übertrug, obwohl er genau wußte, daß Charmian, die so tief in sein Inneres hineinschauen konnte, das nicht glauben würde. Er sprach mit Henry und Emma und hörte ihnen wie entfernt verwandten Kindern zu, die er nicht mehr gesehen hatte, seit sie Babies waren. Ihr Benehmen war höflich und distanziert, doch relativ vergnügt. Anschließend sprach er wieder mit Charmian und verabredete mit ihr, daß sie am Samstagmorgen den Großteil der Sachen abholen würde, der noch von den Kindern hier war.

Er wußte, warum er diesen Fehler gemacht hatte, und gab sich selbst das Versprechen, in Zukunft vorsichtiger zu sein. Es war einfach so, daß die Kinder bei seinen Überlegungen keine Rolle mehr spielten. Er hatte sie genauso gründlich aus seinem Leben gestrichen, wie er es mit Merrily in den Wochen vor ihrem Tod getan hatte. Doch schon wieder konnte die Realität mit seinen vorauseilenden Gedanken nicht Schritt halten. Henry und Emma existierten noch, und er mußte sich damit abfinden, daß er immer noch ihr Vater war. Er durfte nicht abrupt mit ihnen brechen, sondern mußte den Kontakt langsam einschlafen

lassen. Sein Verhalten mußte so erscheinen, wie man es landläufig als ›normal‹ bezeichnet. Jede auffällige Gefühllosigkeit mußte vermieden werden. Die Umwelt setzte gewisse Erwartungen in ihn, und solange er den Regeln der ›Norm‹ entsprach, würde man ihn sich selbst überlassen. Deshalb entschied er sich auch, so zu tun, als mache er sich um seine Schwiegermutter Sorgen.
Lilian war nun nicht mehr beim Arzt des Krankenhauses, sondern beim Hausarzt in Behandlung; gerade als der junge Mann seine Abendsprechstunde schließen wollte, rief Graham an. O ja, natürlich, Mrs. Hinchcliffe. Das müde Gehirn des Arztes vergegenwärtigte sich ihren Fall unter den Hunderten von Fällen, mit denen er sich an diesem Tage befaßt hatte. Ja, er konnte Mr. Marshalls Besorgnis verstehen. Doch, sie befand sich auf dem Wege der Besserung. Ja, er würde sich mit dem Sozialhelfer in Verbindung setzen. Und wie ging es Mr. Marshall selbst? Fühlte er sich schon besser? Konnte er gut schlafen? Gab er sich seiner Trauer hin?
Graham versicherte dem Arzt mit passend gedämpfter Stimme, daß seine Fähigkeit zu trauern Fortschritte machte.

Am Freitagvormittag ging er zu George Brewer. Stella blickte auf, als er das Vorzimmer betrat, und erhob sich bei seinem Anblick zögernd, vielleicht in Erwartung eines Kusses.
Mit einer komplizenhaften Geste legte Graham den Finger an die Lippen.
Stella lächelte und nickte.
»Bleibt es bei morgen?«
Sie nickte wieder.
»Ist der Alte drin?«
Das Gespräch nahm eine dienstliche Wende und ersparte ihr weitere Pantomimen. »Ja.«
»Ist jemand bei ihm?«
»Nein. In den letzten Tagen selten. Auf den Cocktailparties klopfen ihm alle möglichen Leute vom Management stän-

dig auf die Schultern, und in der Abteilung ist er absolut sich selbst überlassen.«

Graham lächelte, ging zur Tür seines Chefs, klopfte einmal und trat ein.

George Brewer blickte schuldbewußt auf. Er hatte gerade mit den schwebenden Newton-Kugeln auf seinem Schreibtisch gespielt. Als er zum Leiter der Personalabteilung ernannt worden war, hatten ihm seine Kollegen dieses ›Managerspielzeug‹ zusammen mit einer witzigen Karte geschenkt, auf der stand: ›Damit können Sie sich beschäftigen, wenn Sie nichts zu tun haben‹. Jetzt waren diese Worte nur allzu treffend.

»Oh, Graham.« Georges Hände beeilten sich, ein Rundschreiben aus seinem Eingangskorb zu ziehen. Er sah aus wie ein Schuljunge, der beim Onanieren erwischt worden war. Schweiß glänzte auf seiner Stirn. Sein Jackett hing über der Rückenlehne seines Stuhls; auch sein Hemd war unter den Achseln schweißnaß. Im ganzen Raum hing der abgestandene Geruch von Angst.

»Morgen, George. Wie geht es Ihnen?«

»Nun, wissen Sie ...«.

»Haben Sie heute wieder so eine stinklangweilige Abschiedsfeier?«

»Nein ... nein ... heute nicht.« Die Bedeutung der Worte schien über Grahams Frage hinauszugehen. Dann fügte der alte Mann eifrig hinzu: »Ich weiß nicht, ob Sie Lust auf ein Glas in der Mittagszeit haben ...?«

»Tut mir leid. Ich muß einige Einkäufe erledigen.«

»Ah.« George Brewer sank wieder in sich zusammen.

»Eigentlich wollte ich etwas mit Ihnen besprechen ...«

George sah überrascht auf. Es kam kaum vor, daß jetzt noch jemand etwas mit ihm besprechen wollte.

»Ja. Robert bat mich um einen Bericht über die Verhandlungen mit den Gewerkschaften. Sie wissen schon, dieser langweilige Kram wegen der Reisespesen für Mitarbeiter des Bürodienstes.«

»O, ja.« Der alte Mann sah immer noch verwirrt drein.

»Ich habe an den Verhandlungen teilgenommen, und Ro-

bert möchte, daß ich alles auf den neuesten Stand bringe. Sie kennen sich da doch aus ...«
»Na ja.«
»Ich bin jetzt fertig, aber ich dachte, Sie sollten einen Blick drauf werfen, bevor ich den Bericht Robert vorlege.«
»Ja, gern.« Das ›gern‹ klang außerordentlich dankbar. Es war schon sehr lange her, seit George um Rat gefragt worden war. In den letzten Jahren hatte Graham mehr und mehr die Routinearbeiten selbst erledigt, und seit Robert Benhams Beförderung verkündet worden war, ging kein wichtiges Schriftstück mehr über Georges Schreibtisch.
In Wirklichkeit war Grahams Bericht unwichtig. Er gehörte zu den Dingen, die George in seinen besseren Tagen mit einem lässigen ›Gott, *das* muß ich nun wirklich nicht sehen‹ von sich gewiesen hätte.
Doch da er nun von allem Wichtigen ausgeschlossen war, stürzte er sich eifrig auf jede Gelegenheit, die Illusion aufrechtzuerhalten, er wäre noch von Nutzen.
Er beugte sich über das Schriftstück. Graham griff sich einen Stift und stellte sich hinter seinen Chef; nahe genug, daß er den beißenden Zigarettenrauch in die Augen bekam. Mit dem Stift deutete Graham auf einen bestimmten Paragraphen. »Darum geht es eigentlich. Bisher haben wir die Vereinbarung noch nicht unterzeichnet, doch ich glaube, wir können es so annehmen, meinen Sie nicht auch?«
»Nun, ... lassen Sie es uns schnell durchgehen.« Da er jetzt die Verantwortung trug, wollte George sichergehen, daß er auch jedes Wort gelesen hatte. Er beugte sich tiefer über das Dokument.
Graham griff schnell in die Innentasche des Jacketts, das über dem Stuhl hing. Er zog George Brewers Brieftasche heraus und steckte sie in seine eigene Jackentasche.

Es war riskant, doch in seinen Augen ein geringes Risiko. Außerdem begann er am Nervenkitzel Gefallen zu finden. Momente wie seine Begegnung mit Kriminalinspektor Laker hatten ihm zwar angst gemacht, doch die Erleichterung danach war wunderbar. Durch die Gefahr fühlte er

sich noch mehr als Profi. Wenn er bei derartigen Provokationen einen kühlen Kopf behalten konnte, war er offensichtlich auf dem richtigen Weg. Er hatte sich absolut in der Gewalt; er segelte lediglich hart am Wind.
Bei diesem Bild dachte er an Robert Benham und lächelte.
Er hätte George Brewers Brieftasche nicht zu nehmen brauchen. Nicht daß er Angst hatte, man könnte ihn mit dem Diebstahl in Verbindung bringen, aber er erhöhte dadurch die geringe Gefahr, daß Benhams Tod mit Crasoco in Zusammenhang gebracht wurde. Graham wußte, daß es in mancher Hinsicht besser gewesen wäre, wenn er die Brieftasche eines Unbekannten gestohlen hätte.
Doch darin lagen ebenso viele Gefahren, wenn nicht noch mehr.
Erstens war da das Diebstahlproblem. Er besaß kein Talent als Taschendieb, und es wäre beschämend, dabei erwischt zu werden. Auch konnte er nicht für den Inhalt einer anonymen Brieftasche garantieren. Da er sie nach Gebrauch nicht einfach zurückbringen konnte, war es sehr wahrscheinlich, daß der Diebstahl angezeigt wurde.
Ausschlaggebend war jedoch, daß er keine ihm unbekannte Unterschrift nachmachen konnte, ohne erst stundenlang zu üben.
George Brewers Unterschrift hingegen beherrschte er im Schlaf.

Graham Marshall nahm die U-Bahn zum Marble Arch; das war wohl weit genug weg, um Anonymität zu wahren. Von da aus war es zu einer Autovermietung nicht mehr weit.
»Ja?« fragte ein Mädchen in Dienstkleidung hinter dem Tresen und lächelte geflissentlich.
»Guten Tag. Ich möchte einen Wagen übers Wochenende mieten.«
»Selbstverständlich, Sir. Das wäre also für drei Tage?«
»Ja. Wenn es möglich ist, würde ich ihn gerne gleich haben und ihn am Montag zurückbringen.«

»Gut. Was für ein Auto hätten sie gerne?«
»Ein relativ kleines. So etwas wie einen Ford Escort. Hängt vom Preis ab.«
Das Mädchen rasselte eine Liste von Modellen und Preisen herunter. Graham suchte sich einen Vauxhall Chevette aus. Das Mädchen begann ein Formular auszufüllen.
»Sagen Sie mir bitte Ihren Namen, Sir?«
»George Brewer.«
»Ich brauche noch Ihren Führerschein.«
»Ja, natürlich.« Er zog Georges Brieftasche hervor und legte den Führerschein des alten Mannes auf den Tresen.
»Keine Eintragungen, Sir?«
Ein scheußlicher Moment. Er hatte keine Ahnung von George Brewers Vergangenheit als Autofahrer, sagte aber zuversichtlich: »Nein«, was glücklicherweise durch den Ausweis nicht widerlegt wurde.
»Die Adresse im Führerschein ist immer noch gültig, Sir?«
»Ja.«
»Wie möchten Sie bezahlen, Sir? Mit Scheck oder Kreditkarte?«
Er hatte das durchdacht. Es kam nicht in Frage, daß er Georges Scheckbuch stahl oder eine seiner Kreditkarten benutzte, da es Belege über die einzelnen Transaktionen geben würde.
»Nein, ich bezahle bar.«
»Gut, Sir, wir verlangen fünfzig Pfund als Hinterlegungssumme und rechnen dann ab, wenn Sie den Wagen zurückbringen.«
Fein. Er griff wieder in Georges Brieftasche und geriet abermals in eine scheußliche Lage. Er hatte am Morgen genügend Geld für die Kaution eingesteckt, jedoch vergessen, die Scheine aus seiner eigenen Brieftasche in die andere zu tun.
Egal. Das Mädchen schien in das Formular vertieft zu sein. Graham zog seine Brieftasche hervor, entnahm ihr die Fünf-Pfund-Noten und steckte sie wieder in seine Tasche.

Als er wieder aufsah, starrte ihn das Mädchen an. Verdammt. Er erregte Aufmerksamkeit, das letzte, was er wollte.

»Tut mir leid«, entschuldigte er sich mit einem schwachen Lachen. »Ich bin nur schlecht organisiert.«

Der Gesichtsausdruck des Mädchens entspannte sich, als er die Scheine auf den Tresen zählte. »Oh, Mr. Brewer, wenn Sie bar bezahlen, brauchen wir außer dem Führerschein noch irgendeinen anderen Ausweis.«

»Ja, natürlich.« Er öffnete George Brewers Brieftasche und griff nach den Kreditkarten. Er zog etwas hervor und betrachtete es.

Es war eine Fotografie der verstorbenen Mrs. Brewer. Er spürte, daß er rot wurde, als er sie zurücksteckte. »Verdammte Dinger. Kleben so.«

Es gelang ihm, eine American-Express-Karte rauszuziehen. »Genügt das?«

»Das ist mehr als genug«, antwortete sie lächelnd in Parodie auf die Werbekampagne. Sie schrieb die Nummer der Karte auf.

Zehn Minuten später bog Graham Marshall in einem hellblauen Vauxhall Chevette um Hyde Park Corner. Er fuhr die Park Lane hinunter und stellte den Wagen in einer Tiefgarage ab. Dann fuhr er mit der U-Bahn vom Marble Arch zum Oxford Circus zurück.

Als Graham mit einem Papier in der Hand hereinkam, war Stella gerade vom Mittagessen in ihr Büro zurückgekommen und kämmte sich.

»Hallo«, sagte er. »Ich hatte noch eine kleine Änderung an diesem Bericht. Ich möchte ihn George zeigen. Ist er drin?«

»Ich denke, er ist noch in der Bar. Er ist ziemlich aufgeregt.«

»Warum denn?«

»Hat seine Brieftasche verloren.«

»O nein!«

»Er ist ganz durcheinander. Ich habe ihn gefragt, ob er sie

nicht zu Hause gelassen haben könnte, doch er sagte nein, er hat seine Monatskarte heute morgen noch im Zug gebraucht.«
»Hm, vielleicht ist sie ihm aus der Tasche unter den Schreibtisch gerutscht?«
»Ich hab' alles abgesucht und nichts gefunden.«
»Er hat wirklich Pech.«
»Ja. Gott weiß, was aus ihm wird, wenn er endgültig im Ruhestand ist.«
»Ich fürchte, er gehört zu denen, die innerhalb eines Jahres sterben.«
»Hm.« Sie zeigte auf das Blatt Papier. »Soll ich es ihm zeigen?«
»Bemüh dich nicht. Ich lege es auf seinen Schreibtisch, dann hat er es, wenn er zurückkommt.«
Graham sah sich im Chefzimmer um. Es gab wenig Verstecke, wo Dinge unbemerkt liegen konnten. Er betrachtete den Papierkorb, doch der war leer, und die Vorstellung, daß die Brieftasche zufällig reingefallen sein könnte, war doch zu weit hergeholt. Blieb die Möglichkeit, sie in eine Schublade zu legen, doch auch das warf Fragen auf.
Er durfte nicht zu lange hier drin bleiben. Und einfach mit der Brieftasche in der Hand zu Stella hinausgehen und ihr sagen, er hätte sie gefunden, brachte ihn in zu enge Verbindung mit ihrem Verschwinden.
In Georges derzeitiger Verfassung war es allerdings wahrscheinlicher, daß er sich selbst die Schuld gab, als daß er irgendeine Fremdbeteiligung vermutete. Graham schob die Brieftasche seitlich unter das Stuhlkissen seines Chefs.
Stella lächelte, als er rauskam.
»Bis morgen«, sagte Graham und zwinkerte ihr zu.

22 Das Essen war gut über die Bühne gegangen. Er hatte seine Kochkünste nicht überfordert. Mit zwei großen Filetsteaks konnte er fertig werden. Gegrillte Champignons brachte er ebenfalls zustande. Salate und Käsekuchen hatte er aus dem hiesigen Feinkostgeschäft geholt.

Dazu tranken sie einen Mouton Rothschild. Stella hatte keinen Bemerkung darüber gemacht, daß Graham nur ein Glas trank. Entweder sie hatte es nicht bemerkt oder sie hielt es für das verantwortungsbewußte Verhalten eines Mannes, der eine Verführung plante. Sie wußte auch nicht, daß er in dem Pub, in dem sie zuvor gewesen waren, ebenfalls keinen Alkohol angerührt hatte. Zweimal hatte sie ihn von der Bar mit zwei großen Gin und Tonics zurückkommen sehen, ohne zu ahnen, daß sich in seinen Drinks kein Gin befand. Graham wollte in dieser Nacht der Nächte seine Sinne wach halten und auch nicht das kleinste Risiko eingehen, sich einem Alkoholt-Test unterwerfen zu müssen.

Stella war auch kommentarlos darüber hinweggegangen, daß sie einen Pub besuchten, in dem Graham bekannt sein mußte. Er unterhielt sich angeregt mit dem Wirt, obwohl ein derartiges Verhalten keineswegs zu seinem Wunsch nach Geheimhaltung ihrer Beziehung paßte, worauf er zu Beginn der Woche noch so großen Wert gelegt hatte. Wahrscheinlich störte sie der Widerspruch nicht. Sie war schlicht erleichtert, ihn bei offenbar guter Laune zu finden.

Während des Essens hatte er von Merrily gesprochen. Er hatte Stella gegenüber deutlich gemacht, daß ihre Ehe schon lange keine Ehe mehr gewesen war, und ihr erklärt, in welche innere Verwirrung ihn der Tod seiner Frau gestürzt hatte. Selbstverständlich war er geschockt, und doch konnten seine Gefühle des Bedauerns nicht das Wissen unterdrücken, daß ihre Ehe nicht funktioniert hatte. Zwischen all seinen anderen Emotionen tauchte ein Hoffnungsschimmer auf, der Gedanke, daß ihm ein zufälliger Schicksalsschlag die Chance eröffnet hatte, sein Leben

neu zu beginnen. Die Richtung des Gespräches, zusammen mit Händchenhalten und der angemessenen Ration seelenvoller Blicke, ließ keinen Zweifel an dem Ziel dieses Abends.
Graham wußte, daß er ein Risiko einging. Stella so kurz nach Merrilys Tod zu umwerben, konnte rückwirkend als Motiv für den Mord an seiner Frau interpretiert werden. Doch das Wort ›Mord‹ war nie ausgesprochen worden, Lilians hysterischer Brief ausgenommen, und Graham war vollkommen sicher, daß der Fall nach dem Besuch von Kriminalinspektor Laker abgeschlossen war. Außerdem stellte er erneut fest, daß eine leise Gefahr ihn angenehm erregte.
Als sich Stella das letzte Stückchen Käsekuchen in den Mund schob, erhob sich Graham vom Tisch und sagte: »Gehn wir ins Wohnzimmer. Ich mach' Kaffee.«
Stella rekelte sich in einladender Manier auf dem Sofa, als Graham zu dem Barfach hinüberging. »Schau, ich hab' was Spezielles für dich. Ich weiß ja, daß du so was magst.«
Er hielt eine unangebrochene Flasche Bailey's Irish Cream in die Höhe.
»Oh, du bist ein Engel, Graham.«
Er holte ein Glas und fummelte an dem Metallverschluß der Flasche herum. »Verdammt. Ich möcht wirklich mal wissen, wer diese Dinger entwirft. Kriegt man nie auf. Ich hol ein Messer aus der Küche. Den Kaffee schwarz oder mit Sahne?«
In der Küche tropfte die Kaffeemaschine nur noch zögernd, der Kaffee war fast durchgelaufen. An der Wand hing das Collage-Bild eines Mädchen, aus farbigen Samenkörnern gebastelt. Emma hatte das aus der Schule mitgebracht. Für Graham war es eine merkwürdige Erinnerung daran, daß einst Kinder in diesem Haus gewohnt hatten. An diesem Morgen waren Emma und Henry zusammen mit Charmian gekommen und hatten ihre Sachen abgeholt. Es schien Jahre zurückzuliegen.
Er schaute auf seine Uhr. Zwanzig nach zehn. Genau nach Plan. Wenn nur alles andere auch so funktionierte.

Er war immer noch sehr zuversichtlich. Leise summte er vor sich hin, als er den Umschlag vom Küchentisch nahm. Problemlos öffnete er die Flasche mit Irish Cream. Dann schüttete er das Pulver aus dem Umschlag in das Glas. Drei Tabletten. Er war versucht gewesen, mehr zu nehmen, hatte sich dann aber an die warnenden Worte des Arztes erinnert. Hier durfte er das Risiko eines Unfalls nicht eingehen, dachte er.

Er schenkte den dickflüssigen, cremigen Likör in das Glas und rührte den Inhalt mit einem Löffel um. In der Woche hatte er zuvor schon damit experimentiert und keinen Beigeschmack feststellen können.

Er warf den Briefumschlag weg und stellte zwei Kaffeetassen auf das Tablett. Er nahm ein Whiskyglas, goß zwei Fingerbreit kalten Tee hinein, den er zu diesem Zweck aufgehoben hatte, und fügte dann wegen des Geruchs einen kleinen Schuß Whisky hinzu.

Er stellte die Whiskyflasche und die Flasche mit Bailey's Irish Cream auf das Tablett und kehrte ins Wohnzimmer zurück.

Er wartete ab, bis Stella ihren Likör halb ausgetrunken hatte, bevor er sie küßte. Es war ein seltsames Gefühl. Die Lippen, die sich auf die seinen preßten, waren anders, fleischiger, feuchter als die von Merrily, aber das war nicht die Ursache dieses seltsamen Gefühls. Das Küssen selbst schien seltsam, genau wie die Tatsache, daß er einmal Kinder gehabt hatte, nun nur mehr eine ferne Erinnerung aus einem anderen Leben. Seine Zunge machte sich auf eine pflichtgemäße kleine Erkundungstour, und seine Hand, mehr von ihrer Erwartung als von seinem Instinkt geleitet, schob sich zu ihrer Brust hoch. Mit dem anderen Arm umfaßte er Stella, hielt ihren Nacken in der Beuge seines Ellbogens.

In dieser Position konnte Graham seine Uhr sehen. Zwanzig vor elf. Die Zeiteinteilung wurde etwas kritischer.

Wenn alles klappen sollte, mußte er gegen oder kurz nach Mitternacht aufbrechen.

Stellas Hände massierten seine Schultern, schoben sich

dann zu seinem Nacken hoch und hielten seinen Kopf fest, damit ihre Zunge Gelegenheit bekam, ihr eigenes Können vorzuführen. Er hatte nie große Zweifel an ihrer Reaktion gehabt, und jetzt zeigte sich, daß seine Zuversicht berechtigt gewesen war.

Graham empfand nichts. Sein Geist schwebte über seinem Körper und blickte leicht verächtlich auf diese Possen herab. Sein Penis hing schlaff und uninteressiert nach unten.

Stella zog ihr Gesicht etwas zurück und schaute ihn an. Ihre Augen waren nicht feucht vor lauter Romantik, sondern schelmisch. Sie wußte, worum es ging, und hatte ihre Zustimmung gegeben.

Graham hätte nun etwas sagen müssen, aber er wußte nicht, was.

Stella gähnte. Gut, gut, dachte er.

Das war der Anstoß, der ihn zum Sprechen brachte. Er entschied sich für eine besorgte, zögende Stimme.

»Trinken wir aus und gehn nach oben?«

Stella nickte schnell und leerte ihr Glas. Sie leckte sich die Lippen. »Schmeckt ein bißchen komisch.«

Eilig verlagerte er seine Hand von ihrer Brust auf ihren Oberschenkel, was ihre Gedanken ausreichend ablenkte.

Dann nahm er ihre Hände, und sie erhoben sich. Sie preßte ihren Körper gegen den seinen. Er wich etwas zurück, um seine mangelde physische Reaktion zu verbergen. »Gehn wir hoch«, murmelte er heiser.

Am Treppenabsatz deutete er auf das Badezimmer. »Mußt du mal?«

»Nein, jetzt nicht.«

»Wer weiß, wann du wieder dazu kommst?« sagte er. Es klang provokativ, versprach unablässige sexuelle Aktivität, und genauso sollte es auch klingen. Die wirkliche Motivation hinter dieser Bemerkung war mehr pragmatischer Natur. Er wollte nicht, daß Stella unter dem Druck einer vollen Blase nachts aufwachte.

Sie lächelte. »Okay. Du mußt es ja am besten wissen.«

Als sie im Bad verschwand, unterdrückte sie ein weiteres Gähnen.
Graham knipste die Nachttischlampe an, die einen gedämpften Schein von sich gab. Er schaute auf den Radiowecker auf seiner Seite. 11:02. Bis jetzt lief alles planmäßig. Die nächste Stunde war die kritische Zeitspanne.
Er zog die Schuhe aus und legte sich auf das Doppelbett. Er hatte das Gefühl, er müßte nun an Merrily denken, aber das Bild seiner Frau war schon zu verblaßt.
Stella kam ins Zimmer. Die Vorderseite ihres Kleides war in einer Weise bis zur Taille aufgeknöpft, die, wie Graham erkannte, verführerisch wirken sollte. Sie streckte die Arme nach hinten, reckte ihre Brüste vor und gähnte.
»Oh, ich fühl' mich so müde.«
»Gähnen ist eine nervöse Reaktion. Die Erwartung«, sagte Graham und streckte ihr die Arme entgegen.
Sie grinste und plumpste neben ihm ins Bett. »Also ich möcht' wirklich wissen, auf was du aus bist...«, sagte sie mit geziert unschuldiger Kleinmädchenstimme.
Urplötzlich zuckte Haß in Graham hoch. Das war Merrilys Stil, das waren die Worte, die Merrily gebraucht hätte. Auf einmal brachte er dieser neuen Frau die gleichen Gefühle entgegen, wie er sie in den letzten Jahren für seine Frau empfunden hatte. Als Stella auf das Bett sackte, stürzte er sich über sie, während seine Hände nach ihrem Hals griffen.
»He, langsam, langsam!«
Mit einer Willensanstrengung zwang er seinen Körper zur Entspannung.
Die Panik verschwand aus Stellas Augen. »Was machst du denn, Graham?«
Er lächelte jungenhaft, den Schock in seinem Inneren unterdrückend. Die Wucht dieses plötzlichen Hasses hatte ihn erschreckt. Er hätte Stella umbringen können, und er gab sich keinen Illusionen hin, wie leicht es gewesen wäre, diesem Impuls nachzugeben.
»Sorry«, murmelte er mit Schuljungenstimme. »Bloß die Hitze der Leidenschaft.«

Dann rollte er sich von ihr, wiederum bevor seine fehlende Erektion seine Worte Lügen strafen konnte, und blieb neben ihr liegen.

Seine Impotenz war beunruhigend. Nicht von der psychologischen Perspektive her – er fühlte sich dadurch nicht persönlich herabgesetzt. Sex bedeutete ihm nichts mehr, und dieses Wissen vermittelte ihm ein Gefühl der Verfeinerung, gab ihm eine asketische Überlegenheit über den Rest der Menschheit. Doch seine Impotenz bedrohte tatsächlich seine Pläne, und das war ernst.

Für diesen Abend hatte er vorgehabt, genau bis zu diesem Punkt zu gelangen und dann mit Stella zu schlafen. Die Erregung des Geschlechtsverkehrs und die darauffolgende Schläfrigkeit würden ihr kaum bewußt werden lassen, daß sie plötzlich in Schlaf sank. Doch wenn er es nicht zustande brachte …

Aber er durfte die Möglichkeit noch nicht ganz abschreiben. Vielleicht ließ sich mit etwas mehr Stimulation doch noch etwas erreichen. Er beugte sich zu ihr hinüber und begann die restlichen Knöpfe ihres Kleides zu öffnen. Während er das tat, entwickelte er einen Ausweichplan, falls sich Sex als unmöglich erweisen sollte.

»Wie Weihnachten«, murmelte er. »Die Geschenke werden ausgepackt.«

Sie lächelte und griff nach dem obersten Knopf seines Hemdes. Ein Gähnen unterdrückend fragte sie, wieder mit dieser Babystimme, »Und was hat der Weihnachtsmann mir mitgebracht?«

Nicht das, was du dir wünschst, dachte Graham, den Ärger unterdrückend, den ihre Affektiertheit in ihm auslöste.

Wenn zwei Menschen sich gegenseitig entkleiden, während sie nebeneinander liegen, ist das nicht sehr wirkungsvoll, und es dauert lange, was Graham eingeplant hatte. Von Minute zu Minute gähnte Stella immer heftiger, und ihre Augenlider zitterten mit zunehmender Häufigkeit.

Aber schließlich blieben nur noch die Unterhosen übrig, und vor Stellas tastenden Fingern ließ sich nichts mehr verbergen. Graham rollte sich zur Seite und setzte sich auf

den Rand des Bettes, den Rücken ihr zugedreht, als wollte er seine Scham verstecken. Plan B war reif.
»Tut mir leid«, verkündete er mit gebrochener Stimme. »Es ist zu früh.«
»Zu früh?«
»Zu früh nach Merrily. Es ist nicht so, daß ich dich nicht begehre. Gott weiß«, log er, »wie sehr ich dich begehre. Es ist bloß ...«
»Mach dir deswegen keine Sorgen.« Er spürte Stellas Hand auf seiner Schulter, die ihn herumzog. Wieder schoß heiß die Flamme der Wut in ihm hoch, die er nur mit Mühe zum Verlöschen brachte. Er wandte sich ihr zu, zeigte ihr ein beschämtes Gesicht. Sie war jetzt ganz und gar mütterlich; ihre Arme drohten ihn zu ersticken. »Ist ja gut. Das war doch zu erwarten. Schmusen wir nur ein bißchen. Dann wirst du dich gleich besser fühlen. Du brauchst Wärme, viel Wärme und ... Trost.«
Das letzte Wort wurde von einem gewaltigen Gähnen unterbrochen. Graham fügte sich und lag in ihren Armen. Plan B weiterverfolgend, faselte er eine Weile was davon, wie sehr er sich schämte, wie schrecklich, wie minderwertig, wie verächtlich er sich fühlte.
»Ja«, murmelte Stella in Abständen. »Ja ... das war doch zu erwarten. Ja ... ja ... natürlich ... mußt dir deswegen keine Sorgen machen ... ja ...«
Die Intervalle zwischen den einzelnen Worten wurden länger, und dann kamen überhaupt keine Worte mehr. Ihr Atemrhythmus wurde tief und schwer. Ihr Mund klappte auf, und bei jedem Atemzug ertönte ein sanfter, vibrierender Resonanzton.
Graham schaut auf den Radiowecker. 11:43. Gut.
Bewegungslos wartete er noch einige Minuten ab. Dabei betrachtete er Stellas Gesicht, das ihm ganz nahe war. Er sah jede Pore, wie unter einem Mikroskop. Er sah die dunklen Härchen, die an ihren Mundwinkeln und aus ihren Ohren sprossen. Zwiebelduft von den Salaten wurde ihm ins Gesicht gehaucht. Stellas Körper zuckte ein paarmal im Schlaf.

Graham wußte, daß er sie ohne jedes Zögern töten würde, wenn irgendwas schiefging. Mehr als das, er würde es mit ausgesprochenem Vergnügen tun.
Wieder ein Blick auf die Uhr. 11:54. Zeit. .
Vorsichtig löste er Stellas Arme von seinem Körper. Sie schauderte zusammen und rollte sich auf den Rücken. Die Vibrationen bei jedem Atemzug gingen in ein rauhes Schnarchen über. Er zog die Steppdecke unter ihr hervor, ohne daß sie darauf reagiert hätte, und deckte sie damit zu.
Schnell streifte er sich die alten Jeans, Hemd, Pullover und Sportschuhe über, die er sich hinter dem Stuhl bereitgelegt hatte.
Stella rührte sich nicht.
Er ging hinüber zum Radiowecker und drückte den Knopf für die Stunden durch zweiundzwanzig Zahlen. Als in dem kleinen Fensterchen »9:59« zu lesen war, ließ er den Knopf los.
Dann löschte er das Licht neben dem Bett. Das Klicken des Schalters veränderte den schweren Rhythmus von Stellas Schlaf nicht.
Er schlüpfte zur Haustür hinaus und marschierte die Viertelmeile zu der Stelle, wo er den Vauxhall Chevette geparkt hatte.
Neun Minuten nach zwölf war er unterwegs und fuhr in südwestlicher Richtung aus London hinaus.

## 23

Er nahm die A3 nach Milford und dann die A286 durch Haslemere und Midhurst nach Chichester. Zu dieser Nachtzeit war kaum Verkehr, doch auch dort, wo die Fahrbahn zweispurig war, fuhr er nicht schneller als sechzig. In dieser Nacht erregte er besser keine Aufmerksamkeit.
Er kam zügig voran, und kurz vor halb zwei verließ er die A27 und folgte der Beschilderung nach Bosham und Bos-

ham Hoe. Er bog zum Kai hin ab und parkte in einer Nebenstraße. Die hinteren Mauern der Gärten schützten ihn einigermaßen vor den Blicken der Neugierigen, die an Schlaflosigkeit litten, und er vermied so die auffällige Hauptdurchgangsstraße. Er wollte den Erfolg seines Planes nicht durch irgendein geringfügiges Verkehrsvergehen gefährden.
Bevor er aus dem Auto stieg, überprüfte er die Brusttaschen seines Hemdes. Neuer Schlüssel, eine Tube Klebstoff, einige kleine Streifen Schmirgelpapier, eine Anzahl Messer, Bohrer und Schraubenzieher. Und eine Schachtel Streichhölzer.
Vom Rücksitz zog er Wasserstiefel und Taschenlampe vor und stieg aus dem Wagen. Er machte die Tür zu und sperrte ab.
Sofort drang der Geruch von Seetang und Schlick in seine Nase. Bitte – zu seiner eigenen Überraschung betete er – bitte, lieber Gott, mach, daß ich die Gezeitentabelle richtig gelesen habe.
Wenn ja, dann war der Zeitpunkt für sein Abenteuer ideal gewählt. In Portsmouth war an diesem Abend um 18 Uhr 27 Flut gewesen. Es war Nippflut; eine Springflut wäre besser gewesen, überlegte er, aber man konnte nicht alles haben. Nach seiner Schätzung, die Zeitdifferenz für Bosham (bei Nippflut fünf Minuten), mußte der Tiefststand ungefähr um Viertel vor zwei erreicht sein.
Er zog den rechten Schuh aus und stieg in einen der Gummistiefel, wobei er sich gegen den Wagen lehnte. In dieser Nebenstraße waren keine Lichter zu sehen. Der Himmel war wolkig mit einem sehr kleinen Mond. Er hörte nichts weiter als das leise Rauschen des unsichtbaren Meeres und ein fernes, unablässiges Klappern, was er zuerst nicht identifizieren konnte, dann aber als das Schlagen von Metallteilen gegen die Masten der Boote erkannte.
Als er seinen Fuß in den Stiefel stieß, scharrte die Sohle über den Teerbelag der Straße. Nein, nicht hier. Jemand könnte das Geräusch seiner Schritte hören. Vorsichtig zog er seinen Schuh wieder an. Unnötige Risiken ausschließen,

genau das war es, was er tun mußte. Ruhig bleiben und unnötige Risiken vermeiden.
Er bog um die Ecke in die Hauptstraße und konnte das Flüßchen vor sich sehen. Der Tanggeruch war hier stärker, das Klappern von den Booten lauter. Ein paar Lichter leuchteten auf der gegenüberliegenden Seite, Lichter an den Booten blinkten, als sie sich in der Dünung bewegten. Ein Schild warnte ihn, daß die Straße bei Flut überschwemmt werden konnte.
Er ging nach links über den Strandkies, versuchte sich zu erinnern, wo *Taras Traum* vertäut war. Beim letztenmal waren er und Robert im Beiboot vom Kai aus herumgerudert, aber er erinnerte sich, daß er nachdenklich zum Ufer zurückgeblickt und versucht hatte, sich das umgekehrte Bild einzuprägen. Jetzt rief er sich diesen Bildausschnitt wieder ins Gedächtnis und versuchte, ihn so wie damals zu sehen.
Seine Schuhe machten kaum ein Geräusch auf dem Kies. Wieder war er froh, daß er die Wasserstiefel noch nicht angezogen hatte. Vermeide jedes Risiko. Er war auch froh, daß er die Taschenlampe noch nicht benutzt hatte. Seine Augen gewöhnten sich an die Dunkelheit.
Er schaute zurück zur Häuserfront. Ein Fenster im ersten Stock war erhellt, aber das war bereits bei seiner Ankunft der Fall gewesen. Kein Grund zur Beunruhigung. Seine Augen ahnten mehr den Bildausschnitt, als daß sie ihn sahen. Sein Annäherungswinkel schien korrekt.
Vor ihm nahmen die Umrisse eines Bootes Gestalt an. Wegen der Ebbe lag es mit leichter Schlagseite auf Grund, von Stützen aufrecht gehalten. Es hatte die etwas plumpe Form eines Segelbootes mit Kabine. Diese Form wirkte herrlich vertraut.
Zuversicht durchflutete ihn. Alles klappte wie am Schnürchen. Und das Boot lag praktisch auf dem Trockenen. Er würde die Gummistiefel gar nicht brauchen.
Er ging näher heran, aber das schwache Mondlicht reichte nicht aus. Er riskierte es, den Schein der Taschenlampe kurz auf das Namensschild am Bug zu richten.

*Kittiwake III.*
In plötzlicher Panik zuckte er zurück, wirbelte herum. Die Dunkelheit hatte keine weiteren tröstenden Umrisse zu bieten.
Sein Herz hämmerte, er fühlte sich ganz benommen. Einen Moment lang erwog er, die Sache abzubrechen. Es bestand keine Notwendigkeit, es unbedingt heute nacht zu machen. Viele andere Gelegenheiten würden sich noch bieten, um mit Robert Benham abzurechnen. Ganz plötzlich kam ihm der Gedanke, daß es vielleicht gar nicht nötig war, es überhaupt zu tun.
Dieser Gedanke schmeckte sofort verführerisch und verräterisch zugleich. Für einen Augenblick durchdrang er seinen ganzen Geist. Vergiß die letzten paar Monate, den Tod des alten Mannes, Merrilys Tod, sei dem Glück dankbar, daß beide Verbrechen unentdeckt geblieben sind, und belaß es dabei. Treib es nicht zu weit, Graham.
Für einige Sekunden war er beinahe davon überzeugt, aber dann spürte er eine wachsende Leere in seinem Inneren. Er hatte den Job nicht bekommen, hinter dem er so her gewesen war, er hatte weder Frau noch Kinder. Der Abend mit Stella hatte seine Impotenz ans Licht gebracht. Wenn er die Erregung des Mordens aus seinem Leben verbannte, was blieb dann noch? Einen Mord zu begehen, das vermittelte ihm ein Gefühl der Macht, ließ ihn auf ekstatische Weise seine eigene Identität spüren.
Nein, es wäre feige, jetzt aufzugeben. Und schlimmer als das, wenn er schon bei den ersten auftretenden Schwierigkeiten kapitulierte, dann deutete das auf Trägheit, auf mangelnde Zielstrebigkeit hin. Los, komm schon, du mußt es tun, wies er sich zurecht. Denk daran, wie sauber und ordentlich du Merrily beseitigt hast. Du bist gut, Graham, du bist gut.
Sein Atem beruhigte sich, wurde langsamer und gleichmäßiger. Er unterdrückte die panische Frage, wie gleichmäßig wohl Stella in diesem Moment atmete. Wenn er an die Risiken dachte, die er einging, dann konnte er auch gleich sofort aufgeben.

Langsam umrundete er den Rumpf der *Kittiwake III*. Sein rechter Fuß landete in einer Wasserpfütze, die sich um ihren Kiel herum gebildet hatte. Der Boden quatschte und gluckste unter seinen Füßen. Mit dem Rücken lehnte er sich gegen den Rumpf und zog die Wasserstiefel an, knüpfte die Riemen an seinem Gürtel fest. Seine Schuhe stellte er ordentlich neben das Boot, wie Slipper unter einem Bett.
Dann wagte er es vorauszublicken. Natürlich lagen da noch weitere Boote. Er hätte nicht in Panik verfallen dürfen. Natürlich würde er *Taras Traum* finden.
Er blickte zurück, spürte mehr die Umrisse der Häuser und die Position des Bildausschnitts. Zwei andere Boote lagen zu beiden Seiten von ihm, doch ihre Umrisse stimmten nicht; das eine war ein Motorboot, das andere ein gewaltiges Schlauchboot. Doch weiter vorn befand sich noch etwas.
Dieses Boot schwankte und ruckte im Sog der Gezeiten. Vorn lag der Kiel noch auf Grund, aber das Heck des Bootes bewegte sich.
Graham ließ seine Taschenlampe aufblitzen, nur um erneut enttäuscht zu werden. *Spray Queen*.
Doch dicht dahinter tauchte noch ein weiterer Schatten auf, der sich unter den plätschernden Wellen und dem Zug der Ankerkette gleichmäßiger bewegte. Graham versuchte mit Blicken die Dunkelheit zu durchbohren, aber er war sich nicht sicher.
Langsam ging er vor. Jeder Schritt erzeugte ein saugendes Geräusch, wenn er den Stiefel aus dem Schlick hob. Er trat ins Wasser, bis die Gummistiefel knöcheltief versanken.
Dann ließ er die Taschenlampe aufblitzen.
*Taras Traum*. Er hatte sie gefunden.
Das Boot schwamm eindeutig im Wasser, wenn auch nur ungefähr zwei Meter von ihm entfernt. Graham schaute auf die Uhr. 1:54. Er wünschte sich, er hätte mehr von der Gezeitentabelle verstanden und wüßte nun, ob das Wasser noch weiter absank oder schon wieder zu steigen begonnen hatte.

Aber darum konnte er sich jetzt nicht kümmern. Jetzt, wo er so nahe daran war, würde er die Sache auch zu Ende bringen. In zehn Minuten, so schätzte er, konnte er schon wieder auf dem Rückweg sein. Er trat einen Schritt vor.
Die Kraft der Strömung, die an seinen Beinen zerrte, überraschte ihn, aber er schaffte es, die Balance zu halten. Genauso verblüffend war, wie schnell der Grund abfiel und um wieviel das Boot weiter entfernt war, als es zuerst den Anschein gehabt hatte.
Er konzentrierte sich darauf, seine Füße richtig zu setzen. Er versuchte zu schlurfen, aber der Schlick war zu zäh, und so mußte er das Risiko eingehen, jeden Fuß anzuheben und dabei aus dem Gleichgewicht zu geraten. Sein Pullover war erstickend heiß; innen lief ihm der Schweiß auf die Hosen herab.
Endlich hatte er eine Hand am Boot und spürte die rauhe, rutschfeste Oberfläche unter seinen Fingern. Das war der Moment, in dem ihm einfiel, daß er seine Gummihandschuhe vergessen hatte.
Doch jetzt konnte ihn nichts mehr aufhalten. Er warf die Taschenlampe ins Boot, hörte sie drinnen auf den Holzplanken klappern und ging dann zum Heck, wo das Schiff am tiefsten im Wasser lag. Der obere Rand des Heckspiegels befand sich in Brusthöhe, die Wasseroberfläche in Höhe seiner Knie, obwohl die Wellen höher spritzten.
Sein erster Versuch, sich hochzustemmen, schlug fehl. Sein Körper rutschte zurück, ließ das Wasser zwischen dem Rumpf und seinem Brustkorb aufgischten. Er fühlte den Schock des kalten Wassers und schmeckte Salz auf seiner Zunge. Feuchtigkeit sickerte über den oberen Rand seiner Stiefel.
Beim zweiten Versuch hatte er Erfolg. Er wuchtete das Gewicht seines Körpers über den Heckspiegel und rutschte mit linkisch rudernden Beinen ins Boot.
Er drehte sich herum und lag nun auf dem Rücken, die Beine immer noch über dem Bootsrand. Er wollte sie gerade hereinschwingen, als ihm die Vorsicht Halt gebot. Schlammtritte überall auf dem sauberen Fiberglas und

den Bodenbrettern wollte er nicht als Signatur hinterlassen. Er löste die Bänder vom Gürtel und zog problemlos seine Beine heraus. Die Stiefel ließ er flach liegen, der Fußteil baumelte über das Heck.
Als er aufstand, löste die Bewegung des Bootes sofort eine leichte Übelkeit in ihm aus. In seinem Zustand höchster Anspannung bedurfte es nur eines kleines Anstoßes, um seekrank zu werden. Eine hübsche kleine Pfütze mit Erbrochenem als Visitenkarte zu hinterlassen, das war genau das, was er brauchte. Mühsam beherrschte er sich, griff unter den feuchten Pullover und holte den Schlüssel aus der Brusttasche seines Hemdes.
Gott, wenn er nicht paßte, nach all dem ... Er schwankte zur Kabinenluke vor und tastete mit der rechten Hand nach dem Vorhängeschloß. Seine linke Hand zitterte so sehr, daß er den Schlüssel nicht ins Schloß brachte. Er ließ ihn fallen und mußte im Schein der Taschenlampe die Bodenlatten absuchen. Er achtete darauf, die Taschenlampe auszuknipsen, bevor der Strahl über den Bootsrand strich. Jedes Risiko vermeiden.
Sich zur Ruhe zwingend, näherte er sich erneut dem Schloß. Der Schlüssel glitt in die Öffnung und klickte. Er drehte ihn. Ein weiteres Klicken, und das Vorhängeschloß sprang auf.
Tiefer Frieden überkam Graham. Alles würde gut werden. Alles würde doch noch wie geplant klappen.
Er schob den Riegel oben zurück, hob dann vorsichtig die vertikale Holzplatte heraus. Voller Erleichterung stellte er fest, daß seine Erinnerung daran, wie das Öffnen funktionierte, völlig korrekt gewesen war.
Jetzt fühlte er sich entspannt. In dem schwankenden Boot mühsam die Balance haltend, holte er die Taschenlampe und stieg dann hinunter in die Kabine.
Die winzigen Fenster waren mit Vorhängen versehen, also war nichts gegen den Gebrauch der Taschenlampe einzuwenden. Die Taschenlampe nach unten gerichtet, überflog er mit schnellem Blick den engen Raum. Vorne war die Nische mit den vier Kojen erhellt. Er zog den dicken Vorhang

vor, der die Nische von dem winzigen Kombüsenbereich trennte. Der Schein seiner Taschenlampe strich über einen Klapptisch, über Segelbeutel aus Nylon und die beiden Kochplatten, die über dem Leuchtgaszylinder montiert waren.

Er richtete die Taschenlampe auf die Luke über seinem Kopf. Genau so, wie er es in Erinnerung hatte. Die Fiberglasabdeckung glitt auf Holzschienen vor und zurück.

Es war perfekt.

Er schob die Luke probeweise zurück und wieder vor. Er hatte nun reichlich Zeit und wählte ohne Hast einen Streifen Schmirgelpapier aus, den er an die Unterkante der Luke klebte, knapp oberhalb der Schiene. Er schloß die Luke und markierte einen Punkt auf der Schiene, einige Zentimeter vor dem Sandpapier. Wieder schob er die Luke vor, nahm dann seinen Bohrer zur Hand und bohrte von oben ein sauberes Loch in die Schiene, genau an der Stelle, wo er sie markiert hatte. Er schob die Luke zurück, um die Gesamtanordnung zu überprüfen. Alles paßte.

Er griff in seine Hemdtasche und holte die Schachtel mit den Streichhölzern hervor.

Neues Entsetzen packte ihn, als er sie in der Hand hatte. Die Schachtel war feucht und weich. Er machte sie auf und riß ein Streichholz an der Seite der Schachtel an. Nichts. Vielleicht war nur die Reibfläche feucht. Er probierte ein Streichholz an seinem eigenen, trockenen Schmirgelpapier. Nichts. Er probierte noch eins und noch eins und noch eins.

»Verflucht! Verflucht!« schrie er in kindlicher Frustration. Er ließ die Streichhölzer fallen und sank weinend auf den Boden der Kombüse.

Ein Blick auf die Uhr brachte ihn schließlich wieder zur Vernunft. 2:17. Er mußte sich entweder etwas einfallen lassen oder schleunigst von hier verschwinden. Wenn Robert Benham am nächsten Morgen hier erschien und seinen Bürorivalen auf *Tara's Traum* vorfand, dann würde das ganz und gar nicht gut aussehen.

Robert Benham. Natürlich, Robert Benham war immer auf

Effizienz bedacht. Er war der Typ Mann, der dafür sorgen würde, daß auf seinem Boot alles Nötige vorhanden war.
Graham, eben noch ein zusammengesunkenes Häufchen Selbstmitleid, richtete sich auf und ging hinüber zu den Gasringen.
Guter alter Robert. Hinter dem blaumetallischen Rahmen steckte nicht nur eine Schachtel Streichhölzer, sondern sogar zwei. Ein Streichholz allein in dem Loch, das er gebohrt hatte, wackelte seitlich herum. Zwei hielten sich, aber ein gutes Gefühl hatte er dabei auch nicht. Drei Streichhölzer jedoch saßen unnachgiebig fest.
Vorsichtig bewegte er die Luke, doch die Streichhölzer ragten zu weit hervor. Er nahm sie wieder raus und schnitt sie auf die richtige Länge zurecht. Die Streichholzköpfe berührten fast die Unterseite des Lukendeckels. Mit Sicherheit würden sie mit dem Sandpapier in Berührung kommen, wenn es über sie geschoben wurde.
Einem Test konnte er nicht widerstehen. Er zog die Luke sehr, sehr langsam zu, so daß das Schmirgelpapier die roten Streichholzköpfe lediglich streichelte.
Dann öffnete er mit durchschnittlichem Schwung die Luke. Ein leises, reibendes Geräusch war zu hören und ein Flämmchen zischte auf.
Es funktionierte.
Hastig schloß er die Luke wieder, wodurch das Flämmchen erlosch. Als er die Stelle genauer inspizierte, zeigte das Fiberglas unter dem Schmirgelpapier eine leichte Verfärbung, doch das Aufblitzen der Flamme war zu kurz gewesen, um das Material zu verformen.
Graham holte die drei abgebrannten Streichhölzer heraus, und dann schnitt er liebevoll – es war fast so, als segnete er sie – drei neue Hölzer auf die richtige Länge zurecht und brachte sie an Ort und Stelle an.
Mit der Taschenlampe leuchtete er den Boden ab, sammelte seine Abfälle und die feuchten Streichhölzer ein und steckte alles in seine Tasche.
Dann wickelte er ein Geschirrtuch um seine Hand und drehte die Schalter der beiden Gasplatten auf kleine Heiz-

leistung. Dann tastete er hinter dem Vorhang nach der kleinen Kuppel des Absperrhahns am Leuchtgaszylinder. In der einen Richtung ließ er sich nicht drehen.
In der anderen Richtung gab er nach. Graham schraubte ihn so weit auf, wie es nur ging.

## 24

Die Nacht war dunkler geworden, als er wieder aus der Kombüse auftauchte. Er schob die vertikal stehende Holzplatte in ihre Führungsschiene, wozu er die obere Abdeckluke einige Zentimeter vorrückte. Das tat er mit unendlicher Vorsicht; er hatte nicht die geringste Lust, seine Bombe vorzeitig detonieren zu lassen. Dann brachte er das Vorhängeschloß wieder an und drückte es zusammen. Als einzige Vorsichtsmaßnahme gegen mögliche Fingerabdrücke wischte er schnell mal mit einem Taschentuch über Luken und Schloß.
Er schaffte es, in die Stiefel zu kommen, die immer noch über Bord hingen, und befestigte die oberen Haltebänder an seinem Gürtel. Er schob sich unter den Tauen hindurch, die Ruderpinne und Mastbaum an Ort und Stelle hielten, bis er auf dem Heckspiegel kauerte.
Die Dunkelheit war jetzt zu kompakt, als daß er die Uferlinie hätte sehen können, aber das eine Licht am Bosham-Kai, das immer noch im oberen Stock brannte, wies ihm die Richtung, die er einschlagen mußte.
Mit einer Hand hielt er das Heck des Bootes umklammert, mit der anderen die Taschenlampe, so warf er sich nach vorn in die Dunkelheit.
Er schockte ihn, wie tief er fiel. Klatschend schlug das Wasser über seinem Kopf zusammen. Die Flut war schneller gestiegen, als er angenommen hatte. Seine Füße, in die Gummistiefel eingezwängt, berührten nichts Festes. Er trat um sich, bis er wieder an die Oberfläche kam.
Dann spürte er, wie sich die Stiefel füllten. Das Treten wurde schwerer, als ihn das Gewicht des Wassers hinab-

zog. Er keuchte, Salzwasser kratzte in Nase, Mund und Luftröhre. Überall war Finsternis, Lärm und Schmerz.
Von Panik erfüllt fummelten seine Hände an den Halteriemen der Gummistiefel, aber das neue Leder war steif und zäh. Dann dachte er zum Glück an seinen Gürtel. Obwohl er spürte, wie sich der Gürtel zusammenzog, schaffte er es, die Schnalle zu öffnen und sich davon zu befreien. Er trat und stieß mit den Füßen, daß ihm vor Anstrengung fast die Lungen platzten, bis sich endlich das Gewicht der Stiefel von ihm löste. Er schlug weiter mit den Beinen um sich, bis er schließlich mit dem Kopf hochkam. Er japste nach Luft, und die Wellen klatschten ihm eine weitere Ladung Salzwasser in den Mund.
Sein ganzer Brustkorb schien zusammengedrückt, die Kälte drang ihm durch Mark und Bein. Er wußte, daß er unter diesen Umständen nicht lange überleben konnte.
*Taras Traum* war nicht mehr zu sehen. Grahams Kopf ragte nur so knapp aus dem Wasser, daß er nichts als den Himmel sah. Aber selbst ohne irgendwelche Orientierungspunkte konnte er spüren, daß ihn die Strömung des Wassers ziemlich schnell davontrug.
Verzweiflung drohte ihn zu überwältigen, aber er kämpfte dagegen an. Er hatte es nicht so weit geschafft, um sich jetzt einfach abservieren zu lassen. Er spornte seine zitternden Beine zu einer zusätzlichen Anstrengung an und schaffte es, sich ein bißchen aus dem Wasser zu heben. Zum Glück schaute er in die richtige Richtung. Für eine Sekunde sah er über den Wellen den Lichterschein vom Bosham-Kai. Er kämpfte sich darauf zu.
Seine Kleider hingen schwer an ihm und zerrten ihn nach unten, aber er legte keine Pause ein, um sie abzustreifen. Er hatte nicht mehr so viel Energie zu verschwenden, um sich aus dem Pullover zu winden; aus den Jeans würde er zwar leicht herauskommen, aber er dachte an die Autoschlüssel in der Tasche. Wenn er völlig durchweicht neben einem verschlossenen Mietwagen in Bosham strandete, würde das der Geheimhaltung seiner Mission nicht unbedingt dienlich sein.

Er kam nur qualvoll langsam voran, aber er schwamm mit der Flut, und endlich streifte er mit einem Fuß über Schlick. Graham versuchte sich zu stellen, und wieder klatschte ihm das scheußliche Salzwasser in den Mund. Er zwang seine Gliedmaßen zu weiterer Bewegung und brachte schließlich beide Füße auf den Grund. Mit den Armen ruderte er weiter, und obwohl das Wasser nun flach genug zum Stehen war, besaß er einfach keine Kraft mehr und kroch auf allen vieren an Land.

Gestrandet lag er da, keuchend und hustend, mit dem Gefühl, sich nie wieder bewegen zu können. Aber er spürte das Klatschen der Wellen gegen seine Beine und wußte, daß die Flut sehr schnell kam. Mühsam stellte er sich auf die Beine und schwankte auf das Licht am Ende des Kais zu. Seine Zähne klapperten, und sein Körper wurde von Schaudern geschüttelt. Die steigende Flut hatte seine Schuhe fortgeschwemmt, und der Kies drückte sich in seine Fußsohlen.

Er zwang sich, nicht auf seine Uhr zu schauen, bis er am Wagen angelangt war. Sein zitternder Körper bewegte sich so schnell es nur ging; zusätzliche Panik konnte ihn ebenso in seinem Tempo hemmen wie ihn zu noch größeren Anstrengungen anspornen.

Die scharfen Steine im Teerbelag preßten sich schmerzhaft in seine Sohlen, als er mühsam voranhumpelte. Auf dem Bürgersteig ging es besser, aber seine ersten Schritte hinterließen große, verräterische Fußspuren, also hielt er sich an die Straße. Er vertraute darauf, daß die Flut seine Spuren im Schlick auslöschte.

Endlich lehnte er an der Vauxhall Chevette und wagte es, seinen verschmutzten Ärmel, der die Uhr bedeckte, zurückzustreifen. In seinem völlig erschöpften Zustand hätte es ihn nicht gewundert, wenn ein ganzer Tag vergangen wäre, seit er zuletzt hier gestanden hatte.

2:53. Der Weg vom Boot zurück hatte kaum mehr als eine halbe Stunde gedauert. Es schien unglaublich. Ihm war nach Lachen zumute, ein Lachen aus purer Schwäche und Erleichterung.

Doch er unterdrückte es. Er lag nicht weit hinter seinem Zeitplan zurück. Bis jetzt hatte er alles überstanden, da durfte er sich nun kein Versagen mehr leisten.
So leise wie möglich schloß er den Wagen auf und löschte die Innenbeleuchtung, die bei geöffneter Wagentür anging. Er zitterte immer noch, aber das war lediglich eine physische Reaktion; seine Emotionen bekam er allmählich wieder unter Kontrolle.
Vom Rücksitz des Wagens holte er den schwarzen Plastikbeutel, den er dort bereitgelegt hatte; dann zog er sich, auf der Straße stehend, nackt aus und steckte die nasse Kleidung in den Beutel.
Vielleicht ging er ein unnötiges Risiko ein, wegen Exhibitionismus geschnappt zu werden, aber Graham hatte auch nicht damit gerechnet, bis auf die Haut durchweicht zu werden. Und er entschied, daß das Risiko unwillkommener Fragen von der Autovermietung wegen Salzwasser- und Schlammflecken auf der Polsterung größer war als die Wahrscheinlichkeit, von einem empörten Einwohner von Bosham um zwei Uhr nachts entdeckt zu werden.
Wieder griff er nach hinten in den Wagen. Hemd, Jacke, Hose und Unterhose lagen dort bereit, und trotz seines Zitterns war er schnell angezogen. Er wischte sich den gröbsten Dreck von seinen zerschundenen Füßen, bevor er in Socken und Schuhe fuhr. Sein Körper fühlte sich unter der Kleidung feuchtsalzig an, aber er hatte nicht genügend Zeit gehabt, sich ordentlich abzutrocknen.
Er drehte den schwarzen Plastikbeutel oben zu und stopfte ihn zwischen die beiden Vordersitze. Normalerweise hätte er ihn in den Kofferraum getan, aber er wollte nicht den Lärm der zuschlagenden Haube riskieren.
Er saß im Wagen, atmete tief durch und versuchte, das Klappern seiner Zähne unter Kontrolle zu bringen. Hinter den Vorhängen eines Fensters im oberen Stock des gegenüberliegenden Hauses ging das Licht an. Womöglich nur jemand, der auf die Toilette mußte, aber Graham hatte nicht vor, das genau festzustellen.
Er zog leicht den Choke, und der Motor sprang beim er-

stenmal an. Er stellte die Heizung auf Höchstleistung und fuhr langsam aus Bosham hinaus.
In dem Moment begann es zu regnen. Starker, gleichmäßiger Regen. Regen, der die Fußabdrücke und den Schlamm von Fiberglas und Brettern der *Taras Traum* waschen würde.
Graham grinste. Die launischen Glücksgötter waren auf seiner Seite.
Es war 3:13.

In den Außenbezirken von Haslemere stand vor einem Abbruchgebäude ein Sperrmüllcontainer. Graham schob den Sack mit der nassen Kleidung unter einen Haufen zerbrochener Latten und zerfetzter Tapeten.
Als er wieder in Barnes ankam, parkte er die Chevette genau an der Stelle, von der er ungefähr viereinhalb Stunden zuvor losgefahren war.
Um 4:45 steckte er den Schlüssel in die Tür des Hauses in der Boileau Avenue. Dabei fuhr ihm eine kräftige Brise Seetanggeruch in die Nase. Gleichzeitig stieg ein weiterer panischer Gedanke in ihm hoch. Angenommen, Stella war aufgewacht?

Das Licht vom Treppenabsatz reichte ihm, um sie durch die halboffene Tür zu sehen. Eigentlich hatte ihn ihr Atem schon beruhigt, noch bevor er hinschaute. Die Schnarchlaute waren durch tiefe Seufzer ersetzt worden. Sie hatte ihre Haltung verändert und lag nun seitlich; die verrutschte Zudecke enthüllte ihre von den Armen zusammengepreßten Brüste.
Der Radiowecker zeigte 3:01.
Der Heißwasserboiler war seit Merrilys Tod nicht mehr ausgeschaltet worden, und Graham fand reichlich heißes Wasser für sein Bad vor.
Er mußte sich von Kopf bis Fuß waschen, die Haare eingeschlossen.
Bestimmt war Stella sein Verhalten im Bett bereits merkwürdig erschienen; wenn er jetzt nach Seetang riechend zu ihr kroch, würde sie das noch merkwürdiger finden.

Das heiße Wasser brachte ihn wieder ein bißchen ins Lot. Ihm tat immer noch alles weh, aber er fühlte sich nun sehr zufrieden, warm und schläfrig. Aber er durfte jetzt noch nicht einschlafen. Nach dem Bad ein großer Scotch und dann ab ins Bett. Und nicht vergessen, sein Hemd und seine Unterhosen zu waschen. Und seine Socken. Ja, und Jakke und Hose in die Reinigung bringen, damit der Geruch verschwand.
»Was um alles in der Welt machst du denn hier mitten in der Nacht?«
Stella stand in der Tür. Bis jetzt war er so mit seinen Plänen beschäftigt gewesen, daß er ihren nackten Körper noch gar nicht bewußt wahrgenommen hatte, die straffen kleinen Brüste, die nicht wie Merrilys Brüste herabhingen, die schwellenden Hüften, den überraschend großen, schwarzen Haarbusch zwischen ihren Beinen. Er ekelte sich davor.
Doch ihre Augen waren wichtiger, und deren Blick war immer noch von beruhigender Schläfrigkeit.
»Was machst du?« wiederholte sie.
»Ich dachte, es würde mich vielleicht ein bißchen entspannen.«
»Was?«
»Ich hab' stundenlang wach gelegen, nachdem ... du weißt schon, nachdem ich nicht konnte ... wir nicht ...«
»Ich hab' dir doch gesagt, mach dir bloß deswegen keine Gedanken.« Die tröstenden Worte kamen automatisch; sie war immer noch sehr schläfrig.
»Für einen Mann ist das was anderes. Man fühlt sich ... ich weiß ... ich weiß nicht, wie lange ich so gelegen hab'.«
»Jetzt ist's ungefähr Viertel nach drei«, sagte sie mit matter Stimme.
Wunderbar. Wie freundlich von ihr. Sie nahm ihm die Arbeit ab. Er hatte befürchtet, er müßte sie wecken und ihre Aufmerksamkeit auf die Uhrzeit lenken.
»Ich habe mich einfach so scheußlich gefühlt, so verkrampft, daß ich dachte, ein Bad beruhigt mich vielleicht.

»Machen wir noch einen Versuch, wenn du wieder ins Bett kommst, eh?« Ihr Zwinkern sollte provokativ sein, aber Graham verspürte nur hochschießenden Ärger; wieder wegen ihrer Ähnlichkeit mit Merrily.
»Ich geh' nur mal für kleine Mädchen und bin gleich wieder bei dir«, murmelte sie und verschwand.
Er beeilte sich nicht, aus dem Bad zu kommen, und als er das Schlafzimmer betrat, schlief sie, wie er gehofft hatte, erneut tief und fest.
Auch gut. Hinter den Vorhängen begann der Himmel zu dämmern.
Grahams Hand zitterte nicht mehr. Ruhig stellte er den Radiowecker auf die korrekte Zeit von 5:52 ein.
Dann legte er sich zurück und dachte an sein Opfer. In Bosham würde heute morgen die Flut ihren Höchststand gegen Viertel vor sieben erreichen. Angesichts der Segelbegeisterung seines Rivalen schätzte er, daß Robert Benham schon kurz darauf an Bord der *Taras Traum* sein würde.
Mit dieser beruhigenden Überlegung schlief Graham Marshall sanft ein.

Gegen halb neun erwachten sie. Graham fühlte sich, als wäre er vom Grunde eines tiefen Brunnens hochgezerrt worden, eingehüllt in einen altmodischen Taucheranzug. Jeder winzige Muskel seines Körpers schmerzte.
Auch Stella fühlte sich zu ihrer eigenen Überraschung erschöpft.
»Das kommt von diesem Bailey's Irish Cream«, scherzte Graham und genoß die Ironie seiner Bemerkung.
»Aber ich hab' gar keinen Kater. Ich bin nur wahnsinnig schläfrig.«
»Du mußt doch ganz entspannt sein.«
Das wertete sie als Hinweis. »Und wie steht's mit dir? Fühlst du dich jetzt entspannter?«
Ihre Hand tastete sich über seinen Bauch und zog dort immer weiter werdende Kreise. Nichts rührte sich bei ihm. Dann griff sie nach seinem Penis und versuchte, ihn zum

Leben zu erwecken, zuerst mit einer Hand, dann mit zwei Händen. Als das keine Wirkung zeigte, warf sie die Zudecke zurück und machte sich mit Mund und Lippen ans Werk. Leidenschaftslos schaute Graham auf ihren Kopf hinunter, bemerkte, daß einige ihrer Haare an den Wurzeln grau waren, und fragte sich, welcher seiner Kollegen ihr wohl diesen speziellen Trick beigebracht haben mochte.
Aber der Kuß des Lebens erwies sich als ebenso fruchtlos wie ihre anderen Bemühungen. Genausogut hätte sie mit einem schlaffen Luftballon spielen können.
Nun war es wieder an der Zeit für ein bißchen weitere Theatralik, dachte Graham müde.
»Es tut mir leid. Ich hatte gehofft . . . so kurz nach dem Tod von Merrily geht es einfach nicht . . .«

Er war recht zuversichtlich, was den Ablauf der Dinge in Bosham betraf, aber natürlich war er sehr begierig, das genaue Ergebnis seines Plans zu erfahren. Doch mit unangebrachter Neugier konnte er alles verpatzen. Er mußte warten, bis eine öffentliche Verlautbarung erfolgte. Womöglich mußte er bis zum nächsten Arbeitstag warten. Womöglich würde er, wenn die Sprengfalle versagt hatte, ewig warten müssen. Wenn die Streichhölzer nicht brannten oder wenn sich die tödliche Mischung aus Gas und Luft nicht entzündete, oder wenn das ganze Gas entwichen war, dann würde er überhaupt nichts hören. Robert Benham würde den Sabotageversuch vielleicht gar nicht bemerken.
Ein leerer Gaszylinder mochte ihm kurz ein Rätsel aufgeben, aber den Zündmechanismus würde er möglicherweise nie bemerken. Da die Abdeckluke für gewöhnlich nur dann geschlossen war, wenn sich niemand auf der *Taras Traum* aufhielt und das Sandpapier in zugeschobener Position unsichtbar war, konnte es auf Jahre hinaus unentdeckt bleiben.
Doch das war defätistisches Denken. Graham redete sich ein, daß es funktionieren würde. Er konnte jetzt nichts weiter tun, als warten.

Und sein Alibi untermauern. Zu diesem Zweck machte er mit Stella einen Spaziergang am See von Barnes und ging mit ihr in den 'Sun'-Pub. Bei beiden Unternehmungen wurde er mehrfach von Bekannten gegrüßt; um ihre Verbindung noch mehr publik zu machen, lud er Stella dann auch noch zu einem großen Sonntagsmahl in ein örtliches Restaurant ein.

Ihm fiel eine Unterhaltung mit ihr schwer, was auf sie umgekehrt anscheinend nicht zutraf. Sie sprachen über Arbeitskollegen und über eine Vielzahl von Themen, die ihnen zuvor schon Gesprächsstoff geliefert hatten. Graham war sehr müde und machte sich nichts aus dem gelegentlichen Schweigen. Er konnte sich immer noch auf seine angespannten Emotionen als Ausrede verlassen. Schweigen und kummervolle Blicke ließen sich als Unruhe und Besorgnis interpretieren wegen seiner Impotenz, und wurden mit einem zärtlichen Händedruck belohnt.

Nach dem Essen, bei dem sie reichlich Wein getrunken hatten, kehrten sie zum Haus zurück und lasen gemütlich auf dem Boden des Wohnzimmers die Sonntagszeitungen. Um vier Uhr schliefen sie beide.

Mit einem Ruck erwachte Graham und schaute auf die Uhr. 5:52. Zwölf Stunden waren vergangen, seit er seinen Plan durchgeführt hatte. Langsam erhob er sich, reckte seine schmerzenden Glieder. Stella lehnte schief am Sofa und atmete gleichmäßig. Er ging in die Küche und machte Tee. Während er darauf wartete, daß das Wasser kochte, schaltete er das Radio ein.

Er kam gerade zum Ende der Sechs-Uhr-Nachrichten zurecht. Zu Beginn des Sommers brachten die Sonntagabendnachrichten immer wieder Berichte von Freizeitunfällen. Zwei Kinder in Cornwall ertrunken. Ein Drachenflieger in Sussex abgestürzt.

Und ein Mann wurde getötet, als sein Boot in Bosham bei Chichester Feuer fing.

Graham Marshall fühlte sich vor lauter Erregung ganz benommen. Sein Körper begann erneut zu zittern, diesmal allerdings vor Lebensfreude und Machtgefühl.

Er ging ins Wohnzimmer und warf sich auf Stella. Seine Hand zerfetzte die Hindernisse unter ihrem Rock, dann drang er in sie ein. Mit beträchtlicher Wildheit stieß er immer wieder zu, bis sie beide im gemeinsamen Höhepunkt erschauerten.

## 25

Am nächsten Morgen gab es in der Personalabteilung kein anderes Gesprächsthema. Alle Zeitungen berichteten über Robert Benhams Tod. Das geschah nicht aufgrund seines Berühmtheitsgrades; bei Crasoco mochte er ein großer Fisch sein, aber der Außenwelt sagte sein Name wenig. Sein Nachrichtenwert ergab sich aus seiner Beziehung zu Tara Liston, und die meisten Zeitungen brachten Fotos von ihrer Ankunft in Heathrow am vergangenen Abend, auf denen sie mit schmerzverzerrtem Gesicht zu sehen war.

Da die Journalisten wußten, daß noch eine Gerichtsverhandlung folgen würde, hielten sie sich mit Spekulationen über die Todesursache zurück, nur eine Zeitung war so indiskret, von einer fehlerhaften Gasinstallation zu sprechen. Nirgendwo fand sich eine Andeutung, daß an der Sache irgendwas nicht stimmen könnte, und das Wort »Unfall« wurde mit beruhigender Regelmäßigkeit wiederholt.

Graham saß mit stolzgeschwellter Brust bei seinem Morgenkaffee in der Kantine und lauschte den Vermutungen, die überall um ihn herum geäußert wurden. All die Ängste und Sorgen der vergangenen achtundvierzig Stunden, als sein Plan beinahe fehlgeschlagen wäre, hatten sich aufgelöst. Rückblickend war der Rahmen perfekt gewesen, besser noch als bei der Beseitigung von Merrily. Heute morgen hatte er auf dem Weg zur Arbeit den Mietwagen zurückgegeben, seine Kleider in die Reinigung gebracht und sich dann der wohlverdienten Befriedigung hingegeben, die gut geleistete Arbeit auslöste. Er bedauerte dabei lediglich wieder einmal, daß er dieses erhebende Gefühl unmöglich

mit jemand teilen konnte, daß niemand seine Fähigkeit lobte. Aber damit mußte er sich eben abfinden.
Ein selbsternannter Experte, der von sich behauptete, eine Anzahl vergleichbarer Unfälle zu kennen, weihte den Rest der Kantine in seine Mutmaßungen ein. »Das passiert recht häufig. Es braucht bloß ein Leck in einer der Gasleitungen zu sein, oder man vergißt, den Zylinder zuzuschrauben, und schon entweicht das Zeug ganz langsam. In einem geschlossenen Raum, mit Luft vermischt, wirkt das wie eine Bombe. Wenn man da mit einer offenen Flamme rangeht – wumm!«
»Aber wieso glaubst du, daß Mr. Benham eine offene Flamme hatte?« fragte eine der dümmlicheren Sekretärinnen.
»Kann alles Mögliche gewesen sein – vielleicht hat er den Außenborder gestartet, sich eine Zigarette angezündet, versucht, sich eine Tasse Tee zu machen . . .«
»Aber«, beharrte die Sekretärin, »er hätte doch das Gas riechen müssen, oder?«
Hier stockte der Experte. Graham wartete mit besonderem Interesse, was für eine Erklärung er dafür finden würde. »Na ja, vielleicht ist es auf irgendeine andere Weise passiert.«
»Die Polizei wird's schon herausfinden, wenn sie das Boot untersuchen«, sagte die Sekretärin; Graham gelangte zu der Überzeugung, daß sie gar nicht so dämlich war, wie er immer gedacht hatte.
Doch ihre Worte stellten das Selbstvertrauen des Experten wieder her. »Glaub das bloß nicht, Darling. Wird kaum noch was übrig sein, was die Polizei untersuchen könnte. Ich sag dir, diese Fiberglasboote – die brennen wie Fakkeln. So eine Gasexplosion, und das Ding ist in ein paar Minuten bis auf die Wasserlinie abgebrannt. Dann zieht das Gewicht vom Kiel sie wahrscheinlich auf den Grund. Glaub nicht, daß von dem Boot jetzt noch viel übrig ist.« Makaber fügte er hinzu: »Auch von Bob Benham wird nicht mehr viel übrig sein.«
»Meinst du, sie werden seine Leiche nie finden?«

»O doch, was davon übriggeblieben ist, haben sie schon gefunden. Das Boot lag vor Anker, also schätze ich, daß sie es bei Ebbe bergen können, selbst wenn es auf Grund gegangen ist. Ich glaub' bloß nicht, daß ihnen die Überreste einen Hinweis geben können, wie es passiert ist.«
Die Worte klangen vernünftig und überzeugend. Einige nickten gedämpfte Zustimmung. Einige schüttelten bekümmert den Kopf. Graham Marshall erglühte vor Glück.

Später am Morgen wurde er ins Büro des leitenden Direktors, David Birdham, gerufen.
»Sie haben von Robert gehört?« sagte Birdham und deutete auf einen Stuhl.
Graham nickte. »Ein entsetzlicher Schock.«
»Hm. Ja, er hätte es weit bringen können.« Nach diesem förmlichen Abgesang auf einen Toten fuhr er fort: »Das bringt uns kurzfristig in die Klemme. Ich weiß, daß George dem Namen nach immer noch Personalchef ist, aber offen gesagt, er scheint allmählich nicht mehr alle Tassen im Schrank zu haben.«
Graham hätte es nie gewagt, eine derartige Meinung selbst zu äußern, aber nun, da sein Vorgesetzter es ausgesprochen hatte, fühlte er sicher genug, um zustimmend zu nikken.
»Die Personalabteilung ist eine wichtige Abteilung, die nicht von alleine läuft. Ich habe gesehen, was da läuft, und es war klar, daß Robert vom Augenblick seiner Ernennung an das Kommando hatte. Und was ich so von seiner Tätigkeit mitbekommen habe, hat mir gut gefallen.«
»Ja.« Graham sprach ohne jede Betonung; er wagte es nicht zu hoffen.
»Wir haben ihn verloren, aber das Leben geht weiter. Momentan würde ich George nicht mal die Leitung eines Karussells auf einem Dorffest anvertrauen. Außerdem ist er während der nächsten vierzehn Tage mit Abschiedsparties voll ausgelastet. Gott weiß, was aus ihm werden soll, wenn er endgültig abgeht. Wahrscheinlich wird er sich unter die

Erde trinken, denke ich. Aber das ist nicht unser Problem.«
Graham lag ein ›Nein‹ auf der Zunge, dachte dann aber, es könnte zu hartherzig klingen.
David Birdham klopfte auf seinen Schreibtisch. »Ich möchte, Graham, daß Sie die Abteilung während dieser kurzen Übergangszeit leiten. Okay? Nichts Offizielles. Kein Titel, leider auch keine Gehaltserhöhung. Ich möchte einfach, daß alles glatt weiterläuft, bis der Vorstand einen anderen für diesen Posten ernennt.«
Offensichtlich konnte Graham nicht verhindern, daß man ihm die Enttäuschung ansah, denn der leitende Direktor fuhr fort: »Ich weiß, ich verlange viel von Ihnen, und ich bin mir durchaus bewußt, daß dies eine schwierige Zeit für Sie ist nach Ihren ... Problemen. Es hat auch den Anschein, als wäre bei der Sache nicht viel für Sie drin, aber lassen Sie mich Ihnen versichern, daß so etwas nicht unbemerkt bleibt. Ich meine, vielleicht wissen Sie, daß mehr als ein Vorstandsmitglied für Sie gestimmt hat, als der Posten das letztemal zur Debatte stand, aber es reichte nicht. In der nächsten Runde würden Sie sicherlich eine gewisse Favoritenstellung unter den Kandidaten einnehmen.«
Graham nickte. Mehr hatte er nicht hören wollen. Selbst in vierzehn Tagen ließ sich allerhand machen, um die Abteilung fest in den Griff zu kriegen.
»Sie werden uns also aushelfen?« fragte David Birdham.
»Selbstverständlich.«
»Sie werden erst mal Ihren Stellvertreter-Titel behalten, aber seien Sie ein ... ziemlich energischer Stellvertreter.«
So wie ich es vor Robert Benhams Beförderung war, dachte Graham.
»Ich bin Ihnen sehr dankbar, Graham, sehr dankbar. In einer Firma wie der unseren wird so was nicht vergessen. Übrigens, ich brauche wohl nicht extra zu erwähnen, daß Sie den alten George besser mit Samthandschuhen anfassen. Taktgefühl, Sie wissen schon.«

»Ich weiß, wie ich mit George umzugehen habe«, sagte Graham mit einem Lächeln.

Stella warf ihm einen verwirrten Blick zu, als er ihr Büro betrat. Vielleicht hatte er sie am Abend zuvor etwas schroff aus dem Haus befördert. Oder vielleicht war sie immer noch von der Heftigkeit geschockt, mit der er sich auf sie gestürzt hatte. Aber schließlich hatte sie ja praktisch das ganze Wochenende darum gebettelt.
Er zwinkerte ihr zu, aber sie reagierte zurückhaltend.
»Ich danke dir sehr für dieses Wochenende«, flüsterte er. »Du hast wirklich ... ich kann dir gar nicht sagen, wie sehr du mir geholfen hast.«
Natürlich wußte sie die Ironie seiner Worte nicht zu würdigen und wurde sanft und nachgiebig. Nach dem überstürzten Abschied benötigte sie heute morgen dringend seine Versicherung, daß er noch an ihr interessiert war. Sie schaute ihn hoffnungsvoll an, wartete womöglich auf eine neue Einladung, deshalb fuhr er hastig fort: »Ich kann jetzt nicht reden. Ist George drin?«
Sie nickte, und Graham stieß, ohne anzuklopfen, die Tür zum inneren Büro auf. Wieder schaute der alte Mann drein, als wäre er beim Onanieren ertappt worden.
»Oh, Graham, hallo. Schrecklich, das mit Bob, nicht wahr?«
»Fürchterlich.«
»Für Sie muß es besonders schrecklich sein.«
Überrascht blickte Graham auf, als George seine Bemerkung weiter ausführte: »Erst haben Sie Merrily verloren und nun kurz danach einen Ihnen sehr nahestehenden Kollegen ... Sie und Bob waren doch befreundet, nicht wahr?«
Guter Gott, wenn George das dachte, dann hatte er wirklich nicht mehr alle Tassen im Schrank. Viele Bemerkungen lagen Graham auf der Zunge, aber er begnügte sich damit zu sagen: »Es ist sehr traurig.«
»Ja. Sie haben Glück gehabt, daß Sie nicht an diesem Wochenende mit ihm gesegelt sind.«
»Sicher.«

»Obwohl Terry anscheinend nichts passiert ist.«
»Was? Terry? Terry wer?« Der Alte hatte wirklich den Verstand verloren.
»Terry Sworder. Wußten Sie das nicht? Terry Sworder verbrachte das Wochenende bei Bob. Er wollte mit ihm segeln.«
Graham klappte der Unterkiefer herunter.
»Anscheinend befand er sich in diesem – wie heißt es doch? Dingi, Beiboot ... wie auch immer, jedenfalls war er dort, als das Feuer ausbrach. Die Explosion hat ihn ins Wasser geschleudert. Bob hatte nicht soviel Glück.«
Grahams Kehle war wie ausgedörrt. Wieder schien er das Salz in seinem Mund zu schmecken.
»Wo ... wo ist Terry jetzt? Ist er heute im Büro?«
»Nein.«
»Im Krankenhaus?«
»Nein, er wurde so gut wie gar nicht verletzt. Nein, er rief mich vorhin an.«
»O ja?«
»Er ist bei der Polizei.«
»Warum denn?«
»Na ja, er ist Augenzeuge, Graham. Er hat genau gesehen, was passiert ist.«

## 26

Er benahm sich wieder wie ein Amateur. Furcht schüttelte ihn. Kalter Schweiß bedeckte seinen Körper. Jedes Klopfen an seiner Bürotür, jedes Klingeln des Telefons, jeder Fremde, dem er im Flur begegnete, ließ ihn zusammenzucken. Das konnte die Gerichtsvorladung sein, die höfliche Behördenstimme, die um eine kleine Unterredung in Verbindung mit dem Tod von Robert Benham bat. Und dieses Mal würde er sich nicht so leicht herauswinden können, diesmal gab es keinen trauernden Witwer, der sich in sein Elend flüchten konnte. Dieses Verbrechen fiel nicht in Lakers Ressort, dieses Verbrechen, davon war er überzeugt, würde von einem ihm ebenbürtigen Kriminalbeamten mit kaltblütigem Verstand untersucht werden.

Noch während er das dachte, wurde ihm klar, was für eine auffällige Spur er hinterlassen hatte. Er hatte sich darauf verlassen, daß man die Sache als Unfall ansehen würde; hatte sich erst der Verdacht auf ein Verbrechen im Kopf des ermittelnden Beamten festgesetzt, dann gab es genügend Hinweise, die direkt auf Marshall Graham deuteten.

Angenommen, seine Schuhe waren an Land gespült worden. Oder die nagelneuen Gummistiefel. Es konnte nicht schwer sein, diese Stiefel bis zu Farlow's in Pall Mall zurückzuverfolgen; er hatte zwar bar bezahlt, aber der ziemlich neugierige Verkäufer hatte ihn sicherlich aufgrund seiner Unkenntnis technischer Details – wo er fischen gehen wollte und all diese Dinge – im Gedächtnis behalten.

Dann gab es Fuß- und Fingerabdrücke. Es war nur Kantinengerede, daß die *Taras Traum* fast völlig zerstört worden war. Vielleicht war Robert von der Explosion allein getötet und das Feuer anschließend sofort gelöscht worden. Unbehaglich dachte Graham an all die glänzenden Fiberglasoberflächen und bereute bitterlich, daß er die Gummihandschuhe vergessen hatte.

Oder der Wagen war gesehen worden, jemand hatte sich die Nummer gemerkt, und man hatte die Sache zu der Autovermietung zurückverfolgt. Von dort war es nur noch ein kleiner Schritt bis zu George Brewer; und dann würde der Verdacht zwangsläufig auf seinen Stellvertreter fallen.

Dann waren da noch die Kleider in dem Container in Haslemere ... Jeder seiner Gedanken hatte die gleiche Wirkung. Es war, als hinge über seinem Kopf ein riesiger schwarzer Pfeil mit der Aufschrift *»ER WAR ES!«*

Der Montag verging qualvoll langsam, aber selbst durch den Schleier seiner Furcht hindurch erkannte Graham, daß seine Emotionen erneut falsch interpretiert wurden. Seine angespannte Verkrampfung war nicht zu übersehen, aber jeder schrieb sie der Erschütterung über Robert Benhams Tod zu. Anstatt Abscheu erregte der Mörder Mitgefühl.

Daheim wurde alles noch schlimmer. Er war wieder in dem Zustand, in dem er sich nach dem Mord an dem alten

Mann befunden hatte. Keine glühende Zuversicht mehr, kein Gefühl von Immunität, von Überlegenheit. Graham Marshall war vor Angst wie gelähmt, seine neue Inkompetenz beschämte ihn entsetzlich.
Er konnte nichts essen und schüttete statt dessen eine Menge Whisky in sich hinein. Er schaltete den Fernseher an, aber nichts konnte seine Aufmerksamkeit für mehr als nur ein paar Minuten fesseln.
Schlafen konnte er genausowenig. Graham verbrachte die Nacht im Wohnzimmer, wo die Sonntagszeitungen immer noch über den Boden verstreut herumlagen. Er trank stetig, und der Whisky verstärkte den ranzigen Geschmack der Furcht in seinem Mund.
Spiralenförmig schraubten sich seine Gedanken abwärts. Er gelangte an einen Punkt, wo er zum ersten Mal in seinem Leben an Selbstmord dachte. Der Tod, das wußte er, besaß Macht, und sein eigener Tod mochte vielleicht die letzte Demonstration von Macht sein, zu der er noch fähig war.
Aber diesen Gedanken ließ er bald fallen. Er wußte, daß es ihm an dem dazu notwendigen Mut fehlte, und obwohl er an einem absoluten Tiefpunkt angelangt war, blieb ihm ein winziger Hoffnungsschimmer. In den letzten paar Monaten hatte er unglaubliches Glück gehabt; warum sollte es nicht noch ein bißchen länger anhalten?
Den tiefsten Schmerz bereitete ihm das Wissen, daß er die Ereignisse nicht länger kontrollierte. Er konnte weder die Ermittlungen in Sachen Benhams Tod verlangsamen noch beschleunigen. Er konnte nur herumsitzen und abwarten. Und dabei versuchen, nach außen hin ein so normales Leben wie nur irgend möglich zu führen.
Gegen sechs Uhr badete er und zog saubere Wäsche an, aber das erfrischte ihn auch nicht. Er hatte die Whiskyflasche mehr als halb leer getrunken, aber das hatte ihn nicht betrunken gemacht, sondern lediglich bohrende Kopfschmerzen eingebracht.
Zur üblichen Zeit bereitete er sich darauf vor, zur Arbeit aufzubrechen, doch dann fiel ihm ein, daß er vereinbart

hatte, erst später zu kommen. Die Post wollte an diesem Morgen den Anrufbeantworter in seinem Arbeitszimmer anschließen.
Selbst dieses Gerät schien jetzt sinnlos. Er versuchte sich daran zu erinnern, in welch euphorischer Stimmung er es gekauft hatte, und erkannte voller Scham, daß er hier ganz schlicht und einfach Robert Benham imitiert hatte. In seiner momentanen Verfassung kam ihm das ziemlich kleinkariert vor.
Außerdem empfand er zum ersten Mal jenen Anflug von herablassender Verachtung, mit der der Rest von Crasoco die Personalabteilung betrachtete. Selbst der Posten, um den er so hart gekämpft hatte, so schien es ihm, war ein Versagerposten, der Chefelefant im Elefantenfriedhof. Er hatte so viele Risiken wegen nichts und wieder nichts auf sich genommen.
Er wartete auf den Postbeamten, beobachtete dann, wie das neue Gerät angeschlossen wurde, und witzelte über die Nachrichten, die er auf Band hinterlassen konnte. Als sich der Postbeamte verabschiedete, gratulierte sich Graham selbst, daß der Mann nichts Ungewöhnliches im Benehmen seines Kunden hatte feststellen können.
Aber dieser kleine Triumph bedeutete nur eine kurze Erholungspause. Anschließend mußte Graham ins Büro.

Terry Sworder saß an seinem Schreibtisch. Die rechte Seite seines Gesichts war gerötet. Seine Augenbrauen und seine Haarränder waren total versengt.
Für einen Moment erstarrte Graham vor Schreck, aber dann spürte er eine Art perverse Erleichterung. Jetzt konnte er endlich herausforschen, wieviel die Polizei wußte, und sein Schicksal zeitlich eingrenzen.
»Terry, sind Sie in Ordnung?« fragte er, als er sich hinsetzte.
»Immer noch ganz schön erschüttert.« So als wollte er seine Worte bekräftigen, nahm der junge Mann mit zitternder Hand eine dünne Zigarre aus dem Mund. »Physisch bin ich okay. Aber der Schock, verstehen Sie.«

»Natürlich. Wie konnte denn das überhaupt passieren?«
Während der vergangenen achtundvierzig Stunden hatte sich Terry Sworder an diese Frage gewöhnt; seine Antwort hatte er zu einer hübschen kleinen dramatischen Routinegeschichte aufpoliert. Aber keiner seiner Zuhörer hatte derart aufmerksam gelauscht wie Graham.
»Es war schrecklich. Und es ging alles furchtbar schnell. Ich hatte verdammtes Glück.« Er hielt inne und fuhr dann fort: »Ich war noch im Schlauchboot, Bob war gerade auf das Boot übergestiegen. Er sagte zu mir, ich solle einen Moment warten, bis er die Kabine geöffnet hatte, weil's dort unten ziemlich eng zugeht, und ich band zum Glück das Schlauchboot nicht fest, sondern hielt mich nur hinten am Boot fest. Sie vermuten, daß ich deswegen von schlimmen Verletzungen verschont geblieben bin. Denn als Bob die Luke öffnete – ging das Boot wie eine Bombe hoch...«
Trotz seiner Befürchtungen empfand Graham einen Schuß Erregung.
»Die Explosion schleuderte das Schlauchboot zurück, als wär's ein Luftballon, und das hat mich gerettet. Ich muß mich an ein Stück Seil vom Schlauchboot geklammert haben und ins Wasser geflogen sein. Als ich wieder einigermaßen zu mir komme, bin ich neben dem Schlauchboot, das verkehrt herum im Wasser liegt und schnell Luft verliert, und häng' immer noch an diesem Seilstück.«
»Was ist mit *Taras Traum?*«
Terry Sworder ließ sich bei seiner Erzählung nicht antreiben. »Und wie ich so über die Wellen schau, sehe ich diese Flammensäule über dem Wasser, aus der schwarzer Rauch dringt. Andere Boote kommen schnell zu Hilfe, aber *Taras Traum* brennt bis zur Wasserlinie ab, bevor irgend jemand was unternehmen kann. Und dann zischt es furchtbar, eine Menge Dampf und was weiß ich was noch ist zu sehen. Und schon versinkt sie.«
»Das Gewicht des Kiels...«
»Das war es wohl. Und was von Bob übrig war, ging mit unter.«

Es hatte funktioniert. Immerhin. Und für eine forensische Untersuchung war nicht mehr viel übriggeblieben – auch ein Pluspunkt. Aber eine Gefahr für Grahams Sicherheit blieb nach wie vor, eine Gefahr, die der Unfallzeuge durch seinen Bericht bei der Polizei unbewußt ausgelöst haben konnte.

Graham schüttelte den Kopf. »Es ist schrecklich, wirklich schrecklich.« Zeit für die entscheidende Frage. »Was glaubt die Polizei, wie es passiert ist?«

»Es war das Leuchtgas, das explodiert ist. Muß ein Leck gehabt haben. Die Polizei glaubt nicht, daß Bob vergessen hat, den Hahn zuzudrehen. Dafür war er zu vorsichtig. Außerdem war er sowieso seit Wochen nicht mehr auf dem Boot gewesen, da wäre ausströmendes Gas ziemlich sicher verflogen.«

»Ach!« Graham fiel es schwer, die Spannung in seiner Stimme zu unterdrücken.

»Sie vermuten, daß der Junge vom Yachthafen, der die Gasflaschen ausgetauscht hat, den Hahn offengelassen hat. Weil Bob immer wenig Zeit hatte, ließ er sämtliche Routinearbeiten von der kleinen Werft erledigen, damit das Boot segelfertig war, wenn er segeln wollte. Und dieser arme Bursche, der die Gasflaschen ausgewechselt hat, muß den Hahn offengelassen haben. Hat die Flasche erst letzten Freitag gebracht, gerade die richtige Zeitspanne, um ein wirklich explosives Luft-Gas-Gemisch zu bilden.«

Graham konnte kaum glauben, auf welch wunderbare Weise sich wieder mal alles zu seinen Gunsten wendete. Ein Detail allerdings blieb noch, eine Kleinigkeit, die ihn entweder zerstören oder für immer befreien konnte.

»Aber wodurch um alles in der Welt wurde die Explosion ausgelöst? Da muß doch eine Flamme oder so was gewesen sein ...?«

Terry Sworder senkte den Kopf. »Das ist der Punkt, wo ich mich wirklich beschissen fühl', Graham. Verstehen Sie, irgendwie schuldig. Gerade als wir mit dem Schlauchboot rausfuhren, hab' ich ihm eine gegeben.«

»Eine was?«

»Eine von denen.« Terry deutete auf die kleine Zigarre in seiner Hand. »Er sagte, nein, nicht so früh am Morgen, und ich sagte, komm schon, und er . . . na ja . . .«
Der junge Mann schüttelte den Kopf. Vielleicht war es ganz gut, daß er nicht aufschaute und das freudige Aufblitzen in den Augen seines Kollegen sah.
Graham konnte sich kaum beherrschen. Er hatte gewonnen; alles sprach zu seinen Gunsten; jetzt war er wirklich unüberwindlich.
Aber er unterdrückte seine freudige Erregung. Auch er schüttelte den Kopf und murmelte: »Schrecklich.«
Dann blickte er den jungen Computerexperten fest an. »Aber das Leben muß weitergehn. Vor allem die Arbeit muß weitergehn. Sie wissen doch, dieser Bericht über das Reservoir an Arbeitskräften, den Sie für Robert machten . . .«
»Ja. Das Modell für . . .«
»Wann sollten Sie ihn fertig haben?«
»Ich weiß nicht genau . . . Zehn Tage . . .? Aber jetzt, wo Bob nicht mehr da ist, weiß ich gar nicht, ob . . .«
»Ich möchte ihn gegen Ende der Woche haben«, sagte der stellvertretende Leiter der Personalabteilung.

## 27

Es waren nur noch vierzehn Tage bis zu George Brewers endgültigem Abschied, aber in zwei Wochen konnte Graham Marshall eine Menge zuwege bringen. Die alte sportliche Vorstellung stellte sich wieder wie von selbst ein, er fühlte sich in Höchstform, gerade hatte er einen weiteren großartigen Wettkampf geliefert und sah sich nun jeder neuen Herausforderung gewachsen.
Zuerst einmal benahm er sich Terry Sworder gegenüber nett und freundlich. Anstatt den jungen Mann wie einen leicht verrückten Wissenschaftler zu behandeln, wie er es bis jetzt getan hatte, ließ er sich von Terry seine geliebten Computer vorführen. Graham verstand nur wenig, aber er äußerte sich anerkennend und lud seinen Berater an-

schließend in die Firmen-Bar ein, wo er weitere EDV-Mitarbeiter kennenlernte. Graham gab sich leutselig und kritisierte die Trägheit, mit der sich die Firma die neue Technologie aneignete.
Gleichzeitig fing Graham an, sich George Brewer gegenüber weniger nett zu benehmen. Seinen Einfluß auf den alten Mann hatte er nie in Frage gestellt; bis vor kurzem hatte er Georges weitschweifige Geschichten über die Anfangszeiten der Firma, seine Probleme mit dem Kreuzworträtsel in *The Times* und seine zunehmend rührseliger werdende Melancholie großzügig toleriert. Jetzt zeigte er weniger Geduld und war oft so kurz angebunden, daß es schon an Schroffheit grenzte.
Außerdem begann er, seinen scheidenden Boß hinter dessen Rücken vorsichtig zu kritisieren. Dies tat er mit viel Fingerspitzengefühl. Er wußte, daß eine totale Kehrtwendung verdächtig wirken mußte, und begnügte sich mit Andeutungen. Er stellte sich als einen Mann dar, der bisher aus falsch verstandener Loyalität die Ideen seines Vorgesetzten unterstützt hatte.
Auf einer von George Brewers Abschiedsparties wurden die Differenzen zwischen den beiden in aller Öffentlichkeit deutlich. Diese Party fiel mit dem Besuch einiger leitender Angestellter von Niederlassungen im Nahen Osten zusammen. Darunter befanden sich einige von Georges alten Kumpeln, und der gesellige Anlaß riß ihn wieder mal aus seiner gewohnten Depression.
»Mein Gott, wenn ich zurückdenke, wie wir angefangen haben...«
Er sprach mit einem fetten, rotgesichtigen Mann in einem Blazer, der neben Graham stand. »Kalkulationen besorgten wir auf der Rückseite eines Briefumschlags oder einem Stück Packpapier oder was sonst gerade zur Hand war. Ohne Rechenmaschine oder gar Computer... du meine Güte. Aber falsche Ergebnisse hatten wir deswegen trotzdem nicht, was?« Der fette Mann stimmte ihm lachend zu.
»Seh' auch die Notwendigkeit dazu überhaupt nicht ein«,

fuhr George fort. »Aber heute heißt es, Technologie um der Technologie willen. Bin froh, daß ich geh', bevor die verdammte Regierung es zur Pflicht macht, daß man diese Dinger versteht!«

Worauf beide wieder in Gelächter ausbrachen, wobei George schon etwas gedämpfter klang. Er raffte sich wieder auf, indem er sich an Graham um Unterstützung wandte. »Ich hatte allerdings das Glück, einen Stellvertreter zu haben, der genauso denkt wie ich.«

»Nicht in allen Punkten, George«, warf Graham sanft ein.

»Nein, nein, natürlich nicht. Wir hatten unsere Meinungsverschiedenheiten, aber im großen und ganzen ... funkten wir auf gleicher Wellenlänge. Wir hatten beide nicht viel für die Weltrauminvasoren übrig, eh?«

»Ich weiß, daß Sie nichts dafür übrig haben, George, aber vielleicht unterschätzen Sie die Bedeutung der Computerwissenschaft für unsere Branche?«

George starrte ihn an; sein Geist arbeitete nicht schnell genug, um mit dieser neuen Entwicklung Schritt halten zu können.

»Tut mir leid, George, aber da Sie das Thema nun mal angeschnitten haben, muß ich Ihnen leider sagen, daß ich Ihre Haltung immer ein bißchen als Vogel-Strauß-Politik betrachtet habe. Ich glaube, wenn wir schon einige Jahre früher auf Computer vertraut hätten, dann würden Sie jetzt eine wesentlich leistungsfähigere Abteilung hinterlassen.«

Schweigen. Graham hatte ganz ruhig gesprochen, aber genügend Leute hatten es gehört. Graham zeigte ein kleines, schüchternes Lächeln. »Sorry«, log er, »aber Sie haben danach gefragt.«

George schaute schmerzlich berührt und verwirrt drein. Um seine Verlegenheit zu überspielen, holte er aus seiner Tasche eine weitere dieser kleinen Zigaretten. Er steckte sie sich in den Mund und schaute sich blinzelnd nach Feuer um.

Grahams Hand fuhr instinktiv in seine Tasche, fand dort

aber zu seiner eigenen Erleichterung sein Feuerzeug nicht vor. Mußte er wohl verlegt haben. Gut. Die Zeiten waren vorbei, wo er sich bei George Brewer einschmeicheln mußte.

Die andere Person, von der er sich distanzieren mußte, war Stella. Sie hatte an jenem Wochenende ihre Rolle als Auffangnetz gespielt, und damit hatte sie ihre Funktion für ihn erfüllt; obwohl es jetzt ziemlich unwahrscheinlich war, daß sein Alibi je überprüft werden würde, war er doch froh, daß er die Vorsichtsmaßnahme getroffen hatte. Offensichtlich betrachtete sie das Wochenende aber als Beginn einer festen Beziehung. Von diesem Irrtum mußte sie wieder befreit werden.

Natürlich konnte er ihr einfach sagen, sie solle ihn nicht länger belästigen, aber er wollte keine Aufmerksamkeit erregen. Im Büro konnten sie sich nicht aus dem Wege gehen, und diese Lösung konnte zu unliebsamen Szenen auf den Fluren führen.

Nein, es war ganz klar, daß er sie auf die sanfte Tour loswerden mußte. Er schaffte einen weiteren Weinstubenbesuch nach Arbeitsschluß, sagte aber bedauernd das nächste Wochenende ab, weil er sich da um den endgültigen Umzug der Kinder nach Islington kümmern mußte.

Die körperliche Begegnung des letzten Wochenendes wünschte er nicht zu wiederholen. Nach diesem wilden Augenblick des Triumphs hatte er keinerlei fleischliche Gelüste mehr verspürt. Er war sich nicht sicher, ob in seinem neuen Leben Platz für irgendeine Frau sein würde, aber falls er nach einer Gefährtin Ausschau hielt, dann mußte sie um einiges schöner sein als Stella.

Also nahm er zu der etablierten Firmenprozedur Zuflucht, um sie loszuwerden. Am Freitagnachmittag, fünf Tage nach Roberts Tod, suchte Graham die Leiterin der Sekretärinnen, Miss Pridmore, auf. Sie war eine einschüchternde Dame mit strengen moralischen Prinzipien, die ihre Schützlinge wie eine unheilvolle Mutter Oberin regierte.

Es bereitete ihm großes Vergnügen, ihr eine zumindest

leicht überarbeitete Version der Wahrheit zu erzählen. »Es tut mir leid, Miss Pridmore. Ich bin mir sicher, Sie haben derartige Geschichten schon oft gehört, aber meine hat noch eine besonders häßliche Wendung. Zweifellos machen sich leitende Angestellte meistens Sorgen, daß ihre Frauen hinter ihre Affären mit ihren Sekretärinnen kommen könnten. In meinem Fall war der Tod meiner Frau der Anlaß für diese Affäre. Ich war völlig durcheinander und ...«

Er war gut. Er wußte, daß er gut war. Je mehr echte Gefühle er ablegte, desto größer wurde seine Fähigkeit, überzeugende Imitationen zu liefern.

Natürlich bekam er Miss Pridmores Mißbilligung zu spüren, jedoch auch ihr Mitgefühl. Sie verstand die Qualen, die er durchlitten haben mußte. Ja, natürlich, es wäre durchaus ratsam, das in Frage kommende Mädchen in eine andere Abteilung zu versetzen. Nein, es würde nicht sofort auf der Stelle geschehen. Und ja, es würde diskret bewerkstelligt werden. Selbstverständlich.

Robert Benhams Beerdigung war auf kommenden Montag angesetzt. Graham wußte, dies bedeutete, daß bei der Gerichtsverhandlung zur Feststellung der Todesursache keine Fragen offengeblieben waren.

Die Zeremonie, der eine Abordnung von einem halben Dutzend Crasoco-Leuten beiwohnte, fand in Rugby statt. Tara Liston wurde von einigen lokalen Zeitungsfotografen umlagert; außerdem zeigte sich, daß Robert Benham eine Mutter, einen Vater und zwei Schwestern gehabt hatte.

Wie bei Merrily gab es eine Feuerbestattung, und als die Samtvorhänge sich dramatisch schlossen, fragte sich Graham, wieviel von der Leiche wohl noch zur Verbrennung übriggeblieben war. Er fühlte sich so wohl wie noch nie in seinem Leben. Auf der Zugfahrt zurück nach London im Speisewagen saß Graham bei einem Drink mit David Birdham zusammen.

»Ich weiß, ich sollte zu einer solchen Zeit wirklich nicht übers Geschäft reden ...«

»Das Geschäft macht keine Pause, Graham. Es geht weiter, was immer auch geschieht.«
»Ja. Nun, ich wollte Ihnen nur sagen, daß morgen früh ein Bericht auf Ihrem Schreibtisch liegen wird. Eine Art Modellentwurf für die zukünftige Entwicklung der Personalabteilung während des nächsten Jahrzehnts. Einiges davon ist ganz schön starker Tobak. Einigen Leuten wird das ganz und gar nicht gefallen.«
»Wer hat das gemacht?«
»Die Computerjungs haben ein bißchen bei den Zahlen geholfen, aber ... der Grundgedanke stammt von mir.«
Der leitende Direktor lächelte. »Ich werde es mit Interesse lesen, Graham.«

## 28

Am nächsten Tag trug Graham keine Krawatte im Büro. Während der Mittagspause kaufte er sich eine lässig geschnittene, dunkelbraune Lederjacke. Nach Arbeitsschluß hatte er sich mit George Brewer auf einen Drink verabredet, ließ aber seinen Boß sitzen. Statt dessen besichtigte er mit einem Immobilienmakler einige Wohnungen mit vollem Service, ganz in der Nähe der Sloane Street. Ein Studio mit einem Schlafzimmer kostete fast den gleichen Betrag, der ihm für das Haus in der Boileau Avenue geboten worden war. Die Wohnungen gefielen ihm. Ohne Möblierung, nur mit blanken, polierten Fußböden und neu geweißten Wänden, gefielen sie ihm sogar sehr. Hotelartig, keine Unordnung, anonym.
Als er zurückkam, fand er eine Nachricht auf dem Telefonbeantworter vor. Es war Charmian, die äußerst verärgert klang. Vor zehn Tagen hatte er Henry und Emma zuletzt gesehen, und seitdem hatte er nicht mal mehr angerufen, um sich zu erkundigen, ob sie überhaupt noch lebten. Was für ein Vater war er überhaupt? Hatte er überhaupt kein Interesse an seinen Kindern?
Die letzte Frage ließ sich verhältnismäßig leicht beant-

worten, aber es schien keinen großen Sinn zu haben, Charmian anzurufen, um ihr das mitzuteilen. Statt dessen schrieb er seiner Bank und veranlaßte, daß der vereinbarte Monatsbetrag auf das Konto seiner Schwägerin überwiesen wurde. Damit hatte er seinem Gefühl nach seine väterlichen Pflichten erfüllt.

Am Donnerstag wurde er in David Birdhams Büro beordert. Terry Sworders Report lag auf dem Schreibtisch des Direktors.
»Das ist gut, Graham, verdammt gut. Hieb- und stichfest. Ergibt allerdings, daß eine Menge Arbeitskräfte überflüssig werden. Wird vielen gar nicht gefallen.«
Graham zuckte mit den Schultern. »Man kann nicht ein Omelette machen, ohne ein paar Eier zu zerschlagen.«
»Oh, sicher, sicher. Und ich könnte sofort ein paar Eier in der Personalabteilung benennen, die reif zum Zerschlagen sind. Was ich damit sagen will, es ist eine Sache, solch einen Report zu erstellen, aber eine ganz andere, ihn auch in die Praxis umzusetzen. Wer immer das übernimmt, wird sehr schwer schuften und zusätzlich noch in Kauf nehmen müssen, daß er sich äußerst unbeliebt macht.«
»Ich bin sicher, daß es zu schaffen ist.«
»Vom richtigen Mann, bestimmt.« David Birdham spielte mit einem Papiermesser. »Das Management weiß schon seit einiger Zeit, daß diese Umorganisation notwendig ist. Wir sind ja nicht schwachsinnig, verstehen Sie. Aber obwohl George seit Jahren schon den Fortschritt bremst, wollten wir abwarten, bis er geht. Nicht nur aus sentimentalen Erwägungen heraus, wir hätten ihn problemlos auch schon vorzeitig in Pension schicken können, aber wir wollten keine halben Sachen machen. Aus diesem Grund wurde dann auch Benham ernannt. Er schien das nötige dicke Fell für diesen Job zu haben, er war genau der Richtige. Wir alle waren der Meinung, daß Sie... der Tradition zu sehr verhaftet waren, zu sehr von George beeinflußt...«
Graham schwieg, wartete.
»Und dann schicken Sie mir einen solchen Report.« David

Birdham klopfte auf die Papiere, die vor ihm auf dem Schreibtisch lagen. »Genau das wird benötigt, und ich sage ganz offen, daß ich überrascht bin, daß es von Ihnen kommt. Sie schienen stets auf Georges Linie zu liegen.«
»Ich denke, das geschah aus . . . ja, aus was? Loyalität?« Zögernd und tastend sprach Graham das Wort aus.
»Loyalität kann im Beruf gefährlich sein. Hat Sie das letztemal um den Posten gebracht.«
»Ja.«
David Birdham erhob sich von seinem Stuhl und ging zum Fenster hinüber. Als er weitersprach, wandte er seinem Untergebenen den Rücken zu. »Hören Sie, Graham, ich möchte, daß Sie nächste Woche alles von George übernehmen. Ich habe mit den meisten Vorstandsmitgliedern gesprochen, und die meisten werden jeder Empfehlung von mir folgen. Vielleicht gibt's ein kleines Problem mit dem Verwaltungsstab, weil der Posten nicht ordentlich ausgeschrieben wurde, aber das läßt sich ausbügeln. Wir haben nun mal ungewöhnliche Umstände, der Thronfolger ist gestorben, noch bevor der alte König abgedankt hat, und meiner Meinung nach brauchen wir eine schnelle Entscheidung. Eine Übergangslösung ist das Schlimmste, was einer Abteilung passieren kann. Und da Sie beim letztenmal als zweiter durchs Ziel gegangen sind, finde ich, Sie sollten den Job definitiv haben. Was meinen Sie dazu, Graham?«
Er hatte es geschafft. Die Fehlschläge der vergangenen zweieinhalb Monate waren ausgelöscht worden, und er stand nun da, wo er immer zu stehen gehofft hatte. Aber seine Position war nun wesentlich stärker; drei Morde hatten ihn weit über seine früheren alltäglichen Hoffnungen hinausgehoben.
»Es ist eine große Herausforderung, David«, sagte er forsch, »aber es ist eine Herausforderung, die ich begrüße und der ich voller Zuversicht entgegensehe.«
»Gut.« Der leitende Direktor wandte sich um, kam auf ihn zu und schüttelte ihm die Hand. »Ich verlasse mich auf Ihre Diskretion. Im Moment muß noch alles vertraulich be-

handelt werden. Da muß noch eine Menge Papierkam herumgereicht werden, bevor wir die offizielle Ankündigung machen können. Also behalten Sie die Sache für sich, ja? Reden Sie nicht drüber, auch nicht zu Hause ...«

David Birdham merkte, was er gesagt hatte, und errötete. Soweit Graham zurückdenken konnte, war es das erste Mal, daß der Mann verlegen wirkte. »Tut mir leid. Ich war taktlos. Ich meine ... Nun ja, ich hoffe bloß, daß der Posten Sie – wie unzureichend auch immer – wenigstens ein bißchen über den Verlust Ihrer Frau hinwegtröstet.«

Graham lächelte nachsichtig wie ein Mann, der eben an seinen größten Verlust und nicht an seinen größten Triumph erinnert worden war.

George Brewers bisherige Abschiedsfeiern hatten sich jeweils nur auf einzelne Abteilungen beschränkt, aber die Feier, die um sechs Uhr im Konferenzraum im achten Stock am Freitag, seinem letzten Arbeitstag, begann, schloß alle ein.

Der Ehrengast schien bedrückt, wenn nicht regelrecht deprimiert. Während bei vorangegangenen Anlässen die versammelte Menschenmenge ihn zu fieberhafter Fröhlichkeit hingerissen hatte, schien die Realität seines Abschieds ihn jetzt zu erdrücken. Auf Fragen nach seinen Beschäftigungen im Ruhestand machte er keine Witzchen mehr über Golf und Gartenarbeiten, sondern erwiderte: »Ich hab' keine Ahnung, ich hab' einfach keine Ahnung, wie ich die Zeit ausfüllen werde.« Er tat jetzt nicht mal mehr so, als würde ihn die Aussicht auf vermehrte Freizeit und auf seine Pension freuen, sondern lauschte versonnen, wenn die Kollegen ihn unabsichtlich bei ihren Gesprächen über Zukunftspläne ausschlossen. Er sah aus wie ein Mann am Rande eines dunklen Abgrunds, der sich voller Angst fragte, wie tief er wohl fallen würde.

Im Gegensatz dazu war sein Stellvertreter bei strahlender Laune. Er plauderte locker mit seinen älteren Kollegen und seinen neuen Freunden von der Forschungsabteilung. Mit Angehörigen der Führungsschicht unterhielt er sich in

komplizenhaftem Flüsterton. Unter den milden Blicken von Miss Pridmore flirtete er harmlos mit Sekretärinnen. Und gelegentlich, wenn jemand seine verstorbene Frau erwähnte, schaute er angemessen ernst drein.
Von Zeit zu Zeit sah er Stella. Sie versuchte, ihn mit bedeutungsvollen Blicken zu durchbohren, wurde aber von ihm nicht anders behandelt als die anderen Mädchen auch. Einmal nahm sie tatsächlich seinen Arm und zischte ihm zu: »Wann sehen wir uns denn wieder, Graham?«
»Bald, bald«, erwiderte er leichthin und machte sich davon, um gemeinsam mit Terry Sworder über einen Witz zu lachen.
Nachdem schon eine ganze Menge getrunken worden war, klopfte jemand um Ruhe bittend an ein Glas, und David Birdham lieferte eine kurze, berufliche Lobrede über George Brewer. Er begann mit einer uralten, leicht anrüchigen Anekdote über George und eine schon seit langem verschwundene Sekretärin anläßlich einer Konferenz in Manchester, zählte dann die guten Eigenschaften des Personalchefs auf, wie Humor, Geduld und gesunden Menschenverstand, um schließlich zu sagen, wie sehr ihn alle vermissen würden. Er machte eine kurze Anspielung auf die ›durch kürzliche Ereignisse erzeugte dunkle Wolke‹ und versicherte, daß ›Georges Nachfolger, wer immer es auch sein mochte‹, es schwer haben würde, das hohe Niveau seines Vorgängers zu halten. Mit keinem Wort erwähnte David Birdham, daß seiner Meinung nach ›George nicht mehr alle Tassen im Schrank hatte‹ und ›seit Jahren den Fortschritt bremste‹. Zum Schluß bat er alle, die Gläser auf George Brewer zu erheben, während Miss Pridmore das Geschenk hereinrollte, für das sie alle so großzügig gespendet hatten – einen neuen Golfwagen.
Nachdem der Applaus verebbt war, hielt George eine kleine, bedrückte Dankesrede. Vielleicht war er angetrunken, vielleicht waren es die Emotionen, jedenfalls verlor er ständig den Faden. Seine Scherze verpufften an der falschen Stelle, stotternd brachte er seine Dankbarkeit zum Ausdruck und gelangte schließlich in eine Sackgasse, als

er von der Zukunft sprechen wollte. Zum Schluß starrte er nur noch auf sein Golfwägelchen, das jetzt, wie die Newtonschen Kugeln auf seinem Schreibtisch, die Leere seines Lebens zu betonen schien.
Als die Rede im Schweigen versickerte, übernahm David Birdham die Initiative und brüllte: »Verdammt gute Rede, George«, worauf alle in Beifall ausbrachen.
Danach löste sich die Versammlung schnell auf. Die Jüngeren besuchten grüppchenweise die Pubs, die Vorstandsmitglieder gingen hinunter zu ihren Fahrern, und die Angehörigen der Personalabteilung reihten sich zu einem letzten Händedruck und einem Abschiedsscherzwort auf. Eine kleine Gruppe von Leuten, die kräftig dem Alkohol zusprachen und zu denen, wie Graham bemerkte, auch Stella gehörte, blieb fröhlich beisammen, während die Kellnerinnen Geschirr und Gläser einsammelten und die übriggebliebenen Weinflaschen abräumten.
»Ich glaube, ich muß jetzt los«, sagte George abrupt, und ging etwas unsicher, aber eilig in das Vorzimmer, wo die Mäntel abgelegt worden waren.
Goodby, George, dachte Graham. Dich hab ich zum letztenmal gesehen, du langweiliger, alter Narr.
Dann sah er den glänzenden Golfwagen, verlassen und verloren. O Gott, das fehlte ihm gerade noch, daß George am Montag, wenn er die Zügel in die Hand nahm, hereingestolpert kam, um sein Geschenk abzuholen.
Mit einem fröhlichen »Vergeßlich bis zuletzt«, das er zu der Gruppe der Trinkenden hinüberrief, schob Graham das Wägelchen hinter seinem Besitzer her.
Im Türrahmen stoppte er. George fummelte auf dem Boden herum. Ein Garderobenständer war umgefallen, und er konnte seine Sachen nicht finden.
»Ich hab' was, das dir gehört, George«, verkündete Graham jovial.
Die angesäuselten, traurigen Augen blickten zu ihm auf. Dann erhob sich George und steckte eine Hand in die Tasche. »Ich hab' auch was, was dir gehört, Graham.«

Er zog seine Hand heraus. Auf seiner Handfläche lag Grahams goldenes Feuerzeug.
»Danke. Ich wußte, daß ich's irgendwo verloren haben mußte. Hätte nicht gedacht, daß ich's noch mal zu Gesicht bekommen würde. Hab' ich es in Ihrem Büro liegenlassen?«
»Nein.«
»Oh. Wo haben Sie es dann gefunden?«
»Das ist ja das Merkwürdige«, sagte George Brewer langsam. »Es wurde mir heute morgen mit der Post zugeschickt. An mich adressiert. Von irgendeiner Autovermietung. Anscheinend haben sie es in einem ihrer Wagen gefunden.«

## 29

Graham ging die Treppen hinunter. Im Dunkel der Empfangshalle wartete er, bis der Lift ankam. Die Türen öffneten sich, und George stolperte heraus, klein und gebeugt, den ganz und gar nicht zu ihm passenden Golfwagen hinter sich herziehend.
Zu dieser späten Stunde war nur noch eine Tür offen, und George hatte Schwierigkeiten, das Wägelchen hindurchzumanövrieren. Auch die Stufen hinab zum Gehsteig bewältigte er nur mühsam. Graham tauchte erst aus dem Gebäude auf, als sein Opfer normal weiterlief.
Er mußte herausfinden, wieviel George wußte oder wieviel er sich zusammengereimt hatte. In seinem verwirrten Zustand hatte der alte Mann vermutlich nicht weiter nachgedacht, sondern einfach nur das Feuerzeug zurückgegeben; die ungewöhnlichen Umstände, wie es in seinen Besitz gelangt war, beschäftigten ihn anscheinend so sehr, daß er noch gar keine Zeit gehabt hatte, es verdächtig zu finden, wieso das Feuerzeug in ein Mietauto gekommen war. Aber er würde nicht ewig angetrunken bleiben, und der Moment würde kommen, wo er Fragen zu stellen begann. Graham wußte, daß er mit ihm sprechen mußte, noch bevor dieser Moment gekommen war, er mußte jeden Verdacht mit ir-

gendeiner falschen Erklärung zerstreuen. Er wußte jetzt noch nicht, wie diese Erklärung aussehen sollte, aber er war zuversichtlich, daß ihm schon was einfallen würde.
In der Zwischenzeit würde er seinem ehemaligen Chef folgen und den richtigen Augenblick abwarten, um ihn anzusprechen.
George Brewer bewegte sich automatisch. Seit über dreißig Jahren waren seine Füße den gleichen Weg getrottet, und keine noch so bitteren Gedanken würden sie auch nur einen Schritt abweichen lassen. Sein lächerliches Anhängsel, den Golfwagen, hatte er ganz vergessen, bis er bei den Stufen der U-Bahn-Station am Oxford Circus ankam.
George hielt seine beinahe abgelaufene Dauerkarte einem in seine Zeitung vertieften Kontrolleur entgegen und balancierte dann seine Trophäe, seine Belohnung für all diese Dienstjahre, auf die Rolltreppe. Seine Konzentration auf diese Aufgabe verhinderte, daß er seinen Kollegen am Fahrkartenautomat bemerkte.
Graham war ärgerlich. Er hätte sich nicht so lange damit aufhalten sollen, den Privatdetektiv zu spielen. Er hätte sich George schon viel früher vorknöpfen, eine Erklärung wegen des Feuerzeugs abgeben und damit die Sache erledigen sollen. Jetzt blieb ihm nur noch das umständliche Theater übrig, zum Bahnsteig hinunterzugehen und den alten Mann dort anzusprechen.
George wohnte in Haywards Heath, mußte also die Victoria-Linie in Richtung Süden nehmen. Es war ungefähr halb neun. Die Station war verhältnismäßig leer; die Pendler, die nach Büroschluß noch einen Drink zu sich genommen hatten, waren verschwunden, und die Kinos und Restaurants mußten ihre Besucher erst noch auf den Heimweg schicken.
Mit dem Golfwagen kam George nicht so schnell voran, und Graham befand sich am Ende der zweiten Rolltreppe dicht hinter ihm. Er hätte ihn jetzt ansprechen, anrufen können, tat es aber nicht.
Plötzlich setzte George zum Spurt an, ein asthmatisches

Laufen, als er einen Zug am Ende des Bahnsteigs bemerkte, aber es war schon zu spät. Die Fenster glitten vorüber. Er hatte den Zug verpaßt. Keuchend stoppte er, während die wenigen ausgestiegenen Fahrgäste an ihm vorübergingen. Dann bewegte er sich auf dem Bahnsteig nach vorn.
Graham blieb stehen, anscheinend in ein Kinoposter vertieft. Er versuchte sich einzureden, daß er nur noch an seiner Erklärung wegen des Feuerzeugs feilte, aber er glaubte es jetzt selbst nicht mehr. Erregung pulste durch seinen ganzen Körper.
George stand mit dem Rücken zum Durchgang. Seine rechte Hand hielt den Griff des Golfwagens umklammert, während er von seiner Uhr zu der Anzeigetafel schaute. Graham überzeugte sich, daß sich niemand hinter ihm befand, und ging auf den Bahnsteig.
Ein Blick nach jeder Seite. Bis auf George hatte niemand den Zug verpaßt.
Es brauchte nur einen schnellen, kräftigen Stoß.

Graham marschierte schon zum Durchgang zurück, noch bevor Georges Körper auf die Schienen knallte, und so sah er auch nicht den aufzuckenden Blitz, als das Metall des Golfwagens Kontakt mit den Schienen bekam. Auch das schreckliche Zucken, das durch den Körper seines ehemaligen Chefs peitschte, bemerkte er nicht.
Er folgte den ›Ausgang‹-Schildern und warf sein Ticket dem immer noch lesenden Kontrolleur zu, der nie überprüfen würde, weshalb ein in Oxford Circus gelöstes Tikket hier bei ihm abgegeben wurde.
Wieder oben auf der Straße, spürte er, wie die Erregung ausbrach. Er schaute auf seine Uhr. Erst sieben Minuten waren vergangen, seit er das Crasoco-Hochhaus verlassen hatte.
Sein Verstand funktionierte einwandfrei. Er wußte genau, was er zu tun hatte. Er marschierte flott, aber nicht überhastet zurück zum Büro.
Er war darauf gefaßt gewesen, bis zum Konferenzsaal hoch zu müssen, konnte sich aber die Mühe sparen. Stella

und einige andere kichernde Sekretärinnen kamen gerade aus dem Lift heraus.
Schnurstracks ging er auf sie zu.
»Ich hab' auf dich gewartet«, sagte er.
Die anderen beiden Sekretärinnen trennten sich kichernd.
Stella blickte zu ihm auf. Ihre Augen waren vom Alkohol etwas verschwommen, aber ihr Blick war erleichtert und vertrauensvoll.
Mit dem Taxi fuhren sie zu ihrer Wohnung. Kaum war die Tür hinter ihnen ins Schloß gefallen, da griff er schon nach ihr. Er machte die Augen zu, als sich ihr Fleisch vereinigte, und die Erinnerung an diesen einen Stoß, an das Bild von George Brewer, der wie erstarrt mitten in der Luft hing, verlieh Graham Marshalls Körper eine ungeheure Kraft.

## 30

Die Nachricht von George Brewers Selbstmord, die sich am Montagmorgen im Büro verbreitete, löste viel Klatsch und Aufregung aus, aber im Vergleich zu Robert Benhams Tod war sie nur eine kleinere Sensation.
Jetzt wurde vielen plötzlich klar, daß George schon seit langem auf dieses Ziel zugesteuert war. Seit dem Tode seiner Frau war die Arbeit sein ganzes Leben gewesen, und er hatte kein Geheimnis aus seiner Furcht vor der vor ihm liegenden Leere gemacht. Er war nicht der erste, der sich nach einer Pensionierungsparty umbrachte, und er würde ganz bestimmt nicht der letzte sein.
Auch wenn es jedem angemessen leid tat, auch wenn das Management über einen weiteren halben Tag jammerte, der für die nächste Beerdigung verschwendet werden mußte, so war doch die Zwangsläufigkeit seines Todes für alle nachvollziehbar. In gewisser Weise wurde George dadurch reingewaschen, wurden sie selbst von ihren Schuldgefühlen freigesprochen. Die Vorstellung, wie er in Haywards Heath allmählich zum Alkoholiker wurde, mochte gelegentlich leichte Gewissensbisse auslösen; mit seinem

Tod hingegen wurde sein spezielles Kapitel der Firmengeschichte sauber abgeschlossen.
Graham zog aus Gründen der ›Zweckdienlichkeit‹ und um Terry Sworder mehr Platz zu schaffen in Georges Büro um. Terry würde, so hatte er beschlossen, einen ausgezeichneten Stellvertreter abgeben, sobald erst mal seine eigene Ernennung zum Personalchef offiziell bekanntgegeben worden war. Terrys wissenschaftliche Qualitäten würden in Verbindung mit Grahams kompromißlosen Visionen eine unschlagbare Kombination ergeben.
Stella behandelte er rein dienstlich; den ganzen Tag über hielt er sie mit Memos und Briefen in Trab, die er alle mit ›stellvertretender Personalchef‹ unterschrieb. Am Nachmittag wurde sie in Miss Pridmores Büro gerufen, von wo sie in Tränen aufgelöst zurückkehrte, aber Graham hatte nicht die Zeit, sie nach dem Grund dafür zu fragen.
Gegen Ende der Woche arbeitete Stella beim Sekretärinnen-Notdienst, eine Übergangslösung, bevor sie eine dauerhaftere Stellung in einer anderen Abteilung antrat.
Und gegen Ende der Woche war auch George Brewer, genau wie Merrily Marshall und Robert Benham, nur noch ein Häufchen Asche.

Graham arbeitete noch spät am Freitagabend. Mit dem Feiertag am Montag würde es ein langes Wochenende werden, und er wollte noch einige Vorbereitungen für die nächste Woche treffen. Außerdem wußte er, daß sich David Birdham in einer Management-Versammlung befand, und rechnete so halb und halb damit, daß das Telefon läuten und man seine Ernennung zum Personalchef bestätigen würde. Aber es war eine zuversichtliche, keine verzweifelte Hoffnung; Graham wußte, daß er den Posten sicher hatte.
Und so verließ er, obwohl er keine Nachricht erhalten hatte, ohne jede Besorgnis das Büro gegen acht. Er fühlte sich gut. Es war eine Woche nach George Brewers Tod, und Graham Marshall war der Meinung, er hatte sich eine kleine Belohnung verdient. Also lud er sich selbst, ohne zuvor

nach Hause zu gehen, zu einem teuren Dinner im ›Grange‹ ein. Das Alleinsein machte ihm nichts aus, doch als er die aufgeputzten Pärchen um sich herum sah, fragte er sich, ob er nicht irgendwann doch nach einer weiblichen Begleitung Ausschau halten mußte. Natürlich mußte sie seinem neuen Status entsprechen.

Tara Liston... hm. Vielleicht sollte er ihr jetzt nach Roberts Tod einen mitfühlenden Brief schreiben....

Kein schlechter Gedanke. Aber das hatte keine Eile. Er stand unter keinerlei Druck, hatte alle Zeit der Welt zu seiner Verfügung.

Kurz nach elf kam er angenehm beschwipst nach Hause, ging sofort zu Bett und schlief zwölf Stunden durch. Die ganzen Anspannungen der vergangenen Wochen machten sich jetzt erst richtig bemerkbar, und als er sich entspannte, fühlte er sich unglaublich müde. Jetzt mußte er sich während des verlängerten Wochenendes langsam wieder sammeln, auf normale Touren herunterkommen; er mußte sich ein bißchen verhätscheln und verwöhnen.

Vielleicht hätte er noch länger als zwölf Stunden geschlafen, hätte ihn nicht das Geräusch eines Schlüssels in der Haustür geweckt. Schwankend und blinzelnd stand er am Treppenabsatz und schaute auf Lilian Hinchcliffe hinunter.

Sie sah erschöpft und ungekämmt aus; das Gewicht einer großen Handtasche zog sie nach unten.

Er gähnte. »Guten Morgen. Was verschafft mir das Vergnügen?«

Sie schwieg, als er die Treppe hinabstieg, und bewegte sich nicht, bis er auf gleicher Höhe mit ihr war. Dann riß sie mit überraschender Geschwindigkeit etwas aus ihrer Tasche und stürzte sich mit dem Aufschrei: »Du wirst damit nicht durchkommen, Graham!« auf ihn.

Er war noch schlaftrunken und nicht auf den Angriff gefaßt, schaffte es aber trotzdem, das erhobene Messer abzuwehren, auch wenn die Klinge durch den Stoff seines Morgenmantels am Unterarm schnitt. Der Schmerz machte

ihn munter. Mit seiner rechten Hand umklammerte er ihre Messerhand, während er gleichzeitig seinen Ellbogen gegen Lilians Kinn stieß.
Ihre freie Hand schlug wie eine Klaue in sein Gesicht, brachte ihm schmerzhafte Kratzer bei, bevor er den Kopf zur Seite reißen konnte. Er ließ sich gegen das Treppengeländer fallen, brachte sie damit aus dem Gleichgewicht und knallte dann ihr rechtes Handgelenk heftig gegen den Geländerpfosten, bis das Messer klappernd zu Boden fiel. Die schwere Handtasche hämmerte gegen seine Seite, und ihre freie Hand riß an seinem Ohr.
Schmerz durchzuckte ihn, während er sich freimachte und mit ausgestreckter rechter Hand ihren Kiefer umklammerte; er preßte ihr den Mund auf und hielt sie sich auf Armeslänge vom Leib. Jetzt langte ihre Reichweite nicht mehr, um an seinen Körper heranzukommen, und sie mußte sich damit begnügen, seine Hand zu zerkratzen.
»Was zum Teufel soll das eigentlich?« erkundigte sich Graham.
»Ich bring' dich um!« kreischte sie, sich ohnmächtig in seinem Griff windend.
»Und warum?« Er wußte, daß sein Tonfall von aufreizender Ironie war.
»Weil du wahnsinnig bist.«
Wieder traf ihn das Wort, und bevor er noch recht wußte, was er tat, schlug er ihr mit dem linken Handrücken hart über den Mund. Sie jaulte vor Schmerz auf und hörte auf, gegen ihn anzukämpfen. Ihre Lippe war gegen die Zähne geschlagen worden, und ein bißchen Blut sickerte heraus.
»Jetzt sei mal vernünftig.« Graham hatte sich wieder unter Kontrolle. »Wovon redest du eigentlich?«
»Du hast Merrily umgebracht.«
Er lachte laut auf und beförderte seine Schwiegermutter, immer noch mit Armeslänge Abstand, ins Wohnzimmer. Er baute sie vor einem Sessel auf und gab ihr einen kleinen Stoß. Sie sackte zusammen; alle Gewalttätigkeit war von ihr gewichen.

Graham setzte sich aufs Sofa. »Ich hab' also Merrily umgebracht, ja?«
»Ja.«
»Wenn das der Fall ist, wieso hat dann die Polizei bei der Untersuchung nichts davon erwähnt? Wie kommt es, daß selbst bei der zweiten Ermittlung, ausgelöst durch deinen Giftspritzenbrief, nichts herauskam?«
Lilian verfärbte sich bei der Erwähnung des Briefes. »Ich weiß, daß du sie gehaßt hast, Graham. Schau dich doch bloß an, du hast kein Anzeichen von Bedauern erkennen lassen, seit sie gestorben ist. Du warst nur entzückt, daß du endlich sie, die Kinder und mich los warst.«
»Das ist wohl kaum ein Verbrechen«, sagte Graham gedehnt. »Ich glaub', du würdest eine ganze Menge Ehemänner finden, die sich bei der Chance, schmerzlos ihre Familien loszuwerden, alle zehn Finger leckten.«
»Du hast alles geplant. Du wußtest, daß es passieren würde. Während du in Brüssel warst, während sich Merrily um das Haus kümmerte und für dich putzte, wußtest du, daß sie dem Untergang geweiht war.«
»Irgendeinen Beweis dafür?« fragte er mit aufreizendem Lächeln.
»Für die elektrische Leitung hab' ich keinen Beweis. Aber ich hab' Beweise . . . Beweise, daß . . .« Ganz plötzlich verlor sie den Schwung, ihr ging die Luft aus. Sie versuchte ihren Blick zu verschleiern, aber Graham hatte gesehen, daß er auf die Handtasche zu ihren Füßen gerichtet gewesen war.
»Was ist da drin, Lilian?«
Sie leistete nur andeutungsweise Widerstand, als er ihr die Tasche entriß und den Inhalt ausschüttete.
»Aber, aber, aber.« Mit langgezogener Ironie trennte er die Worte voneinander. Er hielt die Sherryflasche in die Höhe. Die verflossene Zeit hatte nicht geholfen, den Inhalt aufzulösen. Durch das grüne Glas hindurch konnte er immer noch den eigenartigen Bodensatz der blauen Körnchen erkennen. Über dem Etikett stand die von ihm mit Filzstift geschriebene Warnung: »GIFT. NICHT TRINKEN.«

»Wo hast du das her, Lilian?«
»Merrily hat den Schuppen aufgeräumt.« Ihre Stimme klang mürrisch und resigniert. »Zwei Tage vor ihrem Tod. Ich hab' ihr dabei geholfen.«
»Und du hast diese Flasche gefunden. Was hat Merrily dazu gesagt?«
Er war völlig unbesorgt, aber die Sache reizte ihn. Hatte die Entdeckung Merrilys Mißtrauen geweckt? Die Vorstellung, daß seine Frau Angst vor ihm gehabt hatte, gefiel ihm, die Vorstellung, daß ihr letzter Gedanke auf dem Dachboden, während der Stromschlag sie durchzuckte, die Erkenntnis war, welche Macht doch ihr Mann besaß.
Lilian errötete. »Merrily ... hat die Flasche gar nicht gesehn.«
Er verstand. Seine Schwiegermutter hatte, in der Annahme, sie wäre voll, die Flasche vom Bord genommen und in ihrer Tasche versteckt.
»Und die Aufschrift ›Gift‹ auf dem Etikett hast du erst zu Hause bemerkt?«
Sie war zu deprimiert, um zu leugnen.
»Oh, Lilian.« In gespieltem Mitgefühl schüttelte er den Kopf. Dann änderte sich sein Tonfall. »Du hast von der Flasche als Beweis gesprochen. Beweis für was, wenn ich fragen darf?«
»Beweis dafür, daß du Merrilys Tod geplant hast«, erwiderte sie und leerte damit ihr ohnehin schon armseliges Arsenal.
»Wieso ist das ein Beweis dafür?« Geziert hielt er die Flasche zwischen Daumen und Zeigefinger. »Merrily starb an einem durch die schadhaften Leitungen des alten Hauses verursachten Elektrounfall.«
»Diese Flasche beweist, daß du geplant hast, sie zu töten, daß du es zuerst mit Gift probiert hast, daß du gehofft hast, sie könnte versehentlich davon trinken, daß dir dann klar wurde, daß es so nicht funktionieren würde und ...«
Die Worte hätten ihn beunruhigen können, so sehr kamen sie der Wahrheit nahe, doch der Tonfall, in dem Hoffnungslosigkeit und das Eingeständnis der Niederlage mit-

schwang, zeigte, daß selbst die Sprecherin kaum davon überzeugt war. Mit einem Gefühl des Entzückens erkannte Graham erneut seine Unangreifbarkeit.

»Und all das beweist diese Flasche?« Er stellte sie auf dem Kaminsims ab und schüttelte den Kopf. »Warum jetzt plötzlich? Warum hast du deinen ›Beweis‹ nicht auf den Tisch gelegt, als du den Brief an die Polizei geschrieben hast?«

»Da hatte ich noch nicht alles durchschaut«, murmelte sie.

»Das hast du jetzt auch noch nicht«, schlug er grob zurück. »Du bist immer noch meilenweit davon entfernt. Weil es einfach nichts zu durchschauen gibt. Gott weiß, aus was für einem Stück diese Szene stammt, Lilian, aber wie stets bist du viel zu melodramatisch – bist es immer schon gewesen. Bei dir bläst sich alles zu einer ausgewachsenen komischen Oper auf. Entweder geht es darum, wie sich Charmian benommen hat, oder ob deine Enkel dich lieben, oder um deine Nicht-Affäre mit dem verstorbenen, großen, *schwulen* William Essex.« Er wartete, aber sie sagte nichts, und so fuhr er fort: »Das ist alles so überdimensional und lächerlich. Was einer der Gründe ist, weshalb es mich freut, dich los zu sein. Aber ...«, er hob einen Finger, um ihrem Einwand zuvorzukommen, »aber jetzt hört es allmählich auf, komisch zu sein. Noch eine weitere Mordbeschuldigung, und ich erstatte Anzeige gegen dich. Ich glaube nicht, daß die Polizei von deiner Sherryflasche sonderlich beeindruckt sein wird. Vielleicht wäre das der Fall gewesen, wenn sie die Flasche in der Woche nach Merrilys Tod im Schuppen gefunden hätten, aber jetzt ... nun ja, es kann genausogut ein Trick von dir sein, um mir was anzuhängen. Sie haben dich sowieso schon im Verdacht, Lilian. Ich mußte sie buchstäblich überreden, wegen des Briefs nichts zu unternehmen. Und jetzt kommt noch diese Messerattacke heute morgen hinzu. Belästige mich noch einmal, Lilian, und ich lasse dich einsperren.«

Sie schwieg immer noch, als er sich erhob. »Ich ziehe mich jetzt an. Wenn ich wieder herunterkomme, möchte ich dich nicht mehr vorfinden. Oh, übrigens, ich werde vor weiteren Messerangriffen auf der Hut sein.«

An der Tür hielt er noch einmal neugierig inne. »Nebenbei bemerkt, wozu sollte diese Messerattacke eigentlich gut sein? Wolltest du mich wirklich umbringen?«

»Ja«, zischte sie. »Aber nicht mit dem Messer.«

»Wie dann?«

Sie deutete mit schlaffer, mutloser Geste zu der Flasche auf dem Kaminsims hin.

»Du wolltest mich zwingen, das zu trinken?« Er traute seinen Augen fast nicht, als sie ein kleines, zustimmendes Nicken von sich gab. »Mit vorgehaltenem Messer?«

Das zweite kleine Nicken ließ ihn in Gelächter ausbrechen. Der Witz erschien ihm immer noch gut, als er das Messer aufhob und es in Sicherheit brachte. Während er sich gemächlich rasierte und anzog, stieg gelegentlich noch ein kleines Lachen in ihm auf.

Als er wieder nach unten ins Wohnzimmer kam, war Lilian immer noch da. Sie schien sich nicht bewegt zu haben. Sie sah alt und elend aus.

»Ich gehe«, verkündete Graham. »Ich wäre dir dankbar, wenn du meinen Hausschlüssel auf dem Tisch läßt, wenn du dann gehst. Wenn nicht, bin ich mir sicher, daß ich ihn über meine Anwälte zurückbekommen werde.«

Er war schon an der Tür, bevor sie sprach.

»Du hast Merrily getötet, Graham. Und ich werde mich an dir rächen. Und wenn es das letzte ist, was ich tu.«

»Nein, Lilian.« Er schenkte ihr ein nachsichtiges Lächeln. »Nicht mal, wenn's das letzte ist, was du tust.«

Er ging aus dem Haus, um sich sofort einem neuen Problem gegenüberzusehen.

Es war ein strahlender Tag; im Sonnenschein leuchtete das Grün der neuen Blätter noch intensiver als sonst. Ohne ein bestimmtes Ziel marschierte er in Richtung Fluß. Er empfand ein köstliches Gefühl der Freiheit; es spielte keine Rolle, wohin er ging, was er machte.

»Graham.«

Beim Klang seines Namens drehte er sich um; von einem Mini, der vor dem Haus gegenüber parkte, kam Stella auf ihn zugeeilt. Er sagte nichts, als sie sich ihm näherte.
»Graham, ich möchte wissen, was los ist.«
»Weshalb bist du hier?« fragte er kalt.
»Ich muß dich sehen.«
»Du siehst mich. Warum bist du hergekommen? Weshalb überfällst du mich mitten auf der Straße?«
»Ich wollte ins Haus, aber gerade als ich ankam, tauchte eine Frau auf.«
»Meine Schwiegermutter«, teilte er ihr mit. »Die Mutter meiner verstorbenen Frau.«
»Graham ...« Stella schaute ihn bittend an.
»Was willst du?« Allmählich wurde er ärgerlich. Zum Glück waren wenig Leute in der Nähe, aber er wollte keine Szene auf offener Straße.
»Ich möchte wissen, wie wir miteinander stehen, Graham.«
Wut blitzte in ihm auf. Verdammte Weiber. Selbst jemand wie Stella mit ihrer geschätzten Unabhängigkeit, Stella, die flotte Büronummer, wollte ihn mit Verpflichtungen und Verantwortung bedrängen.
»Wir stehen ein gutes Stück auseinander«, zischte er.
Sie zuckte zurück, als hätte er sie geschlagen. Dann kämpfte sie die aufsteigenden Tränen nieder und kündigte ganz ruhig an: »Graham, das wirst du bedauern. Warte nur ab. Wenn du das nächstemal was von mir willst, dann wirst du eine Enttäuschung erleben.«
»Ich kann mir nicht vorstellen«, erwiderte er genauso ruhig, »daß ich je wieder was von dir will.«
Das brachte die Tränen zum Überfließen. »So kommst du mir nicht davon. Ich warte hier auf dich, Graham. Ich krieg' dich!«
Noch während sie sprach, marschierte er davon; sie rief zwar hinter ihm her, blieb aber stehen. Er ging weiter und drehte sich kein einziges Mal um, bis er am Ende der Boileau Avenue angelangt war. Im Inneren des Mini konnte er die zusammengesunkene Gestalt erkennen.

Als er Castelnau erreicht hatte und sich der Hammersmith-Brücke näherte, war sein Wohlgefühl zurückgekehrt. Mit ihm kam der Hunger. Die erste morgendliche Störung hatte ihn vom Frühstück abgehalten. Er schaute auf seine Uhr. Eins.
Er ging in einen Supermarkt, wo er ein paar Schweinefleischpasteten, eine Orange und zwei Dosen Bier kaufte. Das Pakistani-Mädchen an der Kasse schaute nicht auf, als er ihr das Geld reichte.
Während er auf die Brücke zuging, summte es in seinem Kopf vor prickelnder Erregung. Es gab nichts, was ihn zurückhalten konnte. Lilian. Stella. Für sein Leben waren sie so unerheblich wie seine tote Frau und seine abgelegten Kinder. Nichts zählte außer Graham Marshall.
Kurz vor der Brücke überquerte er plötzlich die Straße und ging hinunter zu dem Treidelpfad. Es war eine kleine Verzögerungstaktik, ein aufreizendes Vorspiel, bevor er an die Stätte seines Triumphs zurückkehrte.
Er ging den Treidelpfad vor den Sportplätzen der St.-Pauls-Schule entlang und setzte sich dann auf eine Bank, um sein Picknick zu verzehren. Die Sonne hatte bereits sommerliche Kraft und glitzerte auf dem Fluß vor ihm. Muß meinen Urlaub planen, dachte er, als er die zweite Dose Bier öffnete. Irgendein schöner, luxuriöser Ort drüben auf dem Kontinent.
Er bummelte ein Stück den Fußweg auf die Barnes-Eisenbahnbrücke zu und kehrte dann zum Schauplatz des Todes des alten Mannes zurück. Mit sentimentalen Gedanken verweilte er am Brückengeländer, streichelte sogar die Stange, über die sein erstes Opfer bereits tot gestürzt war. Jetzt fürchtete er nicht mehr, Aufmerksamkeit zu erregen. Graham Marshall absolut sicher in seiner Erfolgsaura.
Seine nachmittägliche Freizeit verwandte er auf einen Kinobesuch in Hammersmith. Er schaute sich den Film *Monty Python's Life of Brian* an. Die paar Szenen, die er sah, gefielen ihm, aber dann schlief er erschöpft ein. Gegen halb sechs war das Kino aus; er fühlte sich erholt und dachte daran heimzugehen.

Doch warum sollte er? Es gab keinen Grund, in die Boileau Avenue zurückzukehren. Dort gab es nichts, was er sich wünschte – und Lilian oder Stella, die dort eventuell noch lauerten, zu sehen, wünschte er eindeutig nicht.
Und schließlich wollte er sich ja ein bißchen verwöhnen. Zum ersten Mal seit fünfzehn Jahren konnte er tun, was ihm gerade in den Sinn kam.
Ein plötzlicher Impuls trieb ihn in die richtige Richtung. Er schaffte es, noch vor Ladenschluß ein paar Geschäfte in der King Street aufzusuchen, und kaufte ein Hemd, Unterwäsche, Pyjama und Rasierzeug, zusammen mit einem hübschen kleinen Koffer, in den er die Sachen tat. Mit dem Glück, das ihn, wie er wußte, nun nie wieder verlassen würde, erwischte er trotz des Nachmittagsverkehrs ein Taxi und ließ sich nach Paddington Station fahren.
Er nahm den nächsten Zug nach Oxford und fuhr dann mit dem Taxi zum Randolph Hotel. Ja, es gab noch ein Einzelzimmer für zwei Nächte. Graham Marshall trug sich ein.

Er speiste ausgezeichnet, verwöhnte sich weiterhin. Kein Problem mit den Kreditkarten. Schließlich würde er bald über das Gehalt des Personalchefs verfügen.
Am Samstagabend dachte er bei einer zweiten Flasche Chambolle Musigny über den Ablauf der Ereignisse nach, die ihn bis zu diesem Punkt gebracht hatten.
Er war nun dort angelangt, wo er hingehörte. Es war eine erheiternde Spekulation, was wohl geschehen wäre, wenn man ihn bereits im ersten Anlauf zum Personalchef gemacht hätte.
Höchstwahrscheinlich hätte er den alten Mann nicht umgebracht. Wären sie sich begegnet, dann hätte Graham bestimmt nicht die gleiche unterdrückte Gewalttätigkeit gespürt.
Und hätte er nicht unabsichtlich dieses Tabu gebrochen, dann gäbe es höchstwahrscheinlich auch noch Merrily und Robert Benham, um ihn zu reizen und zu frustrieren. Selbst der gute alte George wäre noch am Leben, betrunken und einsam in Haywards Heath.

Graham Marshall bedauerte nichts. Die Morde hatten ihm Kraft gegeben, als er sie dringend benötigte, und Macht, als er nichts davon besaß.
Wieder dachte er über Lilians Beschuldigung nach, er wäre wahnsinnig. Gewiß war er in angespannter Verfassung gewesen, ja, aber bestimmt nicht wahnsinnig. Er war planmäßig und wirkungsvoll vorgegangen.
Es hatte funktioniert.
Vier Morde. Bei dem Gedanken konnte er ein kleines, selbstzufriedenes Lächeln nicht unterdrücken.
Mit leichtem Bedauern machte er sich klar, daß es damit nun aber ein Ende haben mußte. Er hatte unglaubliches Glück gehabt, doch das Risiko war stets gegenwärtig. So oft hätte er gesehen werden können, und stets hatte er sich als unsichtbar erwiesen. So oft hätte er erwischt werden können, und nie war es passiert. Es war erregend, aber auch gefährlich.
Abgesehen davon hatte er alles erreicht, was er wollte.
Er fühlte sich wie ein Formel-1-Weltmeister, der auf dem Höhepunkt seines Erfolges zurücktritt. Er hatte alle Risiken auf sich genommen, er hatte überlebt und konnte nun seinen Erfolg genießen.
Und außerdem, überlegte er, konnte er ja jederzeit wieder handeln, falls es sich als notwendig erweisen sollte.
Mit diesem tröstenden Gedanken zeichnete er die Rechnung für sein Dinner ab und zog sich in die köstliche Anonymität seines Hotelzimmers zurück.

# 31

Das ganze Wochenende über verwöhnte er sich. Teure Speisen, gemütliche Spaziergänge um die College-Gebäude, eine Fahrt auf dem Fluß. Er hatte das Gefühl, es verdient zu haben.
Nach einem üppigen Lunch im Hotel zahlte er am Montag seine Rechnung mit einer Kreditkarte und ließ sich ein Taxi kommen, das ihn zum Bahnhof brachte.
Er bedauerte die Abreise nicht. Er fühlte sich ausgeruht

und wohl und freute sich auf die Arbeit. Am nächsten Tag würde Graham Marshall, mit oder ohne offizielle Ernennung, die Personalabteilung als Leiter übernehmen.
Und er wollte dafür sorgen, daß niemandem in der Abteilung dieser Führungswechsel entging.

Er nahm die Metropolitan-Linie von Paddington nach Hammersmith und ging dann zu Fuß zur Boileau-Avenue.
Er wußte, daß niemand im Haus war, schon als er den Schlüssel ins Schloß steckte. Lilian mußte mitsamt ihrer Verbitterung abgezogen sein, bestimmt um weitere wirkungslose Maßnahmen auszuhecken.
Auf dem Heimweg hatte er nachgedacht, sich auf die Arbeit konzentriert. Er war entspannt und gut gestimmt, und er glaubte eine Lösung für den absehbaren Konflikt zwischen der Personalabteilung und dem Betriebsrat wegen eines neuen Einstufungsystems gefunden zu haben. Der Einfall war ihm unterwegs gekommen, und er wollte die Durchführbarkeit nun anhand einiger Zahlen überprüfen, die Terry Sworders Computer ausgeworfen hatte.
Zu Hause angekommen, eilte Graham sofort hoch in sein Arbeitszimmer und zog Terrys Bericht aus seiner Aktentasche. Er machte sich beim Durchsehen der Zahlenkolonnen einige Notizen und lehnte sich dann zufrieden zurück. Es müßte funktionieren. Natürlich würde es auch einige Schwierigkeiten geben, aber sein Vorschlag besaß genau die richtige Mischung; er appellierte an die Habsucht und vermittelte die Illusion von Konsultation. Er mußte einfach angenommen werden.
Graham war bis jetzt so beschäftigt gewesen, daß er erst jetzt das aufleuchtende Licht an seinem neuen Anrufbeantworter, das Signal für hinterlassene Nachrichten, bemerkte. Er hatte das Gerät am Freitagmorgen eingeschaltet und seitdem nicht mehr überprüft.
Er wollte das Gerät gerade auf ›Abspielen‹ stellen, als das Telefon läutete. Er schaltete das Aufzeichnungsgerät ab und griff zum Hörer.

Es war Charmian.
»Hallo«, erwiderte er vorsichtig, in Erwartung einer erneuten Tirade wegen seiner Unzulänglichkeiten als Vater.
»Hast du es gehört?«
»Was gehört?«
»Wegen ... Mummy.«
»Nein.« Was zum Teufel hatte Lilian jetzt wieder angestellt? Aber Charmian ließ ihm keine Zeit zu Mutmaßungen. »Sie ist tot.«
»Hm?«
»Sie hat sich umgebracht.«
»Guter Gott.« Graham lieferte die konventionelle Reaktion, während er gleichzeitig überlegte, was er wirklich fühlte. Er vermutete stark, es könnte Entzücken sein.
»Seit fast achtundvierzig Stunden versuch' ich dich zu erreichen. Die Polizei ebenfalls. Wo bist du gewesen?«
»Weg«, entgegnete er lakonisch.
»Also hat sie es endlich geschafft. Offensichtlich war doch nicht alles nur Gerede. Ich hätte ihr zuhören sollen, ich hätte ...« Charmians Stimme brach.
»Aber ich denke, damit mußte man rechnen.« Er sprach mit sanfter Autorität, eine Stimme der Vernunft.
»O ja, ›damit mußte man rechnen‹! « schnappte Charmian. »Und ich möcht' wetten, es ist dir verdammt egal.«
»Charmian, ich kann nicht so tun, als ob ...«
»Jetzt bist du alle los, nicht wahr? Jetzt kannst du wieder der verfluchte emotionale Eunuche werden, der du schon immer warst! «
»Es ist absolut nicht nötig, zu ...«
»Ich danke bloß Gott, daß ich Henry und Emma von dir fortgeholt hab, bevor du sie auch zerstören konntest.«
»Einen Moment mal. Lilian hat sich selbst zerstört. Ich hatte damit nichts zu tun.«
»Du hast sie soweit getrieben.«
»So leicht kannst du deine Schuldgefühle auch wieder nicht auf mich abwälzen, Charmian. Seit Jahren hat sie damit gedroht.«

Am anderen Ende der Leitung war ein Schluchzen zu hören. »Jetzt hast du alles, Graham, nicht wahr? O Gott, es gibt keine Gerechtigkeit. Alles bloß Zufall. Daß jemand wie du so viel Glück hat, daß ... Wenn ich an Gott glauben würde, das würde meinen Glauben zerstören. Allein der Gedanke – du wirst ja jetzt auch noch das andere Geld kriegen.«

»Was für anderes Geld?« fragte er verwirrt.

»Tu nicht so, als wüßtest du von nichts. Wenn du auch nur einen Funken Anstand in dir hast, dann sorgst du dafür, daß die Kinder was davon bekommen. Ansonsten kannst du mir nur noch einen Gefallen tun.«

»Was für einen?«

»Verschwind' aus meinem Leben. Ich will dich nie wieder sehen, du Bastard!«

Er legte den Hörer sanfter auf, als sie den ihren. Sie wurde ihrer Mutter wirklich immer ähnlicher.

Er verbesserte sich. Ihrer verstorbenen Mutter. Der Gedanke erheiterte ihn. Denen, die haben, soll gegeben werden. Lilian war für ihn ein Störfaktor gewesen, und dieser Störfaktor war entfernt worden; mit einem solchen Glücksfall hatte er nicht gerechnet. Aber was hatte Charmian mit dem Geld gemeint?

Er schaltete die telefonische Bandaufzeichnung wieder ein und hörte die Nachrichten ab.

Die erste Stimme war die von David Birdham.

»Graham, ich komme gerade aus der Management-Versammlung. Ich hoffte, Sie noch im Büro zu erreichen, aber es wurde ein bißchen spät. Jedenfalls ist die Sache gut ausgegangen. Man hat Ihrer Ernennung zugestimmt. Sie sind nun Personalchef. Die Ernennung wird am Dienstag offiziell ausgesprochen. Gratuliere, Graham. Und ein schönes Wochenende.«

Genußvoll lehnte er sich auf seinem Drehstuhl zurück und ließ das Band weiterlaufen.

»Graham, hier ist Charmian. Ich hab' dich im Büro nicht mehr erreicht, ich hab's dann noch den ganzen Abend versucht, aber du bist offenbar ausgegangen...« Die Botschaft war also am Freitagabend auf Band gesprochen worden, als er sich das Dinner im Grange gegönnt hatte. Ihre Stimme klang reichlich trunken und ärgerlich. »Hör zu, es geht um Mummy. Sie rief mich an, bloß um hämisch anzugeben, die alte Kuh, aber sie sagte, dir hätte sie davon noch nichts erzählt. Es geht um William Essex. Anscheinend war an der Affäre, von der sie ständig geschwärmt hat, tatsächlich was dran, denn das einzige Testament, das der alte Sack hinterlassen hat, datiert aus dieser Zeit – und sie kassiert alles. Ich will dir jetzt bloß sagen – und das soll gleichzeitig eine Warnung sein –, ich weiß, daß sie mich aus ihrem Testament gestrichen hat, und wenn sie stirbt, dann erbst du alles – aber du mußt Henry und Emma was davon abgeben. Du mußt! Verstehst du mich? Das ist alles, was ich dir sagen wollte.«

Das Ende der hinterlassenen Nachricht klang beinahe entschuldigend.

Sie hörte sich etwas dümmlich an, schien sich plötzlich ihrer Trunkenheit bewußt zu werden.

Aber der harte Kern der Nachricht war um einiges lohnender. Nun hatte Graham das letzte Stückchen des Puzzlespiels beisammen, das ihm bisher durch seine Herkunft verwehrt geblieben war. Er kam nun nicht nur in den Genuß eines höheren Gehaltes, er besaß nun auch den ungerechten Vorteil von ererbtem Reichtum.

Die Glücksgötter befanden sich in großzügiger Stimmung; und Graham Marshall war ihr auserwählter Sohn.

## 32

Die Türglocke läutete, und er öffnete.

Kriminalinspektor Laker stand da, eine Aktenmappe unter dem Arm, und schaute mit gewohnt traurigem Gesichtsausdruck auf. »Ach, Sie sind wieder zurück, Mr. Marshall«, sagte er, obwohl in seiner Stimme keine Überraschung mitschwang. Von seinem gegenüber geparkten Ford Escort aus hatte er Grahams Rückkehr beobachtet.

»Ja.«
»Ich komme in Verbindung mit Ihrer Schwiegermutter, Mrs. Hinchcliffe.«
»Ja, ich habe es gerade eben erfahren. Von Charmian, meiner ... Schwägerin.« Graham nahm an, daß seine Stimme ausreichend schockiert klang. »Möchten Sie nicht hereinkommen, Inspektor?«
»Danke.«
Im Wohnzimmer nahmen Sie unwillkürlich die Plätze ein, die sie bei ihrer vorangegangenen Begegnung innegehabt hatten.
»Es ist schrecklich«, sagte Graham. »Wußten Sie, daß sie schon einige Selbstmordversuche unternommen hatte?«
»Ja, ja.« Der Kriminalinspektor nickte langsam. »Ich habe den ganzen Hintergrund untersucht.«
»Sie war leider ziemlich labil. Neigte zu dramatischen Gesten.«
»Ja. Wie beispielsweise anonyme Briefe zu schreiben, was mich das letztemal zu Ihnen brachte.«
»Genau.« Der Hinweis gefiel Graham; ein Teil der Sympathie beim vorangegangenen Gespräch schien damit zurückzukehren. Er lächelte schief, bevor ihm ein unangenehmer Gedanke kam. »Gibt es etwas im Zusammenhang mit dem Tod meiner Frau, das ...«
»Nein, nein«, beruhigte ihn Laker. »Nein, ich versuche nur noch einige Details über Ihre Schwiegermutter zu klären.«
»Ach so.«
»Natürlich hatten Sie nach diesem Brief keinen Grund, sie zu lieben.«
Graham zuckte großmütig mit den Schultern. »Sie war eine ziemlich närrische alte Frau. Aber ich bin nicht nachtragend.«
»Gut.« Eine Pause. »Sie hinterließ keine Nachricht.«
»Nein?«
»Bei ihren vorherigen beiden Versuchen tat sie das.«
»Oh. Vielleicht nahm sie an, sie hätte damit ihre Absichten ausreichend signalisiert.«

»Vielleicht. Erscheint allerdings merkwürdig, daß jemand, der dramatische Gesten so liebte wie sie, keinen Abschiedsbrief hinterläßt.«
»Selbstmörder denken kaum vernünftig.«
»Das ist wohl wahr.« Laker stieß ein kleines Grunzen, möglicherweise sogar ein Lachen aus. »Mr. Marshall, ich halte es für ziemlich wahrscheinlich, daß Sie einer der letzten Menschen waren, die Mrs. Hinchcliffe lebend gesehen haben. Bis auf die Ambulanz und das Krankenhauspersonal.«
»Oh, wirklich? Und ich weiß nicht mal, wie sie es getan hat, oder wo ... Meine Schwägerin teilte mir lediglich mit, es wäre Selbstmord gewesen.«
Laker ging auf diesen Fingerzeig, ihn über den Hintergrund aufzuklären, nicht ein, sondern fuhr fort: »Wir vermuten, daß Mrs. Hinchcliffe Sie am Samstagmorgen besucht hat.«
»Ja.«
»Können Sie mir sagen, was da passiert ist?«
»Sie werden es mir nicht glauben, Inspektor, aber sie griff mich mit einem Messer an.«
»Oh.«
»Sie war total verrückt.« Es bereitete ihm Vergnügen, die Verleumdung, die sie ihm entgegengeschleudert hatte, nun gegen sie zu richten. Er fühlte sich ungemein selbstsicher, als er fortfuhr: »Sie war immer noch überzeugt davon, ich hätte Merrily umgebracht. Ich fürchte, sie war wirklich schon nicht mehr ganz bei sich.«
»Und sie griff Sie mit einem Messer an?«
»Ja.« Er zog den Ärmel zurück, um den Kratzer zu zeigen. »Das hat sie mir beigebracht. Hätte noch Schlimmeres angestellt, wenn ich sie nicht daran gehindert hätte.«
»Sie haben Sie also abgewehrt?«
»Was meinen Sie, was ich sonst hätte tun sollen?«
»Daher stammen dann auch die Verletzungen, die Sie im Gesicht haben.«
Grahams Hand fuhr zu den Schrammen auf seiner Wange. »Ja.«

»Und wann fand dieser Angriff statt?«
»Kann ich nicht genau sagen. Gegen Mittag, schätze ich.«
»So. Und was taten Sie anschließend?«
»Was ich anschließend tat?«
»Ja. Ihre Schwiegermutter besucht Sie und greift Sie mit einem Messer an, Sie wehrten sie ab ... was taten Sie dann?«
»Nun, ich kleidete mich an.« Auf Lakers hochgezogene Augenbraue hin ergänzte er: »Sie hatte mich aufgeweckt. Ich zog mich an und ging aus.«
»Aus wohin?«
»Ich ging runter zum Fluß und habe dort gegessen.«
»Wo genau?«
»Einfach nur am Fluß. Ein Picknick.«
»War jemand bei Ihnen?«
»Nein. Ich war allein.«
»Und dann?«
»Dann spazierte ich über die Hammersmith-Brücke und ging ins Kino.«
»Was für einen Film haben Sie gesehen?«
»*Monty Python's Life of Brian.*«
»Ah. Den hab' ich vor ein paar Wochen auch gesehen. Ich bin mir nicht sicher, ob ich ihn vom religiösen Gesichtspunkt her billige, aber er hat einige recht witzige Stellen.«
»Ja.«
»Gefiel Ihnen die Stelle, wo er mit dem Mädchen im Bett gewesen war ...?«
»Äh ...«
»Sie wissen schon, er machte das Fenster auf und ...«
»Tut mir leid, daran kann ich mich nicht erinnern.«
»Nein? Eine der besten Stellen, meiner Meinung nach.«
»Möglich. Um ehrlich zu sein, Inspektor, ich hab' den größten Teil des Films verpaßt. Bin eingeschlafen.«
»Ach ja? Und was taten Sie anschließend?«
»Ich fuhr mit dem Zug nach Oxford.«
»Aus irgendeinem bestimmten Grund?«

»Nein. Ich brauchte einfach mal eine Erholungspause. Ich hatte ein paar harte Wochen hinter mir. Ich wollte mir's mal so richtig gemütlich machen.«
»Verstehe. Und was taten Sie, als Sie in Oxford ankamen?«
»Ich ging in ein Hotel.«
»In welches?«
»Das Randolph.«
»Ohne Gepäck?«
»Ich hatte mir in Hammersmith das Nötige gekauft. Ich hatte einen Koffer dabei.«
»Warum?«
»Was meinen Sie – warum?«
»Warum haben Sie ein Hotelzimmer genommen?«
»Ich mag Hotels. In Hotels fühl' ich mich zu Hause. Wenn ich mir was Gutes tun will, dann geh ich in ein Hotel.«
Sehr langsam nickte der Kriminalinspektor. »Verstehe. Wissen Sie, wie Ihre Schwiegermutter starb?«
»Nein. Wie ich schon sagte, ich habe gerade erst erfahren, daß . . .«
»Pflanzengift.«
»Ach.«
»Scheußlicher Tod. Übergeben, Durchfall, Magenschmerzen, Entzündung von Mund und Rachen, was zum Versagen mehrerer Organe führt.«
Graham zuckte zusammen. »Scheußlich.«
»Eine äußerst ungewöhnliche Art, Selbstmord zu begehen.«
Graham zuckte mit den Schultern. »Wenn jemand entschlossen ist, es zu tun . . .«
»Man muß schon sehr entschlossen sein, um es auf diese Weise zu tun.«
Kriminalinspektor Laker schwieg, während er in seine Aktentasche griff und eine Plastiktüte hervorholte. Langsam und sorgfältig öffnete er die Tüte und stellte die vertraute Sherryflasche auf den Tisch.
Die Flasche war leer, bis auf einen dunklen Bodensatz.
»Damit hat sie es getan, Mr. Marshall. Im Sherry aufgelöst

befand sich der Inhalt von acht Beuteln Unkrautvernichtungsmittel.«
»Oh.«
»Nun ja, ›aufgelöst‹ ist kaum das richtige Wort. Es löst sich nicht auf, sondern sinkt mehr oder weniger auf den Grund. Schwierig zu schlucken, das Zeug, wissen Sie. Man muß sich buchstäblich durchbeißen.«
Graham stieß ein kleines, nervöses Lachen aus. »Sie muß sehr entschlossen gewesen sein.«
»Ist nicht nur schwierig, sondern auch äußerst unangenehm zu schlucken. Entzündet sofort das Rachengewebe.«
»Wenn man sich umbringen will, dann ist einem das bestimmt auch egal.«
»Vielleicht nicht. Was glauben Sie, warum sie das Zeug mit Sherry vermischt hat?«
»Um es genießbarer zu machen.«
Laker nickte. »Ja, ich schätze, das klingt vernünftig.« Er machte eine Pause. »Andererseits, wenn es so war, warum hat sie dann ein Etikett mit der Bezeichnung ›Gift‹ aufgeklebt?«
»Nun, äh ...« Graham spürte, daß er an Boden verlor. »Damit kein anderer davon trinkt, in der Annahme, es wäre Sherry ...?«
»Hm.« Der Kriminalinspektor ließ sich weiterhin viel Zeit. »Interessant, diese Fingerabdrücke«, verkündete er plötzlich.
Graham zeigte sich von diesem schnellen Themenwechsel überrascht.
»Verstehen Sie, Mr. Marshall, wie zu erwarten war, befinden sich die Fingerabdrücke Ihrer Schwiegermutter überall auf der Flasche. Aber es gibt auch noch andere.«
»Und?«
»Merkwürdig ist, daß die Fingerabdrücke am Etikett nicht von Mrs. Hinchcliffe stammen. Zumindest nicht in der Mehrzahl. Es sieht so aus, als hätte eine andere Person das Etikett angebracht.«
Graham schwieg.

»Sie haben doch sicher nichts dagegen, daß wir Ihre Fingerabdrücke nehmen, Mr. Marshall?«
Höchste Zeit für einen kleinen Wutausbruch. »Jetzt hören Sie mal, Inspektor, wenn Sie mich beschuldigen wollen, ich hätte beim Tod meiner Schwiegermutter die Hand im Spiel gehabt...«
»Ich beschuldige Sie überhaupt nicht, Mr. Marshall. Aber wenn es zu einem derart merkwürdigen Todesfall kommt, dann ist es meine Aufgabe, mir die Ereignisse auszumalen, die dazu geführt haben.«
»Ja. Okay.«
»Vielleicht erlauben Sie mir, ein mögliches Szenario vor Ihnen auszubreiten, Mr. Marshall. Vielleicht gehen wir mal davon aus, daß Mrs. Hinchcliffes Tod kein Selbstmord, sondern Mord war.«
»Ganz schöne Pfuscharbeit, falls es Mord war.«
»Bei den meisten Morden handelt es sich um Pfuscharbeit, Mr. Marshall.«
Nicht die Morde, an denen ich beteiligt war! Nur mit Mühe hielt sich Graham zurück, diese Worte tatsächlich auszusprechen.
»Richtig, mein Szenario... Gehen wir nicht nur davon aus, daß es Mord war, sondern daß Sie Lilian Hinchcliffe umgebracht haben.«
»Aber das hab' ich nicht.«
Eine Hand fuhr besänftigend in die Höhe. »Rein hypothetisch, Mr. Marshall. Also gut, beginnen wir mit den Fakten. Ungefähr gegen drei Uhr kam Mrs. Hinchcliffe am Samstagnachmittag aus diesem Haus getaumelt. Sie war sehr krank, mußte sich übergeben, konnte kaum stehen. Ein Passant alarmierte einen Krankenwagen. Sie wurde ins Krankenhaus gebracht und starb dort gestern morgen. So lange sie noch sprechen konnte, sagte sie immer das gleiche, zu dem Passanten, der sie gefunden hatte, zu dem Sanitäter, zu dem Arzt in der Notaufnahme. Sie sagte folgendes: ›Graham hat es getan‹.«
»Möglicherweise war damit ihre verrückte Überzeugung, ich hätte Merrily getötet, gemeint.«

»Vielleicht, vielleicht. Aber drehen wir meiner Hypothese zuliebe die Sache mal um. Und denken wir an das Motiv. Der anonyme Brief hat Ihnen Ihre Schwiegermutter bestimmt nicht lieb und teuer gemacht.«

»Nein, gewiß nicht, aber...«

»Da stimme ich Ihnen zu. Kein ausreichendes Motiv für einen Mord, nein. Andererseits hatten Sie in letzter Zeit finanzielle Probleme, Mr. Marshall. Ich habe mich gestern mit Ihrem Bankdirektor unterhalten und habe dabei festgestellt, daß es Zeiten gegeben hat, als...«

»Aber das ist nun alles vorbei.«

»Außerdem habe ich entdeckt«, fuhr Laker unerbittlich fort, »daß Mrs. Hinchcliffe erst vor kurzem ihr Testament geändert, ihre ältere Tochter enterbt und alles ihrer jüngeren Tochter und deren Mann hinterlassen hat. Da Ihre Frau tot ist, Mr. Marshall, bedeutet das, daß Sie...«

»Aber...«

»Bin ganz Ihrer Meinung. Da war nicht viel zu holen, nicht wahr?« Er hielt inne. »Bis zur Testamentseröffnung des Schauspielers William Essex.«

»Aber ich wußte ja davon gar nichts. Ich habe erst heute nachmittag erfahren, daß...«

»Charmian Hinchcliffe hinterließ Ihnen die Nachricht am Freitagabend.«

»Aber ich habe das Band erst heute nachmittag abgehört.«

Zweifelnd reckte Laker den Kopf. »Wirklich? Das erscheint reichlich merkwürdig. Die Freitagnacht haben Sie ja hier verbracht. Aber egal, fahren wir mal mit meinem Szenario fort. Ihre Schwiegermutter kam am Samstagvormittag hier vorbei, wie Sie bereits zugegeben haben. Da hatten Sie sich schon entschlossen, sie umzubringen. Zwei Selbstmordversuche in der Vergangenheit, da hielten Sie es für das beste, es nach Selbstmord aussehen zu lassen.«

»Ich weiß nicht, wie Sie auf die Idee kommen....«

»Sie haben sich zuvor schon für Gifte interessiert, Mr. Marshall. Vor ein paar Wochen. Das Mädchen in der Bibliothek erinnert sich noch sehr gut an Sie.«

»Aber...«
»Und der junge Mann im Gartencenter sagte, Sie hätten ausdrücklich ein Unkrautvernichtungsmittel gewünscht, das Paraquat enthält.« Laker lächelte. »Aber weiter mit dem Szenario. Nehmen wir mal an, Sie hätten mit dem Unkrautvertilger und dem Sherry experimentiert. Zuerst glaubten Sie, Sie könnten Mrs. Hinchcliffe dazu bringen, den präparierten Sherry versehentlich zu trinken, aber dann erkannten Sie, daß sie sich davon niemals täuschen lassen würde. Sie mußten sie also *zwingen,* davon zu trinken.«
»Aber das hab' ich nicht getan.«
»Sie hat sich ganz schön gewehrt. Daher die Kratzer in Ihrem Gesicht. Aber Sie zwangen ihr die Flasche wiederholt an die Lippen, bis sie alles getrunken hatte.«
»Das ist nicht wahr!«
»Sie hatte Gesichtsverletzungen, die darauf hinweisen, daß ihr der Mund gewaltsam geöffnet wurde. Ihr Lippe ist eingerissen, dort, wo die Flasche dagegengepreßt wurde.«
»Es war ganz anders.«
»Ich würde meinen, es dauerte seine Zeit, bis Sie ihr alles eingetrichtert hatten. Ich würde meinen, daß Sie das Haus gegen drei Uhr verließen.«
»Ich hab es vor ein Uhr verlassen.«
»Niemand hat Sie gesehen.«
»Hat mich jemand um drei gesehn?«
»Nein, aber ganz normale Leute sind schlechte Zeugen, Mr. Marshall. Meist bemerken sie gar nicht, ob jemand kommt oder geht, außer die betreffende Person benimmt sich ungewöhnlich.«
Das stimmte. Genau deswegen war Graham mit seinen anderen Morden so erfolgreich gewesen; Glück und die Unachtsamkeit gewöhnlicher Leute. Jetzt hatte das Glück den Spieß umgedreht.
»Aber um drei war ich im Kino.«
»Sie scheinen sich an den Film nicht mehr sonderlich gut erinnern zu können. Und sich ganz plötzlich neue Klei-

dung zu kaufen und in ein Hotel nach Oxford zu fahren, das scheint mir doch ein recht merkwürdiges Verhalten zu sein. Das sieht nach Flucht aus, Mr. Marshall.«
Graham sagte nichts.
»Also gut, ich habe Ihnen mein Szenario erzählt. Ich bitte Sie jetzt nur, mir einen Beweis vorzulegen, daß es nicht stimmt. Was immer Ihnen einfällt. Nur zu, irgendwas. Nennen Sie mir einen Grund, weshalb ich Sie nicht wegen dieses besonders unerfreulichen und stümperhaft ausgeführten Mordes verhaften soll.«
Der Stachel der Geringschätzigkeit drang so tief ein, daß er beinahe seine Morde verteidigt hätte. Aber er beherrschte sich rechtzeitig und begnügte sich mit einer unverbindlichen Rechtfertigung. »Wenn ich je einen Mord begangen hätte, dann wäre er bestimmt nicht stümperhaft ausgeführt worden. Er wäre gut gewesen. Ich bin gut. Ich pflege effektiv vorzugehen, logisch... systematisch...«
Ihm fiel kein weiteres Eigenlob mehr ein.
»Einen Grund, Mr. Marshall. Mehr will ich gar nicht.«
Graham spürte, wie das Wasser über seinem Kopf zusammenschlug. Der Druck auf seine Lungen fühlte sich so real an wie in der Finsternis des Meeres bei Bosham. Wie ein Vogel im Netz, so flatterte die Panik in seinem Inneren. Schweiß tränkte seine Kleidung. Seine Augen tränten, als er in das ernste, unversöhnliche Gesicht des Inspektors blickte.
Er fragte sich, ob Lilian alles geplant, ob sie die Konsequenzen ihrer letzten Handlung vorausgesehen hatte, oder ob es nur aus simpler Verzweiflung zu dem Selbstmord gekommen war. Aber egal, ob bewußt oder unbewußt, sie hatte aus ihrem Selbstmord eine Waffe gegen ihren Schwiegersohn geschmiedet und ein weiteres Mal die Macht, die das Töten verleiht, unter Beweis gestellt.
Und genau, wie es auch bei ihm der Fall gewesen war, sprachen alle Umstände zu ihren Gunsten.
Lilian bekam ihre Rache. Der alte Mann auf der Brücke, Merrily, Robert Benham und George Brewer, sie alle hatten ihren Anteil an dieser Rache.

Und Graham Marshall war machtlos, weil sein Glück sich plötzlich gegen ihn gewandt hatte. Es gab nichts, was er tun konnte.

Außer...

Der kleine Schimmer der Erinnerung glühte zu Hoffnung auf, loderte dann voller Zuversicht empor und erfüllte ihn mit Wärme und Kraft.

»Rein zufällig, Inspektor«, sagte Graham, »habe ich tatsächlich einen Zeugen dafür, daß ich das Haus am Samstag vor ein Uhr verlassen habe.«

Die Mitteilung erwischte Laker auf dem falschen Fuß. Er konnte nur verblüfft den Mund aufreißen.

»Eine ehemalige Sekretärin von mir wartete auf mich. Sie behauptete, einen Grund zur Klage gegen mich zu haben. Wir wechselten ein paar Worte, als ich aus dem Haus kam. Sie sagte dann, sie würde hier auf mich warten.« Er zuckte mit den Schultern. »Als ich vor einer Stunde zurückkam, war sie verschwunden. Ihr Name ist Stella Davies. Wenn Sie die Sache überprüfen wollen, hier ist ihre Telefonnummer.«

Graham genoß den verblüfften, frustrierten Ausdruck auf dem Gesicht des Inspektors.

Die Erleichterung, wieder einmal knapp entronnen zu sein (und diesmal war es besonders knapp gewesen), machte Graham ganz schwindelig. Der Inspektor war zum Telefonieren in den Flur gegangen, aber Graham unterdrückte trotzdem den Drang zu lachen. Seine letzte Triumphszene mußte er mit angemessener Würde spielen.

Stella. Gute, alte Stella. Das ewige Alibi. Bei zwei seiner echten Morde hatte sie ihm unbewußt als Sicherheitsnetz gedient, und jetzt konnte sie ihn vom Verdacht des einen Mordes befreien, den er nicht begangen hatte.

Es war ein häßlicher Moment gewesen, eine Fopperei der Glücksgötter, eine Drohung, noch in der letzten Runde überholt zu werden, aber Graham hatte überlebt, hatte die Herausforderung abgewehrt, und jetzt konnte nichts mehr seinen endgültigen Sieg verhindern.

Er schenkte zwei große Whiskys ein. Er würde die vorangegangene Vertrautheit mit Kriminalinspektor Laker wiederaufleben lassen. Er würde sich großherzig zeigen und die gegen ihn erhobenen Beschuldigungen vergessen und verzeihen. Er würde das Gespräch auf ihre verstorbenen Frauen bringen und die Symptome der Trauer miteinander vergleichen.
Er stellte den Whisky des Inspektors bereit und nippte an seinem eigenen Glas, während er auf die kommende Entschuldigung wartete.
Die Tür zum Flur ging auf. Seiner Meinung nach zeigte der Inspektor einen eindeutig mürrischen Gesichtsausdruck.
»Nun?« Selbstsicher zog Graham eine Augenbraue hoch.
»Ich habe mit Miss Davies gesprochen. Sie bestätigt, daß sie hier am Samstag gegen zwölf mit ihrem Wagen ankam. Sie wollte zu Ihnen ins Haus, aber sie sah, daß Mrs. Hinchcliffe gerade die Tür aufsperrte.«
»Wie ich gesagt habe.«
»Sie blieb bis drei Uhr in ihrem Wagen. Da sah sie Mrs. Hinchcliffe herausgetaumelt kommen.«
»Ganz schön hartnäckig, eh?« Graham grinste und deutete auf den Scotch des Inspektors. »Aber eine nützliche Zeugin.«
Laker rührte sich nicht. »Ja. Eine sehr nützliche Zeugin. Sie sah auch, wie Sie das Haus verließen, Mr. Marshall.«
Graham erlaubte sich ein kleines Ich-hab's-Ihnen-ja-gesagt-Achselzucken. »Ungefähr Viertel vor eins, richtig?«
Schweigen. Als Laker schließlich sprach, klang seine Stimme kalt und stumpf.
»Nein. Miss Davies sah Sie kurz vor drei aus dem Haus rennen.«
»Was?«
»Sie startete ihren Wagen, um Ihnen zu folgen, wurde dann aber durch Mrs. Hinchcliffe abgelenkt, die aus der Haustür getaumelt kam. Als sie wieder hinschaute, waren Sie verschwunden. Sie rannten, wie sie sagte, ›als wäre der Teufel hinter Ihnen her‹.«
Graham machte die nötigen Mundbewegungen, aber keine

Worte kamen heraus. Die Glücksgötter hatten ihm die Gefolgschaft aufgekündigt. So lange hatten sie für ihn das, was falsch war, als richtig ausgegeben; und jetzt stellten sie mit primitiver Unparteilichkeit die Wirklichkeit als falsch hin.
Er fühlte, wie er immer tiefer und tiefer und tiefer sank.

# Kriminalromane

Eine Auswahl

**Simon Brett**

**Der dreizehnte Killer**
*Band 8269*

**Dunkelmänner haben keine Schatten**
*Band 8183*

**Komödianten lachen laut und sterben leise**
*Ein Fall für Charles Paris*
*Band 8208*

**Mord stand nicht im Textbuch**
*Band 8169*

**Spekulanten spaßen nicht**
*Ein Fall für Charles Paris*
*Band 8158*

**Martine Carton**

**Apollo und Die Gaukler**
*Band 8068*

**Hera und Die Monetenkratzer**
*Band 8141*

**Martina oder Jan-Kees verliert seinen Kopf**
*Band 8113*

**Medusa und Die grünen Witwen**
*Band 8023*

**Nofretete und Die Reisenden einer Kreuzfahrt**
*Band 8038*

**Samson und Die Rasta-Männer**
*Band 8137*

**Victoria und Die Ölscheiche**
*Band 8067*

**Anthea Cohen**

**Carmichaels kleines Glück**
*Band 8232*

**Ein nahezu lautloser Tod**
*Band 8288*

**Engel tötet man nicht**
*Band 8209*

**Alain Demouzon**

**Bleierner Sommer**
*Band 8211*

**Monsieur Abel und der Fall Raguenaud**
*Band 8188*

**Mouche**
*Band 8170*

**Jan Flieger**

**Tatort Teufelsauge**
*Band 8285*

## Fischer Taschenbuch Verlag

fi 503/5a

# Roger Borniche

Roger Borniche, geboren 1919, trat 1944 in den Polizeidienst ein. In seinen zwanzig Dienstjahren hat der erfolgreichste Kriminalinspektor Frankreichs den Rekord von 547 Festnahmen gesuchter Gangster zu verbuchen. In seinen spannenden Romanen fesselt der schreibgewandte Autor mit Fällen aus der eigenen Praxis.

*»Realität von der ersten bis zur letzten Seite.*
*Das Aufregenste, was ich seit langem gelesen habe.«*

*Jürgen Roland*

**Duell in sechs Runden**
*Kriminalroman. Band 1883*

**Pierrot le Fou ist nicht zu fassen**
*Kriminalroman. Band 2601*

**Tatort Côte d' Azur**
*Kriminalroman. Band 2619*

**Der Spitzel**
*Kriminalroman. Band 8061*

**Fischer Taschenbuch Verlag**

fi 262 / 4

# Martine Carton

**Medusa und die Grünen Witwen**
*Band 8023*

**Nofretete und Die Reisenden einer Kreuzfahrt**
*Band 8038*

**Victoria und die Ölscheiche**
*Band 8067*

**Apollo und die Gaukler**
*Band 8068*

**Martina oder Jan-Kees verliert seinen Kopf**
*Band 8113*

**Hera und die Monetenkratzer**
*Band 8141*

**Samson und die Rasta-Männer**
*Band 8187*

**Fischer Taschenbuch Verlag**

fi 263/6